이웃집 악당

2

이웃집 악당 2

초판 1쇄 발행 2020년 02월 25일

지은이 | 권세연
발행인 | 김성룡
기획, 편집 | (주)스마트빅 (쉼표)
교정 | 이하은
표지디자인 | 우물
출판등록 | 제2014-000017호 (2011년 6월 30일)

펴낸곳 | 도서출판 가연
주 소 | 서울시마포구 월드컵북로 4길 77, 3층 (동교동 ANT빌딩)
전 화 | 02-858-2217
팩 스 | 02-858-2219
ISBN | 978-89-6897-058-0 03810

이웃집
악당

2

권세연 장편소설

이웃집 악당

2

차 례

Chapter 9

미치겠다 너란 여자

그의 등은 넓고 포근했다. 절로 졸음이 몰려올 정도로. 술을 마셨다는 이유로 그는 운전대를 잡지 않았다. 그래서 제법 긴 거리를 걸었다. 30분을 넘게 그의 등에 올라탄 채 온 것 같아서 미안한 마음에 입을 열었다.

"나 걸을 수 있어요."

"삔 다리로 뭘 걷겠다고. 그냥 얌전히 있어. 움직이니까 허리 아프잖아."

"그래도……."

"그냥 있어. 어차피 거의 다 왔으니까."

그녀의 체온이 없으면 처음 겪는 묘한 기분을 견딜 수가 없을 듯했다. 지금 곰곰이 생각해본다. 자신이 그동안 사원들에게 못 되게 군 것은 일이 바쁘고, 성과를 내기 위해 워커홀릭처럼 굴었기 때문이 아니라 천성이 못되어서 그런 게 아닐까 하고. 세영은 자신이 너무 지쳐 있기 때문이었다고 말했지만, 아닐 것이다. 그 냥 천성이 나쁘기 때문에 워커홀릭이라는 단어를 방패 삼아 못 된 짓을 벌였다.

그녀가 왜 파티에 오지 못했고, 도현에게로 갔는지 머리로는 이 해해도 가슴은 아직 이해하지 못했나 보다. 그녀가 오기 전까지는 그래도 이해한다고 생각을 했는데, 그녀가 걷기도 힘들 정도로 다 쳤다는 사실을 안 순간부터는 머릿속이 새하얘졌다.

세영은 호텔에서 나올 때부터 묘하게 날이 서 있는 그를 느꼈다. 지금의 말에도 은근히 가시가 돋쳐 있었다. 아무렇지도 않은 척 하고 있지만 실은 속이 많이 상해 있었다. 당황스러울 정도로 평 소 그의 행동과는 너무 달랐다.

"화났어요?"

"아니."

"화난 거죠?"

"……"

화가 나는데 화를 낼 수가 없는 묘한 상황이다. 화를 내버리면 속은 시원하겠지만 그녀를 마음 아프게 만들 것이고, 이대로 참 고 있으면 속병이 날 것이다.

"내가 왜 화를 내, 박세영 씨."

"화난 거 맞죠? 말해줘요."

그녀의 물음에 그는 약간의 망설임을 섞어 대답했다.

"굳이 말하자면 약간. 화보다는 서운함 정도."

분위기는 한순간에 무거워졌다. 어느덧 그의 발은 두 사람이 사는 연립주택 계단을 오르기 시작했다. 한 층, 한 층 오를 때마다 그녀의 가슴은 먹먹해졌다. 이런 감정은 처음이다. 그에게 변명하고 싶어서 답답했다.

3층 그녀의 집 304호 앞에 도착하자마자 그가 조심스럽게 그녀를 내려주었다. 벽을 짚으며 선 그녀는 자신을 데려다주자마자 바로 뒤돌아 계단을 내려가려는 그의 옷자락을 붙잡았다. 그의 발걸음도 멈췄다.

"어쩔 수 없었어요. 사고가 있었고, 나한테 전화가 왔어요. 보호자 전화번호는 저도 알 수가 없어서 어쩔 수 없이."

고개를 들자마자 마주한 것은 메마른 그의 표정이었다. 사귀게 된 후로 처음 보는 표정이었다. 그래서일까? 너무 차가워 보여서 얼어붙는 듯했다. 그는 자신의 옷자락을 잡은 채 바들바들 떠는 그녀의 손을 놓게 하고는 거의 울듯이 일그러진 그녀의 뺨을 손으로 쓸었다. 이렇게 있으면 그녀가 자신을 사랑한다는 것이 분명히 느껴진다. 집착이라고 해야 할까? 자신을 사랑하는 게 맞는데 자신이 우선순위가 아니라는 것이 그를 비참하게 만들었다.

"알아. 그래서 간 거. 어쩔 수 없었고, 필요한 일이었다는 것도 알아. 아픈 사람이니까 곁에 누군가가 있어야 했겠지. 그런데 박세영."

그때부터 울기 시작한 그녀의 눈물이 그의 손가락을 타고 내려왔다. 손끝을 적시는 묘한 습기에 그는 잠시 숨을 참았다. 이 빌어먹을 감정이 이렇게 괴로운 줄 알았다면 시작조차도 하지 않았다.

"그 사람이 꼭 너여야 할 이유는 없어. 내가 기다리는 거 뻔히 알았잖아. 전화라도 해줄 수 있었잖아. 연락 안 되는 동안 얼마나 걱정했는지 알아? 지금이 천둥 칠 때랑 같아? 내가 그 파티에서 널 본부장으로 기다렸을 것 같아? 드레스 입으면서 생각 안 했어?"

그녀가 말도 없이 회사에 오지 않은 날의 악몽이 되살아난 듯했다. 회장님이 자신을 위해 열어 준 파티에 집중도 못 한 채 오지도 않는 사람을 기다리면서 애만 닳았다. 그 시간의 서운함이 부피를 키웠다. 속으로는 혀끝에서 생긴 여러 말이 쓴 물을 삼키듯 도로 들어갔다.

혼자 그 넓은 곳에서 기다리는 동안 무슨 생각을 했는지 알아? 피치 못할 사정 때문이 아니라 차라리 내가 싫어서 오지 않는 거면 좋겠다고. 그럼 최소한 넌 아픈 곳 없이 무사한 거니까.

"수현 씨……."

"주말 잘 보내. 난 주말 동안 본가에 있을 거야."

"……."

"잘 자. 아, 발목 삔 건 냉찜질해야 해. 피곤하겠지만 꼭 하고 자."

그는 착잡한 표정으로 울기만 하는 그녀를 보다가 매몰차게 뒤돌았다. 순간 속으로 '병신 같은 놈'이라는 욕설이 치밀었다. 화를 내든지 걱정을 하든지 하나만 해야 그녀도 헷갈리지 않을 텐데 화도 내고 싶고, 걱정도 하고 싶은 마음은 그의 머릿속을 어지럽게만 만들었다. 계단을 내려가려고 발걸음은 옮겼지만 몇 발자국 가지도 못하고 다시 멈춰야 했다.

"흑! 흐흑! 미안해요."

"……."

옷자락을 잡은 채 떠는 그녀가 느껴졌다. 그녀의 떨림은 옷을 통해 느끼는 그가 안타까울 정도였다. 그녀가 주는 진동은 심장도 진동시켰다. 당장 뒤돌아 두 팔을 벌려 안아주고 싶었다.

"약속 잊은 거 아니에요. 아는 사람이 사고 났다는 말에 너무 놀라서……. 우리 가족들처럼 됐을까 봐 그게 너무 무서워서…. 흑! 흐흑!"

이대로 그가 자신을 내버린 채 가버릴까 무서웠다. 그의 약속을 잊은 게 아니다. 교통사고로 누군가를 잃어봤기 때문에 너무 놀라서 순간 그에게 전화할 생각도 못 했다. 분명히 자신의 잘못이지만, 그보다도 도현이 소중해서 그런 게 절대 아니었다.

그에게서 아무 말이 없었다. 주변은 너무 적막해서 그의 숨소리가 여과 없이 들렸다. 게다가 지금의 자신은 그녀조차도 낯설었다. 할 말, 못 할 말 가리지 않고 그에게 두두두 싸대던 그 사람이 아니었다. 그의 마음에 상처를 입혔다는 사실에 안절부절못하는 모습에 깨달았다. '이 남자를 정말 사랑하고 있구나.'라고 느꼈다.

자신의 옷자락을 잡은 채 울기만 하는 그녀를 내려다보던 수현은 작게 한숨을 쉬었다.

"박세영."

도대체 널 어떻게 해야 하는 거야?

그의 부름에도 그녀는 고개를 푹 숙인 채 울기만 했다.

"흑!"

"……."

"흐흑!"

"……."

"수현 씨, 흑!"

가족들이 모두 죽고 혼자가 된 후로 울지 않으려고 애썼다. 울면 바보 같아 보이니까. 그러나 눈물은 쉴 새 없이 흘렀다. 그냥 그가 자신을 오해하는 것이 슬퍼서 눈물을 멈출 수가 없었다.

"정말 좋아한단 말이에요. 내가 진짜 좋아하는 거 수현 씨란 말이에요."

"……."

"사랑해요."

고백을 듣고도 가만히 있던 그가 두 팔 가득 그녀의 허리를 껴안고 들어 올렸다. 갑자기 높아진 공기를 마시게 된 그녀가 눈물 가득 고인 눈으로 그를 내려다보았다. 그는 여전히 무표정했다. 그러나 눈빛에 서린 것은 서운함과 섭섭함이 아니었다. 일종의 안타까움. 그의 갈색 눈동자를 마주한 그녀의 눈에서 주르륵 눈물이 미끄러져 내려와 그의 뺨에 떨어졌다. 혀에 닿은 것이 아닌데도 짠맛이 느껴지는 것 같았다.

그녀를 한참 바라보던 그는 천천히 입술을 뗐다.

"나 왜 이렇게 만드냐."

"……."

"미치겠다."

두 사람의 입술이 교차되어 닿았다. 놓고 싶지 않다는 듯 집착적으로 그의 목을 껴안은 그녀의 팔이 단단했다. 그런데 그 단단함이 그를 편하게 만들었다.

* * *

도현은 병실에서 나가지 않고 꼿꼿하게 지키고 있는 서휘를 보았다. 여전히 드레스 차림인데 불편하지도 않은지 높은 힐까지 벗지 않고 가만히 그를 지켜보기만 했다. 그녀의 시선이 못내 부담스러웠던 도현이 입을 열기 전까지도 그녀는 꼿꼿하게 도현을 응시했다.

"파티에 파트너로 가지 못하게 된 건 죄송합니다만, 안 돌아가십니까?"

"날 나가게 하려면 나한테 세 가지 답을 해줘야 해요."

갑자기?

도현이 눈을 가늘게 뜨며 그녀를 보았다. 도대체 무슨 답을 해야 한단 말인가? 순간 등으로 서늘한 기운이 서렸다. 그러거나 말거나 서휘는 입을 열었다.

"첫째, 왜 갑자기 사고가 난 거예요?"

뭐야, 그런 거였어?

사고 경위를 묻는 그녀의 말에 도현은 조금 안심한 표정으로 말했다.

"반대편에서 차가 왔습니다."

"설마 역주행했어요?"

"제가 미쳤습니까? 정신 똑바로 차리고 있었습니다. 잘못은 상대 차가 했죠."

"뭐, 좋아요. 그런 것치곤 많이 안 다쳐서 다행이네요."

"빨리 두 번째 질문 하십쇼."

서휘는 이리저리 스크래치가 난 클러치 백에서 향수 한 병을 꺼내더니 말했다.

"두 번째, 세 번째는 좀 복합적이에요. 제대로 답변해준다고 약속하면 이거 줄게요. 리리컬 세 번째 향수로 생각했던 건데 난 여기서 론칭을 못 보게 됐거든요."

"……뭡니까?"

서휘는 향수병을 탁자 위에 올려놓았다.

"머리가 아플 정도로 더 젠틀 향수를 뿌리는 이유가 뭐예요? 정말 좋아서 뿌리는 거예요?"

"네."

"……."

너무 아무렇지도 않게 나온 대답에 서휘는 오히려 당황스러웠다. 지금 그가 입고 있는 고가의 리리컬 명품 라인의 정장과 구두는 수석디자이너가 리리컬로 오면서 임수현에게 선물 겸 만든 디자인이고 향수는 자신이 임수현을 생각하며 만든 것이다. 처음 시향을 했을 때부터 '본부장님의 향기 같다'느니 어쩐다느니 그러더니 어느 순간부터 아주 철저하게 뿌리고 다녔다. 지나가는 사람이 머리가 아플 정도였다. 어느 누가 보더라도 당연히 그가 본부장처럼 되고 싶어서거나 그를 좋아하기 때문이라고 생각하기 마련이었다.

"다른 답을 원하셨습니까?"

그녀는 오히려 뻔뻔하게 다음 질문을 요구하는 그를 보며 어이 없는 실소를 터뜨렸다가 다시 표정을 굳혔다.

"아무튼 다음 질문."

정말 궁금했던 것이다. 박 회장이 병실에 들어왔다 나간 그 순간부터였다.

"당신 박화연 회장님이랑 무슨 사이에요?"

"진짜 궁금했던 건 그거 아니었습니까? 빙빙 돌려 말하시는 게 왜 임수현 본부장님 친구인지 알 것 같습니다. 본부장님도 제게 말씀을 하실 때는 제가 마음에 안 든다는 걸 일부러 빙빙……."

"나랑 그놈 비교하지 말고 대답이나 해요."

대답을 피하는 듯한 그의 말을 서휘가 급하게 잘랐다. 서휘의 재촉에도 도현은 섣불리 입을 열지 않았다. 그저 가만히 그녀를 바라볼 뿐이었다. 늘 그를 보면서 느꼈던 건데 그는 도저히 속이 보이지 않는다. 무슨 생각을 하는지, 그 생각이 좋은 쪽인지 나쁜 쪽인지. 나쁘게 말하자면 자신에게 싸가지 없게 굴 때의 수현을 보는 기분이었다.

"대답 안 해요?"

서휘가 다시 재촉했다.

"잠시 생각하던 중이었습니다. 제가 왜 그걸 대답해야 하는지."

"어, 뭐. 그러네요. 차 비서가 내 비서도 아닌데 대답할 이유는 없죠. 난 그냥 궁금해서요. 친구로서."

도현은 잘못 들었다는 듯 천천히 입을 열었다. 그녀와 자신은 친구라고 할 수가 없는 관계다. 동료라면 모를까.

"친구라고 하셨습니까?"

"이제 회사 나가는 사람이니까 내가 차 비서 동료는 아니잖아요? 그리고 파티 파트너 하기로 했던 거면 친구 아니에요?"

그녀가 입을 한 자나 앞으로 빼고는 투덜거렸다. 그 모습에 도현이 자기도 모르게 웃음을 터뜨렸다. 쿡쿡 웃는 소리에 서휘의 얼굴이 빨개졌다.

"장난치지 말고 빨리 말해요."

"알았어요. 화내지 말아요."

그동안 딱딱하게만 말하던 그가 부드럽게 대답했다.

"미국에 있을 때 회장님이 주신 장학금으로 학교 다녔어요. 그게 전부예요."

"……."

"왜요? 뭐가 더 있을 것 같아서요?"

"네."

"안타깝지만 없어요."

그는 없다고 했지만, 서휘는 믿을 생각이 없었다. 기업가들이 특출한 학생들에게 장학금으로 투자를 하는 거야 비일비재하다. 아버지인 백 교수도 어느 기업의 후원을 받아 세계적 명성을 가진 화학자가 됐으니까. 하지만 아무리 아버지가 아프다고 하더라도 후원을 했던 정 회장님이 한달음에 달려오지는 않는다. 아무리 가까워도 비서를 보내거나, 전화를 하는 게 다였다.

"그만 가요. 피곤할 텐데."

서휘는 왠지 대답을 피하는 것 같은 그에게서 더는 답을 들을 수 없음을 깨닫고 자리에서 일어났다.

"근데 혼자 있어도 돼요? 보호자는요?"

"엄청 아픈 것도 아닌데요. 혼자 있어도 돼요. 어쨌든 조심해서 가세요."

도로 침대에 눕는 그를 보고는 서휘도 뒤돌았다. 막 나가려고 문 앞에 섰던 그때였다.

"아, 팀장님."

그의 부름에 서휘가 걸음을 멈췄다. 도현은 휴대폰을 꺼내고는 손끝으로 톡톡 건드리며 말했다.

"우리 친구면 저장된 이름 바꿔도 돼요?"

"······네?"

다소 어이없는 말이었다.

"여기에 연구팀 백서휘 팀장이라고 저장되어 있는데 그냥 백서휘라고 저장해도 돼요?"

굳이 허락을 받을 필요가 있나? 서휘는 그의 어이없는 물음에 고개를 갸웃하며 대답했다.

"맘대로 해요. 별을 붙이든 뭘 붙이든. 그리고 거기 향수 그쪽 쓰세요. 그쪽한텐 이런 향이 더 맞아요."

그녀가 병실을 나가고 굳이 휴대전화 연락처에 저장된 그녀의 이름 「연구팀 백서휘 팀장」을 그냥 「백서휘」라고 고친 그는 번지는 미소를 참지 못하고 그녀가 두고 간 향수 뚜껑을 열었다. 칙칙, 자신의 손목에 분사하고 냄새를 맡던 그는 나직하게 속삭였다.

"흐음, 젠틀보다 냄새 좋다."

Chapter 10

왕자님과 신데렐라

달빛은 너무 밝았다. 창으로 쏟아져 들어온 빛이 침대 위로 부서졌다. 본가에는 갈 일이 없어진 수현은 얼굴에 운 자국이 역력한 그녀와 나란히 누워 달빛을 받았다. 화가 나긴 했지만, 그녀와 끝낼 생각까지 한 건 아니었다. 이 관계가 끝날 것처럼 울던 것이 언제였냐는 듯 나란히 누운 그녀도 그와 눈을 마주했다.

대화는 한 마디도 없었다. 침대에 누웠다는 것 자체가 다른 방식으로 이야기를 한다는 연인들의 암묵적 약속이었다. 드레스의 소매를 슬쩍 내리자 오프숄더의 드레스가 허리 아래로 내려갔다.

봉긋 솟은 두 개의 산을 아슬아슬하게 가리고 있던 오프숄더 브라를 손끝으로 그림을 그리듯 쓸던 그의 손이 등 뒤의 후크를 만지작거렸다. 그의 얼굴에는 평소처럼 그녀를 안심시키려는 장난 어린 빛이 없었다.

익숙한 듯, 익숙하지 않은 듯 그의 느릿느릿한 손길이 브라의 후크를 풀어냈다.

"나 기다리게 한 벌이야."

그는 천천히 미식가처럼 그녀의 살결을 입술에 물었다. 세영의 살냄새가 입안으로 퍼졌다. 그동안 유수의 조향사들이 조향한 향수를 많이 맡아봤지만, 이렇게 달콤한 향은 없었다. 조심스럽게 그가 놀라지 않도록 그의 뒤통수를 살며시 손바닥으로 감싼 채 그녀가 새처럼 작게 울었다. 그녀는 그에게 진심으로 묻고 싶었다. '이렇게 달콤한 벌도 있나요?'라고 생각했다.

그의 입술이 아래로 내려가며 자국을 남겼다. 봉긋 솟은 두 산에서 점점 아래로. 배꼽 언저리에서 더 아래로.

두 사람이 담긴 방의 온도도 차가움에서 뜨거움으로 바뀌었다. 이전의 행위와는 달랐다. 만져주길 바라는 곳, 쓰다듬어주길 바라는 곳, 입맞춤해주길 바라는 곳마다 그가 그렇게 해주었다. 마치 정말 하나가 된 것 같았다.

꼬리뼈를 시큰하게 울리는 감각과 몸이 너무나 뜨거운 연인의 체온은 그녀를 미치게 만들었다. 그의 품에 몇 번이고 안겼다. 아니, 그녀가 안았다.

수현이 지친 듯 잠들었다가 깨어났을 땐 이른 아침이었다. 얼마나 많이 해댔는지 머리가 어질어질했다. 지난밤에 너무 괴롭혀서 피곤했는지 쌔근쌔근 숨소리를 내며 자는 세영을 우수에 찬 눈으로 바라보던 그가 발치로 밀려나 있던 이불을 목까지 끌어다 덮어주었다.

"고마워. 지난밤 좋았어."

눈뜨지 못한 그녀의 이마에 입맞춤을 하고 침대에서 벗어났다. 침대 아래로 떨어져 있던 옷을 대충 챙겨 입고 밖으로 나오자마자 턱시도 재킷 주머니에 넣어두었던 전화가 요란한 진동을 자아냈다.

「어머니」

액정에 뜬 발신자를 확인한 그는 지체 없이 전화를 귀에 댔다.

"네, 엄마."

-어제 안 들어왔구나?

"네, 사정이 좀 있어서요. 안 그래도 지금 들어가려고요. 여쭙고 싶은 말도 있고."

아들의 말에 전화 너머의 어머니는 작게 한숨을 쉬었다. 마치 아들이 물을 것이 무엇인지 안다는 듯했다.

-그래? 그럼 아침 해놓고 기다리고 있으마.

* * *

혼자 살기에는 지나치게 크고 외로워 보이기까지 한 집. 달수로만 석 달만이었다. 넓은 정원에는 그의 완벽한 멍멍이가 자리를 잡고 있었고, 완벽한 정원을 지나, 완벽한 집 안으로 들어가자마자 그가 대학교를 졸업하고 키우기 시작했던 완벽한 고양이가 그를 맞았다. 오랜만에 보는 주인이었지만 알아본 것인지 꼬리를 쫑긋 세우고는 바르르 떨었다. 그러나 고양이의 환영에도 그의 시선이 닿은 곳은 거실에 혼자 고고하게 앉아 차를 마시며 태블릿 PC로 뉴스를 읽고 있는 어머니였다.

"저 왔어요."

"응, 앉으렴."

재미있는 뉴스거리라도 있는 건지 그녀가 눈을 떼지 않은 채 대답했다. 어머니의 이런 모습은 태어났을 때부터 봤다. 어렸을 땐 그게 싫어서 몰래 신문을 갖다버리거나 TV 선을 끊는 등 못된 짓을 했었는데 경영수업을 받으면서 깨달았다. 저렇게 살지 않으면 버티기 힘든 자리였다.

"이젠 저 좀 보시죠. 누군가와 대화를 할 땐 눈을 보고 하는 거라면서요."

"응, 그랬지. 그래야 그 사람이 무슨 생각을 하는지 대강은 눈치챌 수 있으니까."

아들이 왔음에도 뉴스에서 눈을 떼지 못하던 화연이 그의 심술어린 말에 그제야 고개를 들었다.

"별거 아니야. 재미있는 뉴스가 떠서 말이야."

"무슨 뉴스요."

"너에 대한 거."

수현이 슬쩍 고개를 내밀어 화연의 무릎에 놓여 있던 태블릿

PC의 화면을 보더니 금세 표정을 굳혔다. 자신과 서휘가 다정하게 찍힌 사진이었다. 상황은 전혀 다정한 것이 아니었다.

"어젠 서휘 없었으면 정 회장님께 창피당할 뻔했어."

"파트너 이야기예요? 없는 게 뭐가 창피해요? 그럴 수도 있는 거지."

"웬일이니? 그런 일에는 빈틈없는 녀석이."

그럴만한 사정이 있었다. 누구도 탓할 수 없는 사고가 일어났고, 그녀는 어쩔 수 없이 그 자리에 갔었다.

"난 그 비서가 올 줄 알았는데 말이야."

화연의 입에서 나온 존재에 수현은 본능적으로 그녀를 향해 경계심을 드러냈다. 그녀는 아들의 마음을 안다는 듯 이어 물었다.

"모를 줄 알았니?"

"⋯⋯뭐가요?"

그녀는 다시 태블릿 PC로 시선을 옮기고는 이런저런 뉴스들을 터치하며 말을 이었다.

"너 그 애랑 그렇고 그런 관계잖아. 나란히 옆집에 살고 있으면 다 큰 애들이 하는 건 다 했을 거고."

"그 말씀하려고 부르신 거예요?"

"너야말로 어제 그 아이 소개해주려던 거 아니었니? 데려올 줄 알았는데⋯⋯."

"그럴만한 사정이 있어서요."

수현이 불쾌한 기색으로 고개를 돌리자 그제야 화연도 태블릿 PC의 화면을 완전히 끄고 협탁 위에 올려놓았다. 얼마 지나지 않아 수현의 앞에도 찻잔이 놓였다. 짙은 붉은빛의 찻물이 담겨 있었다.

"맛은 조금 시큼할 거야."

"저 시큼한 거 안 좋아하는 거 아시잖아요."

"응, 그래서 주는 거야."

"……."

"싫은 것도 몸에 좋은 거라면 먹는 버릇 들여야지."

자신의 세포도 그녀로부터 만들어졌고 분열을 해서 태어났다. 그런데 도무지 모르겠다. 한 번도 어머니의 속을 제대로 헤아려 본 적이 없다. 어머니는 늘 냉철했고, 차가웠으며 카리스마 넘쳤다. 자신이 어렸을 때부터 그룹의 총수였으니 그 모습은 당연했을 것이다. 대신 자신을 따스하게 대한 건 입에 담기도 싫은 그 남자였다.

"무슨 말씀이 하고 싶으세요? 헤어지라고요?"

"헤어지라면 헤어질 거야?"

"아뇨."

바로 나온 아들의 서슬 퍼런 대답에 화연이 입가에 묘한 미소를 지었다. 결심한 바는 꺾지 않는 저 점만큼은 자신과 판박이다.

"나도 너 헤어지라고 안 해. 정말 사랑해서 오래오래 만나고 결혼해서 아이까지 낳으면 좋은 삶이지. 그 아가씨 꽤 착해 보이기도 했고, 윤 실장에게 물어보니까 싹싹하고 일도 잘한다고 하더구나."

"그럼 뭐가 문제예요?"

아들의 물음에 화연의 표정은 다소 차갑게 변했다.

"그 아가씨가 '널 버틸 수 있을까?' 하는 것. 넌 네가 이기적이라는 생각 안 했니?"

화연의 입에서 나온 말은 의외였다. 한 번도 생각해보지 않은 주제였다. 여자와 남자로 만나서 서로 좋아하는데 버틴다는 말이 도대체 무슨 뜻일까? 의미를 알 수 없다는 듯 입을 꾹 다문 채 붉은 찻물을 바라보는 아들을 향해 화연이 입을 열었다.

"혹시 그 아가씨, 네 돈 보고 만나?"

"세영이 그런 애 아니에요. 이런 식으로 몰려면 그만 하세요. 그런 애 아니니까."

"그런 애가 아니라니까 하는 말이야."

화연의 태도는 꽤 강경했다. 무슨 의미인지 미처 알아차리기도 전 그녀가 말했다.

"돈이 좋아서 널 만나는 거라면 돈으로 꼬시면 얼마든지 곁에 남아 있게 할 수 있어. 근데 널 정말 사랑해서 옆에 있는 거라면? 후에 널 떠난다고 하면 넌 뭐로 붙잡을래?"

"갑자기 그런 얘기가 왜 나와요? 세영이가 날 왜 떠나요."

아들의 반응에 화연이 코웃음 치듯 웃음을 터뜨렸다. 분위기는 아주 차가웠다. 아들과 어머니로서 늘 포근한 대화가 있던 건 아니었지만, 오늘은 고용주와 피고용자의 관계로 앉아 있다고 여겨도 무척 차가웠다.

"너 내 후계자라는 자리 어때? 버겁지? 주변의 스포트라이트는 한 몸에 받고, 뭐 하나 자유롭게 할 수 있는 것도 없고. 부모님이 이혼당한 사생활까지 인터넷에 즐비하게 퍼져 있고."

화연의 눈초리는 날카롭다 못해 베일 듯이 사나웠다.

"그 자리에 있는 네가 더 잘 알 거야. 네가 쓰고 있는 왕관이 버티기 얼마나 힘든지. 그럼 박세영 씨는? 그 아가씨도 네가 버티고 있는 무게만큼 버텨야 하는데 괜찮을 것 같니?"

"……."

"버겁다고 떠나면 결국 남는 건 마음 정리 못 한 너 하나야."

화연의 말이 끝나자마자 수현이 자리에서 벌떡 일어났다. 그 바람에 무릎에 살짝 차인 찻잔이 흔들렸다.

"무슨 말씀이 하고 싶으신지 알았어요. 아직도 그 남자 생각하세요?"

아들의 말에 어머니의 표정은 차갑게 굳었다.

"저야말로 하나만 물을게요, 엄마. 차도현, 그놈 뭐예요? 뭔데 사고 났다는 소식에 회장님이 회사 중요한 행사도 팽개치고 거기까지 행차해요?"

"……."

"말씀하기 싫으시면 안 하셔도 상관없어요. 들을 수 있을 거라고 생각도 안 했으니까."

아들이 물어올 줄 알았지만, 그녀는 대답하지 않았다. 한참을 그렇게 그녀를 노려보며 대치하던 수현이 먼저 뒤돌았다.

"갈게요."

수현이 바람을 일으키며 현관을 나섰다. 그녀는 아들이 손도 대지 않은 찻잔을 말없이 바라보다가 주방에서 나온 가정부를 향해 말했다.

"나 여사, 식사 1인분만 준비해요. 수현이가 별로 배 안 고픈가
봐요."

* * *

몸이 무겁다. 푹 젖은 솜처럼. 밤새 얼마나 시달렸는지 눈이 퉁
퉁 부은 것이 거울을 보지 않고도 느껴질 정도였다. 눈을 비비며
몸을 옆으로 돌렸던 세영은 눈을 뜬 채 자신을 지켜보던 남자와
눈이 마주쳤다. 그의 차림은 말끔했다. 마치 어디에 다녀온 사람
처럼. 어제의 미안함 때문에 제대로 말을 붙일 생각도 못 하는 그
녀를 향해 그가 먼저 입을 열었다.

"언제 일어나나 기다렸어."

"깨우지 그랬어요."

"그냥 자는 모습이 예뻐서 보면서 기다렸어."

그는 발가벗은 채 부끄러운 듯 이불을 끌어다 몸을 가리고 두
팔을 안으로 껴안은 그녀를 관찰하듯 바라보다가 물었다.

"넌 내가 왜 좋아?"

"……네?"

"난 너한테 왜 반했는지 말했는데, 넌 아직 얘기 안 해줬잖아."

"그, 그게 왜 궁금해요……."

뒷말을 흐리며 목소리가 작아졌다. 생각해보니 딱히 그가 언제
부터 좋아졌다고 얘기할 수가 없었다. 불쑥 그가 가슴으로 파고

26

들었으니까. 그냥 문득 정신을 차려보니 그를 좋아하고 있었다. 알아차리게 된 건 서휘 때문이었지만, 감정은 그보다 오래전이었다. 자신을 좋아했던 남자가 다른 여자와 친한 모습을 보고 갑작스럽게 좋아한다는 것 자체가 말이 되질 않으니까.

"모르겠어요."

"왜? 부끄러워서 대답을 안 하는 거야, 아니면 정말 모르는 거야?"

그가 부드럽게 웃으며 다시 물었다.

"정말 모르겠어요. 어느 날 정신 차리니까 수현 씨 좋아하고 있었거든요."

그는 말없이 그녀를 껴안았다.

"수현 씨."

"응?"

"걱정 있어요?"

"왜?"

그의 품에 얌전히 안긴 채 그녀가 속삭였다.

"표정이 울 것 같아서요."

내가 그랬나?

정면으로 보이는 작은 거울 속의 자신은 평소와 똑같았다. 아니, 조금은 우울할지도 모르겠다. 어머니께 그런 말까지 듣고 왔으니. 그러나 자신의 불안을 그대로 그녀에게 감염시킬 이유는 없었다. 이제야 알겠다. 이 관계가 생각보다 위태로우며, 서로 좋아한다고 모든 상황이 해결되는 것이 아니었다.

"그런 거 아니야. 그냥 어제 내가 너한테 너무 못되게 군 것 같아서."

그는 새삼 깨달았다. 자신의 변화에 이렇게 예민하게 반응하는 여자는 아마 박세영이 처음이자 마지막일 거라고.

"세영아."

"응?"

그녀의 귓가로 속삭였다.

"어제 했던 말 한 번 더 해줘."

"어떤 말이요?"

"내가 기분 좋을 말."

살며시 눈을 감고 그녀의 목소리가 울리기를 기다렸다. 차분한 목소리가 조심스럽게 그의 고막을 울렸다.

"사랑해요, 수현 씨."

응, 나도.

그가 지친 듯 눈을 감았다. 그녀가 귓속으로 넣어준 달콤한 말을 되뇌면서.

* * *

송별회 같은 것은 필요 없었다. 주말이 지나고 새로운 한 주가 시작되는 월요일이 오자마자 서휘는 일찍부터 와 자신의 업무를 인계하고는 커다란 상자에 물건들을 주워 담았다. 기껏해야 반년 가까이 있던 자리였지만, 그 반년 동안 쌓인 자신의 물건이 꽤 많앉다. 그래서 아쉬움과 서운함이 그녀의 가슴을 먹먹하게 했다. 실은 이곳에서 조금만 더 일하고 싶긴 하지만, 모두가 불편한 일은 하고 싶지 않았다.

"조금만 더 계셨으면 좋으셨을 텐데……."

연구팀 사원들이 괜히 그녀의 주변을 맴돌았다. 생각해보면 자신은 그다지 좋은 상사는 아니었지만, 함께 일했던 사원들은 모두 좋은 직원이었다. 이번 향수 론칭이 성공적이라 다행이지 다들 첫 작품인 남자 향수 출시에 우려를 표했다. 그런 그들의 의견을 깡그리 무시하고 독단적으로 '더 젠틀'을 내놓은 건 서휘였다.

그녀는 물건들을 모두 상자에 넣고는 뒤돌아 자신만 바라보고 있는 직원들을 눈으로 한 명씩 훑었다. 늘 외국에서 체류하며 외국인들과 가깝게 일을 했던 그녀로서는 함께 일하는 사람들이 한국인이라는 것만으로도 꽤 큰 편안을 주었다. 막상 떠나려니 아쉬움이 들었다. 다른 회사를 들어가더라도 이렇게 좋은 팀을 꾸릴 수 있을까?

"갑자기 떠나게 돼서 미안해요."

"아니에요. 더 좋게 되기 위해서 나가신다는데……. 그래도 더 오래 계셨으면 좋았을 것 같아요."

아쉬움을 담아 그녀와 인사를 하기 위해 막 손을 뻗었던 그 순간이었다. 뚜벅뚜벅, 복도에서부터 이어진 급한 남자의 구두 소리가 연구팀에서 멈췄다. 서휘를 향하고 있던 모두의 시선도 그곳으로 옮겨졌다.

"본부장님!"

직원들이 하나둘 갑작스럽게 나타난 수현을 알아보고는 고개를 숙였다. 서휘도 바지 주머니에 손을 푹 찔러 넣은 채 자신을 바라보고 있는 그에게로 시선을 옮겼다. 좋지 않은 일로 떠나는 자신에게 설마 인사까지 하려고 온 건가 싶어 쉽사리 말을 붙이지 못하고 바라보기만 했던 그때, 그가 입을 열었다.

"백 팀장, 잠깐 나 좀 봅시다."

향수사업부의 가장 높은 사람, 그것도 오너인 박 회장의 아들이 나타난 것만으로도 살이 떨릴 지경인데 퇴사하는 사람에게 대화를 거는 방식이 꽤 나빴다. 그의 말투는 불만이 쌓인 듯이 들렸다. 서로 눈치만 보며 그를 제대로 쳐다보지도 못하는 사원들을 둘러보던 서휘가 바로 등을 돌려 연구팀을 나가는 그의 뒤를 따랐다.

그의 걸음이 멈춘 곳은 복도 구석에 있는 사원들의 휴게실이었다. 그를 뒤따라온 서휘도 주변에 아무도 없는 것을 확인하고는 입을 열었다.

"무슨 일이야? 갑자기. 내가 얘기 안 했어? 네가 이렇게 갑자기 내려오면 사원들 놀란다고."

"아는데 내가 널 본부장실로 부를 수는 없잖아. 다른 사람들한텐 네가 나중에 잘 설명해."

하여간 이 자식은 마지막 날까지도 참 싸가지가 없다. 어쨌든 이런 유명인사가 갑작스럽게 연구팀으로 내려올 일은 거의 없어서 이유라도 알아야겠다 싶었다.

"무슨 일인데?"

"너 진짜 가는 건가 싶어서?"

"……뭐?"

"정말 회사 떠날 거냐고."

그녀는 자신을 내려다보는 그의 표정이 진지하게 굳어져 있음을 알아차렸다. 퇴사 이야기는 이미 끝났다. 사직서에 있는 결재란에 보란 듯이 사인을 할 때는 언제고 이제는 붙잡을 듯이 굴었다. 떠나는 이유를 저 머리로 모르는 것도 아닐 텐데 붙잡으려는 듯이 보이는 그의 태도는 서휘를 곤란하게만 할 뿐이었다.

"잊었니? 며칠 전에 네가 직접 결재한 사안이야."

"그걸 도로 물릴 수 있는 사람도 나야."

이어 나온 그의 말에 순간 말문이 막혔다. 이 녀석, 정말 자신을 잡으려고 왔다. 순간 머릿속으로 박세영이 떠올랐다. 살면서 한 번도 여자를 좋아하는 꼴을 보인 적 없던 그가 유일하게 좋아 죽고 못 사는 여자. 그렇게 괴롭혔다는 걸 아는데도 붙잡고 싶다는 걸까?

"너도, 네 비서도 곤란할 듯해서 비켜주려는 거야. 네 능력이면 나보다 더 나은 조향사 찾을 수도 있고."

"내 여자가 너 꼭 붙잡으래."

그의 말은 뻔뻔할 정도로 당당했다. 그가 말하는 내 여자는 '박세영'이고, 그녀가 자신을 잡으라고 했단다. 워크숍에서 있었던 일, 본부장실로 툭하면 올라와 은근히 그에게 꼬리치던 모습을 잊은 걸까? 박세영이라는 여자는 착한 걸까, 멍청한 걸까, 오히려 똑똑한 걸까? 도저히 속내를 알 수 없는 사람이다. 바로 내쫓지는 못할망정 붙잡으라고 했다니 말문이 막혔다.

"내 사업에 네가 꼭 필요할 거라고."

단순히 붙잡기 위해서만 온 건 아니었다. 그가 뱉은 말은 연인을 자랑하듯이 나왔다. 마치 이젠 서휘 자신이 있어도 흔들리지 않을만큼 두 사람 사이가 견고해졌음을 말하고 있었다.

"고맙다고 전해 달랬어. 론칭 기념 파티 있던 날, 가방도 빌려주고 대신 병실 지켜줬다며."

"도, 도와주긴 뭘 도와줘? 난 괜히 내 상사가 거기서 창피당할까 봐 서둘러 보내려던 것뿐이야."

서휘가 당황하는 경우는 좀처럼 없다. 그는 당혹감으로 얼룩진 그녀를 보고는 피식 소리 내어 웃었다. 이제야 자신이 29년 평생 알아 왔던 친구가 돌아온 듯했다. 못된 그녀, 일부러 누군가에게 상처를 주는 그녀는 익숙하지 않았다. 아니, 서휘가 아니었다.

"…어차피 결재한 사안이야. 어쩌려고?"

"그럼 이렇게 하자."

그는 정장 재킷 안에서 하얀 봉투를 꺼냈다. 봉투에 큼지막하게 쓰인 사직서라는 글자를 본 서휘는 자신의 사직서임을 알고 당황한 눈길로 수현을 보았다. 그는 서휘와 눈이 마주치자마자 보란 듯이 찌이익 소리를 내 사직서를 찢었다.

"야, 임수현!"

"이제 없어. 네 사직서."

"너……."

너무 어이가 없어서 말도 나오지 않았다. 그녀의 반응을 재미있다는 듯이 보던 수현이 말을 이었다.

"친구인 백서휘 잡는 거 아니야."

"……."

"조향사인 백서휘를 잡는 거지. 나랑 향수 딱 10개만 만들자. 그럼 놔줄게. 내일부터 다시 출근해. 퇴사는 없던 일로 다시 공고 올릴 테니까."

그가 서휘의 곁을 스쳐 지나갔다. 그 순간 서휘는 얼어붙은 듯 움직이지 못했다. 그가 스치면서 진한 '더 젠틀'의 향이 났기 때문이었다. 시향을 해달라고 사정을 해도 인위적인 향기는 싫다며 뿌리지 않았던 그였다. 나름의 선물이라는 걸까? 그녀는 복도 저 멀리 사라지는 그의 뒷모습을 보고는 자기도 모르게 작게 실소를 터뜨리고는 아주 기쁜 듯이 웃었다.

여자로 다가갈 수 없다는 걸 아는데 왜 기쁜 걸까? 더는 친구일 수밖에 없는 사이인데 왜 기쁜 걸까? 왜 더 힘내서 일하고 싶어지는 걸까?

그가 스쳐 지나가면서 풍긴 향기로 모든 것이 명백해졌다. 첫사랑이 종말을 맞았음에도 기쁨을 느끼는 이유는 그에게 조향사로서는 인정을 받았기 때문이었다.

* * *

수현이 잠시 자리를 비운 틈이었다. 갑작스럽게 회장 비서실에서 연락이 왔다. 당연히 처음 연락을 받았을 때는 수현과 관련된 일인 줄 알았다. 사업부의 첫 제품을 성공적으로 론칭하고 잠시 여유로운 시간이 주어지긴 했지만, 한 제품이 성공했다는 것은 바로 다음 일을 진행해야 할 이유라는 것쯤은 그녀도 알고 있었다. 그러나 회장 비서실에서 전한 것은 의외의 말이었다.

'회장님께서 세영 씨를 만나고 싶어 하셔.'

그래서 올라온 곳이다. 그녀는 꿔다놓은 보릿자루처럼 어색하게 박 회장의 집무실 한가운데에 있는 소파에 앉아 있었다. 바쁜 듯이 결재 서류에 사인을 하는 그녀의 모습은 모자지간이라는 사실을 빼더라도, 왠지 그와 닮은 것처럼 보이기도 했다.

박 회장이 서류 더미에서 벗어난 것은 세영이 들어오고도 15분이라는 시간이 지난 후였다. 그녀는 일할 때만 쓰는 안경을 벗어 책상 위에 두고 윗자리가 아닌 세영과 마주 보는 자리에 앉았다. 설마 회장님이 자신과 마주 보고 앉을 줄은 몰랐던 세영은 당황한 눈초리로 비어 있는 탁자 위만 응시했다.

"커피 괜찮아요?"

"네? 네, 괜찮습니다."

그녀의 손짓에 대기하고 있던 비서가 바로 나갔다.

"미안해요. 오래 기다리게 해서."

"아닙니다."

"남자 사원들한테 인기가 좀 있다고 들었는데 듣던 대로 미인이네요, 박 비서."

이런 때는 어떤 대답을 해야 하는 거지?

망설이던 세영은 어색하게 미소 지으며 입을 열었다.

"과찬이십니다, 회장님."

"일은 할 만해요? 수현이랑 일하긴 힘들지 않아요?"

그녀의 입에서 나온 수현이라는 호칭에 세영은 그녀가 회장으로서 자신을 부른 것은 아님을 깨달았다. 그녀를 아는 모두는 공과사를 구별할 줄 아는 분이라고 했다. 심지어 임원 회의에서도 아들이라고 할지라도 마음에 들지 않으면 가차 없는 분이다. 그런 분이 사사로이 아들의 이름을 꺼냈다는 건, 자신을 비서로 부른 것이 아님을 의미했다.

"아닙니다. 하나도 힘들지 않습니다."

"그렇다면 다행이고요."

박 회장은 찬찬히 세영을 살폈다. 예쁜 것도 예쁜 거지만, 아들이 나름대로 사람을 보는 안목이 있다는 것에 내심 안도했다. 눈이 마음의 창이라고 했던가? 겁에 질린 토끼처럼 바들바들 떨고는 있었지만, 검은 눈동자는 총기를 띠고 빛났다. 긴장했기 때문에 말실수하지 않으려고 애쓰는 모양새가 보인다.

마침 커피를 탄 비서가 들어와 두 사람의 앞에 찻잔을 하나씩 놓고 나갔다.

"궁금하죠? 내가 왜 일개 비서인 박세영 씨를 불렀을까 하고."

빙빙 돌리면서 말하는 건 성미에 맞지않는다. 오늘은 이 아가씨를 혼내려고 부른 것도 아니고 그냥 궁금했을 뿐이다. 그녀는 찻잔을 들어 딱 먹기 좋은 온도를 띠고 있는 커피 한 모금을 마시고는 입을 열었다.

"궁금했어요. 아들 여자친구는 어떤 사람인지."

마찬가지로 찻잔을 들려던 세영은 그대로 굳어버렸다. 자신과 수현이 그렇고 그런 관계임을 언젠가 회장님이 아시고 부르실 거라고 생각하고 있었다. 다만, 그것이 이렇게 회사에서 갑작스럽게 찾아올 줄 몰랐을 뿐이다.

박 회장은 딱딱하게 굳은 채 찻잔 손잡이를 잡은 채 덜덜 떠는 그녀의 손을 조심스럽게 잡아 찻잔을 내려놓았다.

"죄, 죄송합니다. 너무 놀라서."

"놀랄 만도 하죠. 미안해요. 놀라게 해서."

"아닙니다. 괜찮습니다."

여기서 떨어버리면 이상한 애라고 오해라도 받을까 싶어 세영은 떨지 않으려고 애쓰며 다시 찻잔을 쥐었다. 자신이 일부러 내려놓은 찻잔을 굳이 다시 집는 세영을 보며 박 회장은 내심 그녀가 고집은 부릴 줄 아는 사람이라고 생각했다.

"박세영 씨도 알겠지만, 워낙 차가운 녀석이잖아요. 엄마인 나한테도 제대로 웃어준 적이 별로 없어요. 그런데 세영 씨를 보고는 아주 환하게 잘 웃더군요."

"아, 예."

죄송하다고 해야 하는 건지, 어떤 반응을 바라서 그런 이야기를 꺼낸 건지 도무지 모르겠다.

"듣자 하니 가족이 없다고요."

찻잔을 쥐고 있는 손이 더는 흔들리지는 않았지만, 동공 지진이 일어난 지는 오래였다. 회장님이라면 당연히 호구조사부터 했으리라고 이미 생각은 했다. 하지만 사람이라면 다 느끼고 있을 아픈 부분을 너무 아무렇지도 않게 건드리는 그녀의 말은 상처가 되었다. 혹시 가족이 없다는 것이 마이너스 요소로 작용하는 건 아닌지 걱정스럽다.

'걱정스럽다고?'

자조적인 물음을 한 세영은 자신의 가슴으로 그가 너무 깊이 들어와 있음을 느꼈다. 그렇지 않고서야 회장님이 헤어지라고 자신에게 돈 봉투를 던지는 상상은 하지 않을 테니까 말이다.

"네. 어렸을 때 사고로……."

"저런…… 힘들었겠네요. 그럼 어떻게 살았어요? 어린아이가 혼자 살진 않았을 거고."

"부산에 계신 이모와 같이 살았습니다."

"이모께서 아주 훌륭한 분이군요. 아무리 피가 조금 섞였다고 한들 남의 자식 키우는 게 쉬운 일은 아닌데……."

말끝을 흐리는 박 회장의 표정이 아까와는 다르게 슬프게 일그러져 있었다.

별로 시간이 오래 흐른 것 같지도 않은데 몸은 긴장으로 지쳐서 축축 늘어졌다. 도대체 이 지옥 같은 시간은 언제쯤이면 끝이 날까 기다리기만 하던 그때였다.

"잘 부탁해요. 내 아들."

"……."

반대하려고 부른 게 아니었나?

세영이 눈을 커다랗게 떴다.

"반대하려고 부른 거 아니에요. 궁금해서 불렀지. 집을 나가서 세영 씨 옆집으로 이사까지 했다고 들었어요. 직접 가보진 않았지만, 뭐 하나 부족할 것 없는 곳에서 자란 그 녀석이 작정하고 다 버리고 간 건 나도 어떻게 할 수 있는 일이 아니라서."

"……회장님."

이 상황이 믿기지 않았다. 그녀의 말은 공식적인 연애를 허락한다는 소리와 마찬가지였다. 막 그녀를 향해 감사하다고 일어나 인사하려던 그 찰나였다. 갑자기 회장실의 문이 벌컥 열렸다. 두 여자의 시선도 벌컥 열린 문으로 향했다.

'수현 씨?'

어떻게 그가 이곳을 알고 왔는지 굳이 생각할 필요는 없었다. 그동안 업무상 어쩔 수 없이 늘 붙어 있던 자신이 이곳에서 너무 오랜 시간을 지체했기 때문이었다.

수현은 회장실로 들어서자마자 왠지 위축되어 보이는 세영을 발견하고는 그녀를 향해 저벅저벅 걸어갔다. 그의 눈에 서려 있는 은근한 화기를 느낀 세영은 그가 자신과 회장님의 사이를 오해하고 있음을 깨달았다.

"수현 씨, 그게 아니라."

그는 다짜고짜 세영의 손목을 붙잡았다.

"세영인 왜 부르셨어요?"

"이게 무슨 짓이야? 회장실인 거 잊었어? 게다가 내가 부르면 안 될 사람이라도 부른 듯이 말하는구나."

"……."

수현의 눈에는 서운함이 가득했다. 불과 며칠 전, 도리어 자신이 세영을 힘들게 할 거라던 경고 아닌 경고를 하던 어머니였다. 그는 박 회장의 말에 대꾸도 없이 무작정 세영의 손목을 붙잡고 회장실을 나갔다. 그들이 나간 후 바로 윤 실장이 들어오자, 박 회장은 다시 찻잔을 들었다.

"지금 저 모습 비서실 사람들이 다 봤죠?"

"예, 회장님."

윤 실장의 대답에 그녀는 의미심장한 미소를 지었다.

또각또각 구두 소리가 바쁘게 울렸다. 억지로 그에게 붙들려 본부장실까지 끌려왔다. 손목을 억세게 쥐었던 손은 본부장실의 문까지 잠그고 나서야 풀렸다. 아픔에 손목을 매만지던 세영은 속상한 듯이 창가에 기대어 거칠게 숨을 쌕쌕 몰아쉬는 그를 보았다. 한순간이긴 했지만 그에게서 작은 불안을 읽었다.

"수현 씨."

"거기가 어디라고 가!"

불안함이 결국 그를 소리 지르게 만들었다. 그는 놀란 채 선 그녀의 모습이 창으로 비친 것을 보고 급하게 도리질을 쳤다.

"하아, 아니. 아니, 미안해. 화내려던 게 아니라."

늘 완벽하게 차가움으로 자신을 포장하고 있던 그가 흐트러진 모습을 보였다. 세영은 자신이 회장님을 만난 일이 그에게 결코 가벼운 일이 아님을 깨달았다. 이렇게까지 불안에 떠는 모습은 처음이었다. 조심스럽게 두 팔로 그의 허리를 껴안고 그 등에 머리를 기댔다. 거칠었던 그의 숨도 차츰 잦아들었다.

"괜찮아요. 아무 일 없었어요. 오히려 당신을 잘 부탁한다고 하셨어요."

"……."

"아무 일 없었어요. 그냥 제가 어떤 사람인지 궁금하셨대요."

"……."

그는 적막한 사무실에 울리는 그녀의 목소리를 들었다. 그러나 전혀 안심을 주지 못했다. 나올 때 보았던 어머니의 표정은 아주 냉담했기 때문이었다.

* * *

"CT 촬영 결과 별 이상은 없습니다. 다만 사고의 트라우마가 몸에 이상증세를 나타낼 수도 있습니다. 특별히 두통이 있으시거나, 속이 메슥거리진 않으신가요?"

"예, 멀쩡합니다."

CT 촬영 영상을 유심히 보던 담당의가 살짝 미소를 지으며 입을 열었다.

"딱히 이상이 있는 건 아니니 퇴원하셔도 좋습니다."

드디어 퇴원해도 좋다는 말이 나왔다. 주말 내내 병원에 붙어 있느라 좀이 쑤셔 죽는 줄 알았다. 옷장 문을 열자 보이는 건 박 회장이 윤 실장 편으로 보내준 옷이었다. 기존에 입었던 턱시도는 사고가 나면서 찢어지고 핏자국으로 얼룩까지 진 바람에 버려야 했다. 환자복 단추를 열고 빳빳하게 다림질되고 깨끗한 하얀 셔츠를 막 몸에 걸치려고 할 때였다.

드르륵, 갑자기 병실 문이 열렸다. 그가 옷을 입다 말고 놀란 눈으로 고개를 돌렸다. 그 순간 문 앞에 서 있는 한 여자와 눈이 마주쳤다. 놀란 듯 눈을 커다랗게 뜬 채 그를 보던 서휘의 눈이 당혹으로 물들어 눈꺼풀이 여러 번 닫혔다 열렸다. 그제야 자신이 벗고 있었다는 사실을 인지한 도현이 슬쩍 두 손으로 가슴팍을 가리자 서휘가 급하게 입을 열었다.

"아! 미, 미안해요!"

드르륵, 다시 문이 급하게 닫혔다. 셔츠 한쪽에 팔만 끼우고 있던 도현도 서둘러 옷을 갖춰 입고 셔츠 단추를 잠갔다. 사고이긴 했지만 왠지 뺨이 뜨거워지는 것을 느꼈던 그는 늘 냉한 상태로 굳어 있던 포커페이스를 구겼다.

"아, 쪽팔려."

문 바깥으로는 들리지 않을 정도로 작은 목소리로 혼잣말을 읊조리고는 거울 앞에 섰다. 셔츠가 흐트러지지 않았는지, 넥타이가 삐뚤어지진 않았는지 세상 진지하게 자신의 모습을 훑어본 후에야 병실의 문을 열었다.

"오래 기다리셨습니까?"

문밖에 서 있던 서휘의 얼굴은 빨갛게 익어 있었다. 그녀의 신체적 변화가 왜 일어났는지, 그 원인이 자신에게 있다는 것을 알고 있었다. 도현은 짐짓 아무렇지도 않은 척 태연하게 주섬주섬 환자복을 정리하며 입을 열었다.

"무슨 일이십니까?"

"아, 저 미안해요. 옷을 갈아입고 있을 거라고 생각을 못 했어요. 노크부터 해야 했는데."

"······괜찮습니다."

하나도 괜찮아 보이지 않은 대답이 나왔다. 두 사람 사이에 잠시 정적이 흘렀다. 서휘는 문득 병실 안으로 자신이 이 싸가지 없는 비서를 생각하면서 만들었던 향수의 향이 짙게 풍긴다는 사실을 깨달았다. 아마도 뿌린 모양이었다.

"오늘 퇴사하신다고 들은 것 같습니다만."

마침 그가 침묵을 깼다. 그녀는 이곳에 올 때부터 준비하고 있던 말을 꺼내기로 했다.

"그래서 말인데 차 비서님 의견이 좀 듣고 싶어서요."

"제 의견 말입니까?"

"네, 제 퇴사에 관련해서."

아무런 상관이 없는 사이다. 퇴사에 대해서 무슨 말을 듣고 싶어서 이러는 건가? 도현은 얼떨떨한 표정으로 고개를 끄덕였다.

"해보십시오."

"나 진짜 퇴사해요?"

"······예?"

두서없는 말에 도현은 더욱 알 수 없는 기분이었다. 이미 결재 한 사안이고, 일개 비서인 자신이 사원의 인사 문제에 관여할 수 있는 처지가 아니었다. 그의 되물음이 있었지만 서휘는 아무 대답 없이 그를 쏘아보기만 했다.

"물으시는 이유가······."

"대답해요. 나 회사에 남아요, 말아요?"

"나가시는 게 기정사실이 아니었습니까?"

"그쪽 잘난 상사가 절 붙잡아서요."

잔잔했던 도현의 표정에 약간의 파문이 일었다. 찰나였지만 살짝 찌푸려졌다가 펴진 그의 표정을 그녀는 보고 말았다. 역시 그에게 묻는 게 아니었나? 하지만 나가기로 해놓고 갑자기 붙잡는 수현의 태도 때문에 갈팡질팡하던 마음이 떠올린 사람은 차 비서였다. 이유는 모르겠지만 지금까지 봐온 도현은 매사에 냉정하고 제삼자의 관점에서 바라보는 것만큼은 수현보다도 더 낫다고 생각했다.

도현은 자신을 불안한 눈초리로 바라보는 그녀를 응시했다. 곧 경영자가 될 위치에서 충분히 돈이 되고도 남는 능력자를 그냥 놓친다는 것 자체가 말이 되지 않는 일이긴 했지만, 서휘 스스로 선택해야 하는 일을 자신에게 물어올 줄은 몰랐다.

'빨리 좀 대답해. 답답해 죽겠다.'

기다림의 이성이 막 끊어질 지경에 이르렀을 때였다.

"백 팀장님은 어쩌고 싶으십니까?"

"네?"

"저한테 묻기 전에 백 팀장님도 생각이 있으셨을 것 아닙니까."

내 생각. 있긴 했다. 떠나고 싶었던 회사였는데 갑자기 붙어 있어야 할 이유가 생겨버렸다. 첫사랑이 끝나면 모든 게 끝난다고 생각했는데 아니었다. 자신이 너무 순수하게 생각했을 뿐 첫사랑이 끝나면 다른 사람이 눈에 들어오기 시작한다. 또 짝사랑을 시작하기 전에 그만 끝내야 한다. 그동안 겪었기 때문에 그 감정이 얼마나 거지 같은지 잘 알고 있었다.

"…미안해요. 괜한 거 물어서."

서휘가 뒤돌았다. 여기에 오는 게 아니었다. 도대체 무슨 말이 듣고 싶어서 별로 친하지도 않은 도현에게 찾아올 생각까지 했던 걸까? 무조건 그의 결정에 따르려고? 아니면 그의 말에 따라 자기 생각을 합리화시키려고?

문으로 향하던 그녀는 걸음을 멈췄다. 단숨에 다가온 그가 앞을 가로막았기 때문이었다.

"대답 안 들어요? 나한테 물으러 온 거 아니었어요?"

"……"

"백서휘 씨."

그의 입에서 자신의 이름이 나왔다. 이상한 기분이었다. 이름을 부를 수 있는 건 당연한데 발끝을 타고 흐르는 묘한 기분은 멈추지 않았다.

"여기 있어요."

도현은 천천히 그녀가 놀라지 않도록 바짝 다가섰다. 그녀의 코끝으로 자신이 만든 이름 없는 향수의 향이 풍겼다. 그는 두 팔을 벌리고 조심스럽게 그녀를 껴안았다.

"그냥 여기 있어요."

그의 갑작스러운 행동에 놀란 서휘는 그를 밀어낼 생각도 하지 못했다. 딱딱하게 굳은 채 자신의 품에 안겨 있는 그녀를 느낀 도현은 차분하게 말을 이었다.

"이젠 내가 닿을 수 있게 여기에 있어요."

의미를 알 수 없는 그의 말에 서휘는 편함과 불편함을 동시에 느꼈다.

* * *

회장실까지 이어져 있는 기다란 복도로 소곤거리는 말소리가 퍼졌다. 화장실에서 손을 씻고 바깥으로 나서려던 윤 실장은 명확하게 들려오는 소리에 잠시 걸음을 멈추고 귀를 기울였다. 목소리로 봐서는 비서실의 비서들이었다.

"그 소문 사실인 거예요? 임 이사님이랑 그 비서랑 그렇고 그런 관계라고. 저번 워크숍에서도 이상한 소문 돌았잖아요. 거기 호텔리어 중에 친구가 있어서 들었는데 두 사람 그렇고 그런 관계라고 소문 쫙 퍼졌대요. 본사인 여기만 조용한 거지."

"그럼 이사님은 결혼도 생각하시는 건가?"

"설마요. 재벌이 일반인이랑 결혼해서 살겠어요? 그런 경우가 아예 없는 건 아니지만 신분 차이 때문에 잘 사는 사람들 드물어요. 그냥 엔조이겠죠."

아무래도 직종 특성상 비서라는 직업은 어쩔 수 없이 오너일가의 좋은 점, 나쁜 점, 가십거리들을 쉽게 접할 수 있다. 연예기자들이 가십거리로 써대는 오너일가의 일들은 대부분 수행비서나 기사들을 통해 나온다. 그 점을 잘 아는 박 회장은 기업 총수가 된 후로 임 전 사장과의 이혼 이후로 한 번도 가십 기사를 낸 적이 없었다. 하지만 오늘의 행동은 이상했다.

'지금 저 모습 비서실 사람들이 다 봤죠?'

그녀의 말은 걱정스러운 것이 아니라 아들과 그 아가씨의 일을 비서들이 알게 하려는 듯했다.

'하지만 딱히 반대하는 뜻은 아니라고 하셨는데…….'

딱히 반대하는 뜻은 아니다. 이 말을 속으로 되뇌던 그는 곧 인상을 구겼다. 아니, 자신이 잘못 생각했다. 회장님은 그렇게까지 나쁜 분이 아니다. 그저 자신의 기우일 뿐이다.

"아니겠지. 설마."

그는 머릿속에 떠오른 나쁜 의문을 지우려고 애쓰며 화장실 밖으로 나왔다. 그가 등장하자 저들끼리 떠들던 비서들은 놀란 표정으로 입을 꾹 다물었다. 이미 화장실에서 그들이 무슨 대화를 하고 있었는지 들어서 알고 있던 윤 실장은 제법 엄한 표정을 지었다.

"회사에서 오래 버티고 싶죠?"

"……."

"처음 들어왔을 때부터 말했을 겁니다. 오너일가에는 사적으로 관심 두지 말라고. 당신들이 재미 삼아서 입에 올릴 분들이 아닙니다."

"죄, 죄송합니다. 실장님."

그들은 이내 울상이 되었다. 지금의 행위는 경위서로도 모자라다. 심하면 퇴사까지 고려해야 하는 상황일지도 모른다. 처음 들어왔을 때 '엉덩이는 가볍게, 입은 무겁게'라는 두 가지 법칙을 가르쳐준 윤 실장에게 걸렸으니 뭐라고 변명조차도 통하지 않을 상황이었다.

"다만, 오늘 일은 넘어가겠습니다."

"앞으로 정말 조심하겠습니다."

"그래서 말인데."

윤 실장은 한창 떠들어 대던 비서 중 하나를 향해 물었다.

"호텔에 돌고 있다는 그 소문 자세히 말해줘요."

* * *

원래 처음이 힘들고, 도달하기까지가 더 힘든 법이었다. 이미 한 번 서로를 맛본 다 큰 남녀는 툭하면 몸을 섞었다. 오늘도 퇴근하고 오자마자 그의 집 침대에 누웠다. 실컷 괴롭힘을 당하고 골반의 얼얼함을 느끼며 천장을 바라본 채 누웠다. 이젠 자기 집 천장보다도 그의 집 천장이 더 익숙했다.

"나랑 같이 살면 어떨 것 같아?"

가만히 누워 그녀와 같은 곳을 바라보던 수현이 물었다. 너무 갑작스러운 물음이라 대답할 타이밍을 놓쳤다. 어떨 것 같으냐고? 좋을 것 같다. 결혼 따위, 연애 따위 하지 않아도 괜찮다고 생각했다. 사람은 혼자서도 충분히 살 수 있다고. 하지만 그를 만나고 나서 자기 생각이 너무 편협했음을 깨달았다. 혼자서도 충분히 살수는 있겠지만, 둘이서 사는 것이 훨씬 좋을 것이다.

가만히 몸을 돌려 그녀의 표정 변화를 보던 수현은 홀로 쓸쓸함을 속으로 넘겼다. 환해지는 그녀의 얼굴을 보면서도 어머니의 말이 머릿속을 떠나지 않았다.

'그 자리에 있는 네가 더 잘 알 거야. 네가 쓰고 있는 왕관이 버티기 얼마나 힘든지. 그럼 박세영 씨는? 그 아가씨도 네가 버티고 있는 무게만큼 버텨야 하는데 괜찮을 것 같니?'

어렸을 때부터 주목을 받았다. 태어난 이야기가 뉴스에 나왔고, 어느 학교에 입학하고 졸업을 했다는 아주 개인적인 일까지 가십거리를 써대기 좋아하는 기자들에 의해 알려져야 했다. 사생활까지 빼앗기는 건 분했지만, 그냥 두었던 이유는 자신이 유명해짐으로써 얻는 기업의 이득이 자신이 입는 피해보다 크다고 생각했기 때문이었다.

왕관을 쓰려면 그 무게를 견뎌야 한다. 왕관은 화려한 것만이 아니다. 주어지는 의무, 책임 모든 것을 의미한다. 어렸을 때부터 온갖 시선과 관심이 즐비했던 곳에서 자란 자신은 괜찮다. 그러나 일반인으로만 컸던 그녀는 괜찮을까? 어머니가 했던 '이기적'이라는 말이 왜 나왔는지 이젠 이해할 수 있다.

"좋을 것 같아요. 이렇게 옆집에 사는 것만으로도 좋은데 같이 살면 얼마나 좋을까요? 수현 씨는요?"

그녀의 물음에 그가 환하게 미소 지었다.

"나도. 나도 그렇게 생각해."

괜한 불안을 그녀에게 보일 필요는 없다. 그는 도로 그녀를 품 안에 넣었다.

"오늘 이상한데요? 왜 그래요? 회장님이 우리 허락하신 거잖아요."

그녀의 말은 그를 더 슬프게 만들었다. 이렇게 순수한데 견딜 수 있을까? 한편으로는 이런 생각도 든다. 곁에 있어야 그녀를 지킬 수 있지 않을까?

"응, 그래서 하는 말이야."

그는 참았던 말을 천천히 뱉었다.

"우리 그냥 같이 살까?"

떠도는 소문

그로부터 며칠이 흘렀다. 서휘는 다시 연구팀의 팀장으로 돌아왔고 신제품 출시를 위해 조향에 매진했다. 생각해둔 것은 있지만 막상 향을 조합해서는 마음에 들지 않아서 엎은 것만 수어 번이었다. 코가 더는 아무 냄새도 맡지 못할 지경으로 마비가 오고나서야 그녀가 자리에서 일어났다. 사무실 창문을 열고 차갑지만맑은 공기를 들이마셨다. 에센셜 오일로 인해 머리를 지끈지끈 울리던 두통도 차츰 사라졌다. 살며시 눈을 감고 시원한 공기를 느낀 지 몇 분 정도 지났을까. 개인 사무실 바로 옆 복도의 열린 창문 틈에서 소곤소곤 말소리가 들려왔다. 그녀는 자기도 모르게 대화에 귀를 기울였다.

"여우짓 했겠죠. 사내 남자 사원들한테도 살랑살랑 눈웃음치는 게 참 같잖았는데."

"아니, 왜 남자들은 뻔히 보이는 여우짓을 모르는 거야?"

뭐야, 험담이야?

서휘는 자기도 모르게 이맛살을 구겼다. 물론 한국에만 있는 문화는 아니었다. 해외에 있을 때도 사원들은 저들끼리 모여 있으면 누군가의 험담을 했다. 아마 인간의 본능 같은 것인가 보다. 가십거리를 쉽게 입에 올리고 재미로 여기는 유희에 대한 본능.

별로 신경 쓰고 싶지 않아서 일부러 소리가 나도록 창문을 닫았다. 그럼 그들이 그 누군가의 험담을 그만두리라고 생각했다. 그러나 서휘의 생각과는 다르게 그들은 창문이 닫히는 소리에 주의를 기울이지 않았다. 물론 그 소리를 서휘는 들을 수 없었다.

"한 달 넘었을 거예요. 임 이사님이랑 같이 출퇴근도 하던데."

"그럼 꽤 오래됐다는 거 아니야. 같이 출퇴근이면 설마 둘이 같이 살아?"

두 사람은 이내 놀란 표정을 지었다.

"임 이사님 임 사장이랑 똑같은 짓 하는 거네요?"

* * *

서휘만 회사로 돌아온 건 아니었다. 사고가 난 것에 대해 박 회장이 강제로 준 병가를 다 채운 도현도 마찬가지였다. 그는 오랜만에 보는 수현을 향해 허리를 숙였다. 한동안 세영과 단둘이 핑크빛 사내 생활을 할 수 있어서 행복했던 수현은 도현이 처음으로 자신의 본부장실에 나타났을 때의 악몽을 떠올렸다.

"사고가 크게 났다고 들었는데 많이 안 다쳐서 다행이군요, 차 비서."

"걱정해주셔서 감사합니다. 그리고 사고는 정말 죄송합니다."

"아닙니다. 차 비서 책임 아니에요. 지금 일하는 데 지장은 없겠어요?"

혹시라도 그가 아직 업무를 하기 힘들다면 유급휴가를 줄 생각이었다. 그래야 사내에서도 혼자 박세영을 차지할 수 있으니까. 하지만 애석하게도 도현은 멀쩡하다 못해 여느 때보다 건강한 상태였다. 의사가 말했던 사고에 대한 트라우마도 없었다.

"지장 없습니다. 제가 없는 동안 박 비서님이 수고가 많으셨을 텐데 손 놓고 쉴 생각은 없습니다."

성실한 건 좋지만, 지금의 성실은 조금 부담스럽다. 수현은 아쉬움을 간신히 접고는 고개를 끄덕였다.

"그럼 잘 부탁해요. 우선 영업부에 실적 현황 언제쯤 보고가 되는지 알아봐 줘요."

"예, 본부장님."

"그리고 박 비서."

그는 도현의 옆에 서 있던 세영에게로 바로 시선을 옮겼다. 눈빛에는 애정이 가득했다. 예전에는 숨기는 척이라도 했는데, 이젠 숨길 수 없을 만큼 걷잡을 수 없이 커진 마음은 시도 때도 없이 몸집을 부풀렸다. 주변에 사람이 있다는 사실을 알아도 마찬가지였다. 두 사람의 사이를 알고 있던 도현은 불만스러운 눈치로 다른 업무를 보는 척 수현을 살폈다.

"네, 본부장님."

"약속이 11시였던가요?"

약속? 약속이 있었나?

세영이 생소한 소식에 당황스러운 얼굴로 급하게 탁상 달력으로 시선을 옮기자마자 그가 이어 말했다.

"늦기 전에 나갑시다. 미리 기다려야죠."

그는 도현이 보지 않는 틈을 타 세영을 향해 한쪽 눈을 감아 윙크했다. 그의 신호를 받은 세영은 부리나케 외투를 챙겨 들었다. 터벅터벅 긴 다리로 엘리베이터를 향해 걷는 그의 뒤를 따라잡는 건 어렵지 않았다. 그녀는 괜히 도현이 있을 반대쪽 복도로 눈치를 살피며 소곤소곤 속삭였다.

"무슨 약속이요? 지금 설마 땡땡이치자는 거예요?"

"응."

이 사람이 진짜.

그의 대답은 너무 뻔뻔했다. 엘리베이터로 쏙 들어가려는 그의 옷자락을 붙잡았다.

"일은 어쩌고요?"

"내가 지금 딱히 할 일이 있었어?"

"아, 그건……."

그보다도 그의 스케줄을 잘 아는 그녀는 말끝을 흐렸다. 오늘은 이 워커홀릭이 웬일로 바쁜 업무가 없는 날이었다. 굳이 오늘의 업무가 무엇인지 말하자면 그냥 본부장실을 지키는 게 다였다. 이쯤 되니 설마 이러려고 스케줄을 몽땅 비웠던 건 아닌가 싶다. 자기 하나 잡겠다고 이웃집으로 이사까지 한 남잔데 그것 하나 못 할까.

그는 자신의 옷자락을 붙잡고 머뭇거리던 세영의 손목을 잡아 억지로 엘리베이터로 들어왔다. 그러고는 CCTV를 의식하며 층수 표시기만 응시했다. 세영도 어쩔 수 없이 엘리베이터 문을 바라본 채 서서 입을 열었다.

"그래서 어디로 가시는데요?"

"가보면 알아."

그가 보기에도 불안할 정도로 사악이 가득 담긴 미소를 지었다.

그가 운전하는 차에 올랐다. 그가 근무시간도 팽개치고 나오는 경우는 아예 없었다. 그래서 그의 목적지가 궁금하면서도 걱정스러웠다. 그가 항상 상식에서 벗어나는 행동을 하는 사람은 아니지만, 심장이 철렁 내려 앉았던 순간들이 한두 번이 아니었다. 갑자기 이웃집에 나타났던 때, 아니, 그 이전에 갑작스럽게 좋아하니 연애를 하자고 고백을 했던 그 시점부터 냉혈한에서 허당이 되어가는 모습까지, 아찔했던 순간들이 스쳐 지나갔다.

그녀는 슬쩍 고개를 돌려 운전 중인 그의 모습을 보았다. 객관적으로 봐도 멋있는 사람이다. 잘생긴 것과는 별개로. 운전대를 잡고 기분 좋게 흥얼거리며 까딱거리는 손가락도, 이따금 입술을 축이며 슬쩍 보이는 빨간 혀도 잠시도 눈을 뗄 수 없었다.

"왜 그렇게 봐? 그렇게 몰래몰래 흘깃하면 내가 모를 줄 알았어?"

"어디 가는 건데요?"

"거 아가씨, 궁금한 것도 많으시네. 응? 어련히 기다리면 알 수 있다니까."

그가 손을 뻗어 그녀의 손을 감싸 쥐었다. 차가울 것 같은 색인데 그의 손은 참 따뜻하다. 손가락 사이사이로 스며드는 그의 체온 때문에 괜히 벙싯 미소가 번져 나왔다.

차가 멈춘 곳은 한적한 교외였다. 그가 일언반구도 없이 시동을 끄고 내리기에 그녀도 급하게 따라 내렸다.

"뭐예요? 말도 안 하고."

그가 이상하다. 그냥 웃기만 하고 대답도 하지 않는다. 어쩔 수 없이 그냥 그를 따라 걸었다. 어느 정도 걸었을까? 어느덧 주변으로는 사람이 하나도 없었다. 그녀가 눈치를 채자마자 손 틈새로 그의 손가락들이 들어왔다.

"다 왔다."

그의 걸음이 멈춘 곳은 커다란 대문 앞이었다. 이곳이 어디냐고 묻기도 전 그가 멋대로 대문을 밀어 열고는 그녀를 끌고 들어갔다. 좁지만 아기자기하고 예쁘게 꾸며진 정원, 사이사이에 핀 이름 모를 겨울 꽃들이 제일 먼저 눈에 들어왔다.

"본부장님, 여기 어디예요?"

수현은 말없이 집 문 앞에 서자마자 대답했다.

“너랑 내가 살 집.”

나랑 그가 살 집? 나 지금 잘못 들은 거 아니지?

철컥 문이 열렸다. 그에게 손이 붙잡힌 채 얼떨결에 끌려들어 갔다. 아담한 거실에는 작은 2인용 소파가 놓여 있고, 함께 도란도란 이야기를 나누며 식사를 할 수 있는 작은 식탁도 있었다. 장식으로 놓인 벽난로 안은 모형 모닥불이 타닥타닥 타고 있었고, 벽에는 제목 모를 포근한 느낌의 유화도 걸려 있었다.

“저쪽이 침실이야.”

그가 놀란 듯 어리둥절한 얼굴로 서 있던 그녀를 침실로 이끌었다. 방 한가운데에는 방 한 칸을 다 차지할 만큼 커다랗고 하얀 침대가 놓여 있었다. 수현이 손을 놔주자 그제야 세영이 침실 안으로 깊숙이 들어가 신기한 듯 이것저것 손을 댔다. 하얀 벽을 손바닥으로 쓸어보고, 침대 곁에 놓여 있는 침실용 등을 톡톡 건드려보기도 했다.

“수현 씨.”

너무 크지도 작지도 않은, 두 사람이 살기에는 딱 좋은 크기였다. 이번에 그가 함께 살면 어떻겠냐는 말을 하긴 했지만, 그저 지나가는 소리라고만 생각했다. 원래 연인이란 늘 함께 있고 싶어 하고, 연인 사이에서 함께 살고 싶다는 말은 잘 잤느냐는 아침 인사만큼 평범한 말이었다.

“어때? 집 괜찮아?”

“……정말 나랑 살 거예요?”

얼빠진 듯 조심스럽게 묻는 그녀를 보고는 그가 살짝 실소를 터뜨렸다.

"내가 저번에 말하지 않았나? 같이 살자고."

"그냥 지나가는 소린 줄 알고……."

아, 잊고 있었다. 한 번 뱉은 말은 무슨 일이 있어도 실현하고 마는 남자였다.

"생각해보니까 아직 너한테 확실하게 얘기 안 한 게 있어서."

"뭔데요?"

그가 코트 안주머니에서 작은 상자를 꺼냈다.

"그때 거절당하고 워크숍이 있던 날에 주려고 했는데 타이밍이 참 안 맞더라."

작은 보석상자가 열렸다. 한눈에 보기에도 비싸 보여서 함부로 손대기가 겁나는 반지가 나타났다. 이 반지와는 두 번째 조우다. 첫 번째는 매몰차게 거절을 했고, 지금은 그때와는 다른 상황으로 마주했다.

그가 상자에서 반지를 꺼내고는 그녀의 왼쪽 약지에 끼웠다. 영롱하게 빛나는 반지인 데다 비싼 장신구라고는 껴본 적이 없어서 눈을 뗄 수 없어야 정상이지만, 그녀에게는 반지를 끼운 채 자신을 따스하게 바라보는 그만 보였다.

망했다. 지금 기분이 너무 황홀해서 그가 반지를 끼우는 대로 그냥 가만히 있어 버렸다.

"박세영, 나랑 연애하자. 나랑 결혼해서 200살까지만 같이 살자. 201살 되면 놔줄게."

"……."

"너 구두계약도 효력 있는 거 알지?"

이유는 모르겠는데 갑자기 눈물이 나왔다. 반지를 받은 채 얼굴이 빨개진 그녀는 울기 시작했다.

"흑! 흐흑!"

설마 세영이 눈물을 보일 줄은 몰랐던 터라 그의 얼굴은 당혹감에 일그러졌다.

"뭐, 뭐야. 프러포즈하는데 우냐?"

"흐흑!"

"설마 싫어?"

싫으냐는 말에 울기만 하던 그녀가 빼액 소리를 질렀다.

"멍청아!"

"……."

"좋아서 그러잖아요!"

자기가 좋아하는 사람이 자신을 좋아한다는 일이 얼마나 축복인지 이젠 알 것 같다. 자신이 좋아하지 않았던 그 시간에도 좋아했던 그가 얼마나 맘 졸였을지 생각하면 미안하기도 하고, 고맙기도 하다.

"멍청이? 오늘만 봐준다."

그제야 그의 얼굴에서 당혹감이 날아갔다. 그러나 세영은 쉽사리 눈물을 멈추지 못했다. 자신을 달래려고 이러지도, 저러지도 못하는 그를 보면서 지독한 행복함을 느꼈다. 가족을 모두 잃은 후, 행복하면 안 된다고 여겼는데 그와 죽을 듯이 행복한 삶을 살고 싶어졌다. 이런 마음도 이기적인 걸까? 하지만 행복하게 살고 싶다. 자신이 없으면 죽을 듯이 구는 저 남자와 함께 살고 싶다.

"흐흑!"

"그만 울어. 좋다면서 왜 울고 그래."

홀쩍이며 눈물을 멈췄다가도 또 흘렸다. 손수 눈물을 닦아주는 그였지만, 그녀는 좀처럼 울음을 그치지 않았다. 한편으로는 반성도 했다. 진작 이렇게 했다면 좋았을 것이다. 그냥 주변 신경 쓰지 말고 일을 할 때처럼 밀어붙였다면 더 좋았을지 모르겠다고 생각했다.

"계속 울 거야? 응?"

"흑! 몰라요. 안 멈추잖아."

답답한 건 그녀도 마찬가지였다. 눈물을 닦고 손부채질을 하기도 하고, 고개를 들어 눈물이 흐르지 않도록 참아보려고도 했지만 다 허사였다. 결국.

"흑! 흐흑!"

이러면서 울었으니까.

그녀가 그칠 때까지 기다릴 심산이었던 그는 이대로는 그녀의 눈물이 그칠 수 없다는 사실을 깨닫고 조심스럽게 손을 들어 그녀의 머리칼을 쓸었다.

"마지막 경고야. 안 그치지?"

"흐흑!"

그녀가 대답 대신 흐느끼는 소리를 냈다. 보다 못한 그가 그녀에게 더 가깝게 붙었다.

"타임 오버."

이전에도 들었던 것 같은 말을 그가 내뱉었다. 의미를 눈치채기도 전, 턱을 들어 올리는 불가항력에 의해 고개가 들렸다. 놀라서 살짝 벌어진 입술 사이로 말캉말캉한 무언가가 들어왔다. 갑작스럽게 들어온 딥키스였다. 달콤한 맛이 났다. 입안에서 시작된 초콜릿 향이 온몸으로 퍼졌다. 달콤함은 생각보다 오래 머물지 않았다. 정말 그녀의 눈물을 그치게 하는 것이 그 목적이었다는 듯이. 쪽 소리를 내며 떨어진 입술이 움직였다.

"그쳤다."

"……."

"이제 대답해야지. 어떡할 건지."

그녀가 살짝 웃음을 터뜨렸다. 무슨 말을 할지는 자기가 더 잘 알고 있으면서 눈을 초롱초롱 빛내며 기다리는 모습이 생각보다 귀여웠다.

"아, 참고로 거절은 거절한다."

수현의 귀여운 말에 세영이 그의 뺨에 쪽 소리를 내고는 말했다.

"좋아요."

* * *

두 사람이 자리를 비운 사이였다. 도현은 수현이 부탁한 실적 자료를 영업부에 부탁하고 어울리지 않게 한산하고 여유로운 사무실에 어색하게 앉았다. 시간은 점심을 넘기고 벌써 오후 2시를 넘긴 시각. 늘 바쁜 상사 때문에 바쁜 하루를 보냈던 그는 이 여유가 낯설기만 했다. 뭐라도 하고 있어야 오히려 마음이 편할 듯했다. 괜히 펜을 손에 쥐고 돌리기도 하고 굴리기도 하던 그는 잠시 손으로 턱을 괸 채 생각에 빠졌다.

'대답해요. 나 회사에 남아요, 말아요?'

얼굴이 빨개진 채 묻던 그녀의 얼굴이 선하다. 그가 자기도 모르게 입꼬리를 올렸다. 물을 이유가 없는 사이인데 그렇게 가까운 거리도 아닌 회사에서 병원까지 일부러 왔다는 것이 이상하게 웃겼다. 아니, 웃긴 것이 아니라 즐겁다. 그는 태어나서 처음으로 즐겁다는 감정을 깨달았다.

그때 코끝으로 익숙한 향기가 풍겼다. 미쳤나 보다, 상상만으로도 냄새를 맡다니. 고개를 도리질 치고 괜히 코밑을 쓱 닦았다. 그러나 향기는 상상이 아니었다. 도현은 자기도 모르게 긴장한 상태로 자리에서 벌떡 일어나 주변을 살폈다. 얼마 지나지 않아 빈 복도를 또각또각 울리는 여자 구두 소리가 들렸다.

또각! 또각!

느린 구두 소리에 맞춰 심장이 느리게 뛰었다. 아직은 아무도 보이지 않는 입구에 시선을 고정한 채 구두 소리의 주인이 오기를 기다렸다. 절대 가볍지 않은 머스크 향과 조화로운 백합 향, 재스민 향이 짙게 풍겼다. 향기의 농도, 구두 소리가 짙어질수록 서 있는 그의 손은 가만히 있지 못하고 재킷 자락을 쥐었다 놨다 반복하며 안절부절못했다.

구두 소리가 완전히 지척에서 들릴 즈음에야 그는 심호흡을 하고 재킷 자락을 놓았다. 여느 때와 똑같이 높은 구두에 오피스룩

차림의 서휘가 나타났다. 그녀는 진작부터 일어나 기다리고 있던 그를 발견하고 자기도 모르게 숨을 크게 마셨다 뱉었다.

"오…랜만이에요. 차 비서님."

"오셨습니까."

두 사람이 서로를 향해 살짝 묵례했다. 병원에서 포옹까지 한 사이인데 두 사람의 거리는 좀처럼 좁혀지지 않았다. 아니, 오히려 포옹했기 때문에 이전보다 더 멀어졌다.

"그, 새로운 향을 조향했는데……."

그의 눈에도 그녀의 손에 쥐어져 있는 서류철과 함께 작은 샘플 병이 보였다.

"본부장님은 지금 출타 중이십니다."

"아, 그게 아니라."

그녀는 가지고 있던 병을 비서 데스크에 올리고는 쭈욱 도현에게 밀었다.

"……아, 전달해 달라는 말씀이십니까?"

그의 물음에 서휘는 질렸다는 표정을 지었다.

"사람이 왜 그렇게 눈치가 없어요?"

"저 눈치 빠릅니다."

"빠르긴 개뿔."

그가 발끈하며 대답하자 서휘가 귀까지 빨개진 채 괜히 투덜거렸다. 잠시 말 사이에 공간이 생겼다. 도현이 자신과 눈도 마주치지 않고 괜히 목덜미만 긁적이며 서 있는 그녀를 향해 입을 열었다. 그렇게 잠깐의 침묵은 깨졌다.

"말 좀 예쁘게 하십시오. 개뿔이 뭡니까?"

"말을 개뿔같이 하니까 그렇죠. 눈치가 빠르긴 뭐가 빨라."

"빠릅니다. 이거… 저 주려고 가져오신 거…… 압니다."

그의 대답에 서휘의 얼굴이 토마토처럼 익었다. 그녀는 괜히 향수 뚜껑을 열고 킁킁 냄새를 맡는 그를 보다가 그의 손에서 향수병을 빼앗았다. 그대로 뚜껑만 손에 쥔 채 그가 어이가 없다는 듯 입을 열었다.

"맡으라고 주신 거 아닙니까?"

"그렇게 맡는 것보단 이렇게 맡아야 해요. 향수라는 건."

서휘는 자신의 손목에 향수를 뿌리고 양쪽 손목을 목덜미에 톡톡 찍었다. 맥박이 뛸 때마다 향기를 머금은 공기가 톡톡 튀며 도현에게로 퍼졌다. 머스크 향과는 다르게 달콤한 향기가 퍼졌다. 그러나 그는 모르겠다는 표정으로 말했다.

"원래 뿌리신 거랑 섞여서 잘 모르겠습니다."

"아, 맡아봐요. 잘만 나는구먼."

그녀가 손목을 그의 코앞으로 들이밀었다.

"아, 이게 무슨 짓입니까?"

"냄새 모르겠다면서요? 그럼 이렇게 해서 맡아봐요."

"이렇게 직접 냄새 맡는 것보단 은은하게 맡는 게 좋다면서요."

별것도 아닌 일로 두 사람이 갑자기 날을 세웠다. 남들이 보면 우스꽝스러울 광경이었다.

"아니, 난 그냥 차 비서님이 모르겠다니까……. 짙게 풍기는데. 어, 어쨌든 향 어때요? 너무 짙나? 너무 달아요?"

서휘가 걱정스러운 표정으로 자신의 손목을 코 가까이에 대고 냄새를 맡았다. 질문을 듣고도 도현은 가만히 있기만 했다. 그제야 서휘는 그가 자신에게 시선을 고정한 채 입을 꾹 다물고 있다는 사실을 깨달았다.

'향이 별론가? 조합식 잘못 썼나? 아닌데……'

그 순간 도현의 손이 낚아채듯 서휘의 손목을 잡았다. 갑작스러운 스킨십에 놀란 서휘가 무슨 일이냐고 묻기도 전 그가 입을 열었다.

"이러면 냄새가 더 잘 날 것 같아서요."

도현의 손이 그녀를 강하게 끌어당겼다. 얼떨결에 비서 데스크를 사이에 둔 채 서휘는 그의 품에 안기듯이 쓰러졌다. 그러나 그의 품을 바로 밀어내지 못했던 건 그의 야릇한 행동 때문이었다. 목덜미에 닿을 듯이 가까운 곳에서 그의 숨결이 느껴졌다. 잔뜩 민감해진 그녀는 자기도 모르게 스커트 자락을 움켜쥐었다.

한참을 킁킁 냄새를 맡으며 더운 숨결을 뱉던 그가 그녀의 두 어깨를 잡아 자신을 밀어내지 못하게 가까이 붙고는 입을 열었다.

"향기 괜찮아요. 아주 좋아요."

"아, 그, 그래요? 다행……."

"근데 향수보다는 당신 살냄새가 더 좋아요."

쿵쾅쿵쾅!

"다음부턴 향수 뿌리지 마요."

심장 소리를 그가 들었을까? 서휘는 잔뜩 얼어붙은 채 그에게서 슬쩍 떨어졌다. 아랫입술이 덜덜 떨린다. 그의 말로 인해 황홀

감에 젖어버린 그녀는 뻣뻣하게 굳은 채 뒤돌아 나갈 생각도 못했다.

'어린놈이 못 하는 소리가 없어.'

속으로는 면박을 주듯 사납게 말해보지만 오히려 심장 박동만 강하게 만들어버릴 뿐이었다.

"아, 차 비서……."

그때였다. 복도 먼 곳에서부터 누군가가 걸어오는 소리가 들렸다. 동시에 기척을 들은 두 사람은 언제 그랬냐는 듯 멀리 떨어졌다. 얼마 지나지 않아 발소리의 주인공이 비서실로 들어왔다. 영업부에서 온 사람이었다. 도현은 아무 일도 없었다는 듯 그를 향해 밝게 인사했다.

"안녕하세요. 그건 자료인가요?"

"아, 네. 여기 있습니다. 부산지역은 전산 사고가 나는 바람에 취합이 조금 늦어져서 그건 취합하는 대로 따로 보고드리겠다고 전해주십시오."

"예, 고생하셨습니다. 본부장님께서 돌아오시는 대로 전하겠습니다."

영업부에서 올라온 사원의 임무는 끝났다. 그런데도 그는 내려가지 않고 버티고 서서는 오히려 긴히 할 말이 있다는 듯 도현 쪽으로 몸을 기울였다.

"근데 차 비서님은 여기 계속 계시니까 알 것 같아서 여쭙는 건데요. 그 이야기 사실이에요?"

"무슨 말씀이십니까?"

도현의 물음에 그는 뒤에 서 있던 서휘의 눈치를 살피더니 도현의 귓가로 속삭였다.

"여기 여비서랑 본부장님이랑 그렇고 그런 사이라면서요."

"……."

듣는 순간 심장이 철렁 내려앉았다. 이는 조금 떨어져 있던 서휘도 듣고 말았다. 그녀는 창문을 열었다가 들었던 그 일이 두 사람에 대한 일이었다는 사실을 깨달았다.

"누가 그런 헛소리를……."

"아니에요? 비서과 사람들이 떠들던데. 지금 사내에 소문 쫙 퍼졌어요. 안 그래도 출퇴근도 같이하고, 본부장님도 본가 나가신 상태라면서요. 같이 사는 거 아니에요?"

서휘와 도현의 눈이 순간 마주쳤다. 도현은 아침부터 자신을 괴롭히던 묘한 불안감의 정체를 깨달았다. 두 사람의 관계였다. 자신이 잠시 나오지 않았던 사이 더 끈끈하고 가까워진 두 사람의 사이. 그는 영업부 직원을 향해 말했다.

"헛소립니다. 사귀는 사이였다면 본부장님이 매번 박 비서님을 부려먹지도 않겠죠."

"아, 진짜요? 그럼 왜 그런 소문이 돌았지?"

"아마 박 비서님이 남자였다면 그런 소문은 돌지 않았을 겁니다. 괜히 이상한 소문 퍼뜨리다가 갑작스럽게 잘리지나 마시고 아는 분들께는 입조심 좀 시켜주십시오. 윗분들 귀에 들어가면 모두가 곤란해지는 건 아시죠?"

아니면 아닌 거지 싸가지 없는 자식.

영업부 사원은 이맛살을 구기고는 그를 향해 꾸벅 고개를 숙여 인사하고는 빠른 속도로 빠져나갔다. 복도 멀리에서 엘리베이터를 타는 소리가 들린 후에야 서휘가 급하게 입을 열었다.

"큰일 아니에요? 그냥 넘어갈 스캔들이 아닌데……. 그러고 보니 두 사람 어디 있어요?"

그녀의 물음에 도현은 피곤한 표정으로 고개를 저었다.

"아까 오전에 나갔어요. 같이."

* * *

하얀 천장에 창으로 들어온 햇빛이 쏟아졌다. 침대에 나란히 누운 채 가만히 빛에 반사된 먼지의 움직임을 따라가며 눈동자를 굴리던 세영이 자신의 손을 감싸 쥐는 수현의 체온을 느끼고 망설이는 듯이 아주 천천히 입을 열었다.

"신데렐라는 되고 싶지 않았는데."

"왜?"

"남자한테 기대서 사는 것 같잖아요. 안 그러고 싶었거든요."

참으로 그녀다운 대답이었다. 생각해보면 그녀는 힘든 일이 있어도 티 내는 법이 없었다. 아무리 괴롭혀도, 아무리 힘들게 해도 그녀의 입에서 나오는 말은 하나였다. '금방 처리하겠습니다.'

"기대어 사는 게 뭐가 나빠?"

"나쁘지는 않죠. 사랑받으면서 사는 건 좋은 거니까."

그녀의 대답은 석연치 않았다. 어떤 삶을 살아왔는지는 자세히 몰라도 그녀의 어린 시절이 그다지 밝지 않음을 알고 있던 수현은 불안함으로 물었다.

"너 또 나쁜 생각하지?"

"약간요."

굳이 숨기지 않았다. 머릿속에 꽉 들어찬 것은 분명히 나쁜 생각이다. 그녀는 자기도 모르게 그가 없을 때의 자신을 상상했다. 그동안 사람을 믿지 않고 밀어내기만 했던 건 그래서일지도 모른다. 사람은 있다가 없을 때 더 큰 공허함을 느끼고 시들어간다. 겪었기 때문에 또 겪고 싶지 않았다.

"있잖아요. 나 요즘 아주 가끔이긴 하지만, 수현 씨 없을 때를 생각해요."

"……."

"그때의 난 망가지겠죠?"

나쁜 일을 생각하지 말라고 할 수 없는 것은 그녀가 겪은 어린 시절의 사고 때문이었다. 그 누구도 나쁜 일이 닥칠 거라며 생각하고 살지는 않는다. 조금은 다른 의미지만, 수현 자신도 마찬가지였다.

"그럼 나 조금만 덜 좋아해. 나도 덜 좋아할게."

"그런 게 어디 있어요."

"왜 없어."

그는 허공을 떠다니는 먼지 하나에 시선을 고정했다.

"근데 말이 그렇다는 거지, 난 널 덜 좋아할 자신이 없어."

침대 위에서 풋 웃음이 터지는 소리가 퍼졌다.

"난 다 각오했거든. 무슨 일이 있어도 널 놓지 않겠다고."

어머니인 박 회장의 말이 걸리지만, 자신이 지켜주면 그만이다. 아무도 건드리지 못하게 하겠다고 다짐하듯이 그녀의 손을 더 굳게 잡았다.

이젠 이 손을 놓을 수가 없다. 이미 너무 멀리 와버렸다.

그를 미치게 하는 여자

사태는 생각보다 심각해 보였다. 영업부 사원에게 잘못된 소문을 퍼뜨렸다가 괜히 해고당하지 말라는 경고를 한 후 약 일주일이 지난 시점이었다. 리리컬 본사 내에 있는 카페에 앉아 있는 약 20분의 시간 내내 사원들이 떠들어댄던 주제는 회장의 아들과 그 여비서의 스캔들이었다. 도현과 마주 앉은 채 귀만 쫑긋 열고 있던 서휘도 생각보다 사태가 심각하게 번지고 있음을 깨달았다.

"예전에 그 임 사장님도 바람피운 상대가 비서였잖아."

"에이, 그래도 지금 임 이사가 결혼을 한 건 아니잖아요."

"그 임 사장이 가지고 놀았던 비서가 어떻게 버려졌는지 몰라? 소문으로는 애까지 낳았다가 버려졌다는데. 그 아들도 비서 먹고 버릴지 누가 아냐?"

사람들은 참 쓸데없는 곳에 정력을 쏟는다. 아저씨는 그런 사람이었을지언정 수현은 그런 사람이 아니다. 커피잔을 쥐고 있는 서휘의 손이 부들부들 떨렸다. 잔에 담긴 것이 뜨거운 것만 아니었다면 부어버리고 싶을 정도였다. 잘 알지도 못하는 사람들의 입에서 아는 사람들의 이름이 저급한 대화에서 거론되는 것만큼 불쾌한 것은 없었다.

"완전 쓰레기네요."

"잘 숨기고 있다가 들키는 바람에 이혼당한 거잖아. 내가 공주님이랑 결혼하면 절대 그런 실수는 안 저지를 텐데. 그냥 시키는 것만 잘하고 공주님 수발만 잘 들면 죽을 때까지 편하게 살 수 있잖아."

그때였다. 한창 떠들고 있던 남자 사원들 틈으로 커다란 그림자가 나타났다. 이야기하던 남자가 막 고개를 들자마자 머리 위로 차가운 얼음이 담긴 아메리카노가 쏟아졌다. 차가운 커피는 남자의 셔츠를 갈색으로 물들이고 얼음은 투두둑 소리를 내며 바닥으로 떨어졌다. 이젠 비어버린 유리잔을 든 손을 눈으로 따라간 남자는 인상을 험악하게 구겼다.

"당신 뭐야?!"

남자가 성질을 부렸지만 커피를 부어버린 당사자는 아주 침착하게 남자가 목에 걸고 있던 사원증을 잡아당기고는 읽었다.

"IT팀, 김호준 대리."

"당신 뭐야?"

남자가 도현의 손에 쥐어져 있던 사원증을 급하게 빼앗자마자 남자와 함께 있던 후배가 도현의 얼굴을 알아보고는 사색이 되어 속삭였다.

"선배, 저 사람 임수현 남자 비서예요."

"……."

그제야 남자도 후배와 똑같이 얼굴이 사색이 되었다. 임수현과 가장 가까운 곳에서 일하는 남자가 있는 곳에서 임수현의 험담을 까버렸다. 머릿속으로 '망했다'라는 단어가 맴돌았다. 그는 급하게 머리에서 떨어지지 않았던 얼음 조각을 털어내고는 부리나케 후배와 함께 카페를 나갔다. 유리잔을 쥐고 부들부들 떨고 있는 손 위로 누군가의 손이 겹쳐졌다. 자신이 혼자 있던 게 아니라는 것을 깨달았던 도현은 자신의 손에서 유리잔을 빼앗아 도로 테이블 위에 올려놓는 서휘를 눈에 담았다.

"놀랐잖아요. 아무리 기분이 나빠도 그렇지."

"미안합니다. 너무 어이가 없어서……."

당황한 듯 창백하게 질린 채 대답하는 도현을 보며 그녀가 놀란 표정으로 물었다.

"뭐야. 왜 이렇게 충성스러워요? 설마 남들보다 월급 더 받아요?"

그는 대답 대신 어색한 미소를 지었다.

아까부터 이상하다. 자신이 지나갈 때마다 수군거리는 느낌이
다. 세영은 복도를 걷다 말고 뒤돌았다. 휴게 장소에 삼삼오오 모
여 수군거리던 사람들이 언제 그랬냐는 듯 입을 꾹 다물었다. 역
시 이상하다. 아니, 기분 탓일까? 기분 탓일 거다. 자신은 사내에
서 유명한 사람도 아니고, 굳이 알려졌다면 매번 임수현 본부장
에게 혼나는 비서로 알려졌을 것이다. 신경은 쓰이지만 별일은 아
니겠지 싶어 엘리베이터 버튼을 누르고 기다렸다.

예전에는 참 싫었는데 이젠 다른 부서로 다녀오는 심부름 후에
그가 있을 장소로 돌아가는 일이 즐거웠다. 자기도 모르게 벙싯
미소가 번졌다. 마침 엘리베이터가 도착했고, 열린 문으로 들어
가려던 그 찰나였다.

"엇!"

커피를 들고 있던 누군가와 부딪치고 말았다.

"어머! 괜찮아요? 죄송해요."

"아, 아니에요. 괜찮아요."

자신에게 커피를 쏟은 여자가 먼저 사과했다. 블라우스에 쏟지
않은 게 다행이다. 그녀는 치마 위를 또르륵 구르는 커피 방울을
털어내며 엘리베이터 대신 여자 화장실로 들어갔다. 페이퍼 타올
을 몇 장 뽑아 대충 스커트를 닦아내고 블라우스에는 묻은 것이
없는지 거울을 살피던 그때였다.

"그럼 그 여비서는 땡잡은 거네?"

"부럽다. 나도 비서과나 지원할걸."

두 여자가 화장실로 들어왔다. 왜인지는 모르겠는데 여비서라는 단어가 들리자마자 세영은 자기도 모르게 화장실 칸 안으로 들어가 숨었다. 여자들이 화장을 고치는 중인지 파우치에서 플라스틱들이 부딪치는 소리가 들렸다. 세영은 두 사람의 대화에 귀를 기울였다.

"남자 사원들 욕하고 난리 났어. 웃기는 애들 아니야? 지들이 임수현이랑 같은 급이라도 돼?"

"뭐라고 욕하는데?"

"임수현 하나 잡으려고 자기들 대시를 그렇게 쳐낸 거냐고. 야, 솔직히 나 같아도 그런 것들보다는 임수현이지."

"신데렐라 같아서 보기엔 좀 그렇지만, 따지고 보면 똑똑한 거지. 잠깐 욕만 들으면 평생 사모님 소리 들으면서 살 수 있잖아."

"근데 임수현이 결혼을 할까? 인사과에 아는 분께 물어보니까 집안도 특별할 거 없다던데?"

칸 안에서 모든 대화를 듣고 있던 세영은 자기도 모르게 주먹을 꽉 쥐었다.

"오히려 고아라는 소리도 있더라."

"어머, 불쌍해라."

"야, 불쌍하긴 뭐가 불쌍해. 완전히 땡잡은 건데. 우리가 더 불우이웃일걸?"

"아니, 임수현 집안에서 고아인 여자 받아들이겠어? 내가 엄마면 절대 안 받아들여. 아무리 그래도 격이라는 게 있는 건데.

왜 재벌이 재벌들끼리 결혼하겠어. 멀쩡한 가정 있어도 안 받아 줄 판에."

"하긴, 죽고 못 살 것처럼 굴면서 잘 사는 것 같아도 결국엔 이혼하더라."

화장을 모두 고친 그녀들이 밖으로 나가고 난 후에도 세영은 칸 안에서 나오기까지 꽤 오랜 시간이 걸렸다. 아까부터 느껴졌던 이상한 느낌이 이것이었나 보다. 자신이 쳐다보면 다들 떠들다가도 멈추고, 딴청을 부리던 이유가 이것 때문이었다. 자신과 그의 소문이 사내로 쫙 퍼진 것이다.

'아니야. 모두가 아는지, 어떤지는 모르잖아.'

화장실을 나와 급하게 걸었다. 올라오는 엘리베이터에 올라 서류철을 품에 안은 채 고개를 숙이고 발끝만 주시했다. 엘리베이터에 타고 있는 사람들 모두가 자기 이야기를 하는 것 같다. 머릿속이 먹먹하고 눈앞이 흐려졌다. 엘리베이터 벽에 붙은 손잡이를 붙잡고 사람들이 층층이 멈출 때마다 내리기를 기다렸다.

어쩐지 모든 것이 일사천리라고 생각했다. 결코 쉬운 길이 아닌데 잠깐 잊고 있었다. 자신은 신데렐라고, 그는 왕자다. 여왕이 허락했다고 모두가 스캔들을 조용히 넘어갈 이유는 없다. 그녀는 제일 마지막으로 엘리베이터에서 내렸다. 텅 빈 엘리베이터가 다시 아래층으로 내려갔다.

긴 복도를 걸었다. 날카로운 구두 소리가 텅 빈 복도에 울렸다. 여기까지도 어떻게 돌아왔는지 모르겠다. 완전히 얼이 빠진 표정으로 자기 자리로 돌아오자마자 서류철을 열어 그에게 보여주어

야 할 것들로만 다시 추렸다. 하지만 파르르 떨리는 손끝의 감각
은 멈추지 않았다.

'정신 차리자. 정신 차려. 근무 중이잖아.'

심호흡을 했다. 출근할 때와 달라진 건 없다. 어차피 그런 소문
은 돌고 있었고, 자신이 이제야 안 것뿐이다. 그의 여자가 되면 그
렇게 사람들 입에 오르내리게 되리라고 생각하지 않은 건 아니었
다. 다만, 그게 이렇게 가슴을 후벼 파며 아프게 할 줄 몰랐던 것
뿐이다.

마음속으로 몇 번이나 다짐을 한 그녀가 똑똑 본부장실의 문을
두드렸다. 들어오라는 그의 응답이 들리자마자 문을 열고 들어가
그에게 서류철을 내밀었다.

"결재해주시면 진행할 겁니다."

"응, 고생했어."

"……."

펜을 꺼내 사인을 하던 그는 딱딱하게 굳은 채 자신을 바라보
지 않는 그녀를 발견했다. 팔랑팔랑 장난을 치며 내려갔던 아까
와는 다른 분위기였다.

"왜 그래?"

"예? 뭐가 말입니까?"

"……."

그는 인상을 쓰고는 자리에서 벌떡 일어났다.

"무슨 일 있었어?"

"아뇨."

"······나 안 봐?"

그녀에게로 바짝 다가서자마자 세영이 뒤로 한 걸음 물러났다.

"박세영."

"회사입니다. 조심해주십시오."

"여기 우리밖에 없어."

"원래 그런 장소에서 더 조심해야 하는 겁니다."

그녀의 말투는 자신의 고백을 차버리고 차갑게 대하던 때와 비슷했다. 아니, 오히려 더 차가웠다. 그땐 눈이라도 마주쳤는데 지금은 필사적으로 피하고 있다. 가슴 속으로 날카롭게 무언가 파고든 것 같다. 찌릿한 아픔과 함께 순간 숨이 쉬어지지 않았다. 아까지만 해도 좋았던 사이였는데 갑자기 밀어내는 것 같은 그녀의 태도는 그를 애가 마르게 만들었다.

"박세영."

"그렇게 다정하게 부르지 마십시오. 박 비서입니다. 본부장님이 부르셔야 할 제 호칭은 박 비서입니다. 다른 사람들이 들으면 오해할 겁니다."

그녀는 당황한 채 자신에게 더는 다가오지 못하는 그를 무시하며 책상 위에 펴 놓았던 결재서류를 도로 챙겨 들었다.

"그만 나가겠습니다."

"거기 안 서?"

그에게 거칠게 붙잡혔다. 그녀가 아픔을 느끼고 인상을 구겼다. 이내 쿵 둔탁한 소리를 내며 등에 벽이 닿았다. 눈물이 나올 것 같다. 속이 그사이에 다 썩어 문드러졌다. 그녀는 처음으로 '오르지도 못할 나무는 쳐다보지도 말라'던 말이 이런 상황을 두고 나온 말임을 깨달았다. 고개를 푹 숙인 채 제발 이 힘든 시간이 끝나기를 바랐다.

'제발 날 그냥 놔줘.'

들어오지 말걸. 그냥 차 비서가 오면 부탁할걸.

그는 조심스럽게 그녀의 머리칼을 쓸었다. 밤마다 만지고, 밤마다 입맞춤하는 곳. 매일 밤 그를 미치게 하는 곳.

"고개 들어."

"……"

"나 봐."

애원 섞인 목소리가 들렸지만 세영은 듣지 않았다. 고개를 들어 그의 얼굴을 봐버리면 그때부터 울음이 터질 것 같았다. 입술을 깨문 채 제발 그가 물러나주기를 기다렸다.

"무슨 일이야? 갑자기 왜 이러는 건데?"

"……"

"대답해."

애가 마르다 못해 심장이 난도질당해 사라지는 기분이었다.

"왜 그래. 아까까진 괜찮았잖아. 밑에서 무슨 일 있었어?"

그는 어린아이를 달래듯 세영을 향해 속삭였다. 이런 상황이 닥쳤을 때 어떻게 행동해야 하는지 배우지 못했다. 연인이 무슨 일이 있을 때 끝까지 잡고 물어야 하는지, 그냥 놔주어야 하는지. 그래서 그냥 본능대로 움직였다.

"아뇨, 별일 없었습니다."

한참을 가만히 듣기만 하던 세영이 소리 냈다.

"뭐가 별일이 아니야."

"……."

"얘기 안 할 거야?"

그녀에게선 대답이 없었다. 기다리다 못한 그가 팔짱을 끼고는 불량한 자세로 그녀를 내려다보았다.

"대답하기 전까지 못 나가."

포기라는 걸 좀 알았으면 좋겠다. 회장님으로부터 부여받은 사업체를 여기까지 끌고 온 추진력이나 포기라는 것을 모르는 성격은 예비 경영자로서 중요한 요소겠지만, 연인으로서는 아니었다. 가끔은 아무리 사랑하더라도 그냥 모르고 넘어가 주었으면 하는 부분이 있는 것이다.

"왜 이렇게 매번 제멋대로세요?"

"……뭐?"

한참을 있다가 열린 입에서는 톡톡 쏘듯이 말이 나왔다. 그는 가만히 있다가 봉변당한 표정을 지었다.

"박세영."

"연애라는 건 그냥 추진력으로 하는 게 아니잖습니까."

"너야말로 왜 엄한 데 화풀이야?"

서로의 언성은 서서히 높아졌다. 이런 걸 바란 건 아니라서 세영도 당황스러웠다.

"안 그래도 말씀드리려고 했어요. 제발 공과 사는 구분 좀 하세요."

차갑게 쏘아붙이는 그녀의 말에 수현의 얼굴엔 상처받은 빛이 역력했다. 상처를 주면서까지 대화를 거부하려던 게 아니었던 그녀는 그냥 눈앞이 캄캄하기만 했다. 화가 난 듯, 섭섭한 듯, 상처를 받은 듯 제대로 읽히지 않는 묘한 표정으로 그녀를 내려다보던 그가 쐐기를 박듯 입을 열었다.

"그렇게 나오시겠다? 그래, 네 맘대로 해!"

그는 상한 기분을 굳이 숨길 생각이 없었다. 그녀의 대화법이 나빴으니까. 그녀를 노려보던 수현은 급기야 문을 쾅 닫고 본부장실을 나가버렸다.

* * *

아무리 비서이며, 회장님의 명으로 와 있다고 하더라도 수현과 세영의 일은 공적인 부분보다는 사적인 부분이 더 큰 일이었다.

서휘와 헤어져 다시 비서실로 올라온 도현은 묘한 분위기를 읽었다. 그가 연구팀에서 자료를 받아 정리한다는 핑계로 서휘를 만나러 내려가는 이유는 두 사람이 연인이 되었음을 알기 때문이었다. 원래 두 사람과 공적인 관계만 맺고 있는 사람만이 중간에서 가장 피곤한 법이었다.

세영은 평소처럼 책상 앞에 앉아 키보드를 두드렸고, 수현도 평소처럼 괜히 그녀의 앞을 서성였다. 그러나 두 사람 사이에는 애정 어린 시선이나 말이 없었다. 도현이 올라와 자신들을 바라보고 있다는 사실을 깨달은 수현은 노골적으로 불쾌한 기색으로 획 뒤돌아 본부장실로 들어갔다.

'무슨 일 있었나?'

그는 가져온 서류를 톡톡 책상에 두드려 정리하고는 하나하나 확인하는 척 세영을 곁눈질로 살폈다. 세영이 원래도 열심히 일하는 사람이긴 했지만, 오늘은 분위기가 이상하다고 해야 할까? 은근히 날이 서 있는 느낌이었다.

지잉!

그때 손에 쥐고 있던 전화가 울렸다. 서휘가 보낸 메시지였다.

「생각보다 심각한 것 같아요. 들어오자마자 사무실에도 다들 그 얘기뿐이에요.」

멍하니 메시지를 읽던 도현은 답장하지 않고 그대로 화면을 바닥으로 향하게 하여 책상 위에 엎어놓았다. 그는 다시 한번 사태에 관해 아무것도 모르는 것 같은 세영을 보았다. 임수현이야 상관없지만, 이 아가씨는 아니다. 임수현은 그를 보호할 여러 장치가 있지만, 세영은 어떤 것도 없다. 훗날 두 사람 관계가 끝난다면 다칠 사람도 세영 하나뿐이라는 소리였다. 일어나지 않은 일이지만 비슷한 일을 떠올린 그는 자기도 모르게 마른침을 삼켰다.

"······."

그녀를 부르려던 그 순간이었다. 갑자기 벌컥 문이 열리더니 수현이 코트를 쥐고 문밖으로 나왔다. 인제 보니 퇴근 시간이 다 된 참이었다. 수현은 자신을 한 번 보고는 자리에서 벌떡 일어난 세영을 주시했다. 그는 그렇게 한참을 우두커니 서 있다가 입을 열었다.

"퇴근들 해요."

먼저 매몰차게 뒤돌았다. 이 죽일 놈의 감정 낭비, 죽어도 먼저 사과하고 싶지 않았다. 관계를 먼저 이렇게 어그러뜨린 건 세영이었고, 그녀가 먼저 머리를 숙이고 들어올 때까지 그도 한마디도 하지 않을 참이었다.

* * *

박 회장은 웬일로 회사가 아닌 집으로 방문한 도현을 물끄러미 바라보았다. 무슨 고민이 있는 듯 살짝 좁아진 미간을 보고 있으니 순간 아들 녀석이 생각났다. 묘하게 닮은 구석이 많은 놈들이었다. 그녀는 불쾌해진 마음을 억지로 숨기고 가만히 앉아 있는 그를 불렀다.

"웬일이니? 내가 오랄 땐 온갖 핑계를 대서 안 오더니."

"회장님이라면 이미 들으셨겠지만, 보고는 드려야 할 것 같아서 왔습니다."

그는 늘 사무적이다. 딱딱한 말투, 차가운 표정, 예의에 어긋나지 않기 위해 애쓰는 듯이 꼭 다문 입술까지. 박 회장은 그의 그런 점을 좋아했다. 아들에게서는 가끔 느껴지지만, 그에게서는 자신의 인생을 뒤흔들어 놓았던 그 최악의 남자가 떠오르지는 않았으니까.

"무슨 보고?"

그녀는 신경 쓰지 않는 척 태블릿 PC로 확인하지 못했던 하루

동안 일어난 국내외의 사건을 체크하기 시작했다. 물론 손으로 스와이프를 하고는 있어도 하얀 화면에 꽉 찬 까만 글자는 하나도 눈에 들어오지 않았다. 그저 제목만 보고 내용을 유추한다. '오늘은 통신사 기지국에서 불이 났구나.', '학교폭력 문제가 심각하구나.' 등등.

"회사에 소문 도는 거 아십니까?"

"수현이가 비서랑 그렇고 그런 관계라는 거?"

역시 이미 알고 있었다. 이유를 모를 불쾌감이 잔잔하게 서렸다.

"안 막으십니까?"

"내가 왜? 자기들끼리 좋아서 만나는 애들이야. 교제도 허락했고. 내가 이상해?"

"예. 적어도 어머니라면 아들이 사람들 입에 오르내리는 건 막아야 하는 거 아닙니까?"

"내가 보기엔 네가 더 이상해."

매섭게 날아오는 그녀의 말에 도현은 순간 할 말을 잃었다. 아까부터 자신을 불편하게 잡아매던 어떤 사실. 그는 본능적으로 그녀가 그 사실을 입에 담으려는 것을 알아챘다.

"너야말로 지금 주제 넘는다는 생각 안 드니? 내가 너 거기로 보낸 이유가 뭐야? 네가 거기로 가겠다고 한 이유가 뭐니?"

"……."

"온 김에 저녁이나 먹고 가렴."

박 회장이 이어 말했지만, 도현은 자리에서 벌떡 일어났다.

"말씀은 감사합니다만, 아직 일이 남아서요. 그럼……."

"너."

박 회장의 부름에 그가 얼어붙은 표정으로 그녀를 보았다.

"일 방해할 생각하지 마."

"……."

"네가 누구 덕에 멀쩡하게 살아서 사람 노릇을 하고 있는지 생각해."

그녀를 향해 꾸벅 인사를 한 그는 그 자리에 일분일초도 더 있기 싫다는 듯이 매몰차게 나갔다. 철컥, 현관문이 닫히는 소리가 난 후에야 그녀도 의미 없이 들고 있던 태블릿 PC를 내려놓았다.

* * *

여자가 걸을 때마다 뒤를 따르는 남자도 걸었다. 여자가 멈추면, 남자도 멈췄고, 여자가 뛰면 남자도 뛰었다. 참 곤란하다. 미행하려거든 눈치 못 채게 하던지. 그를 눈치챈 건 퇴근하고 회사 로비를 빠져나왔을 때였다. 여전히 회사 사람들은 자신이 나타나면 말을 하다가도 멈추고 화제를 돌리거나, 슬금슬금 자리를 피했다. 자신을 힐끔 보던 사람들이 별안간 자신을 향해 허리를 숙여 인사하기에 뒤를 돌았다가 알았다. 먼저 퇴근을 한 줄 알았던 그가 살금살금 자신을 따라오고 있었다.

'됐다. 그냥 두자. 어차피 이웃집이라 마주칠 사인데.'

지하철을 타러 내려와 교통카드를 찍고 플랫폼을 향하려던 그 찰나였다. 그녀가 걸음을 멈췄다. 부잣집 도련님들은 서울시 교통

체계에 대해서도 잘 모르던데 수현도 알까 싶어서였다. 뒤를 돌았다. 역시나 헤매고 있다. 자신을 따라서 지갑을 대긴 했는데 가지고 있는 카드들 중에 교통카드를 겸해서 쓰는 게 있을 리가 없다.

"아, 뭐야. 왜 안 돼?"

투덜투덜, 그가 다시 지갑을 댔다. 교통카드가 없는 지갑인데 찍힐 리가 있나. 보다 못한 세영이 마침 코트 주머니에 넣어두었던 카드 한 장을 꺼내 그에게 내밀었다. 한창 개찰구와 씨름을 하던 수현은 카드를 보고 살짝 얼어붙었다.

"지하철 탈 줄 몰라요?"

"……아, 알아……. 알았어. 알았는데……. 까먹었어."

잘도 알았는데 까먹었겠다.

그는 말끝을 흐리며 뒤통수를 긁적였다. 살면서 지하철을 포함해 대중교통을 이용해본 적이 없다. 굳이 탈 이유가 없었다. 집에는 어렸을 때부터 기사가 있었고, 멀리 갈 곳이 있다면 자신에게 전용으로 내려준 차가 데려다주었다.

그는 이상하게 이 상황이 쪽팔렸다. 그녀는 할 줄 아는데 자신은 할 줄 모른다. 생각해보면 자신은 헛똑똑이에 지나지 않았다. 그는 괜히 자신을 믿지 못하겠다는 듯 노려보는 세영을 향해 다시 입을 열었다.

"진짜야. 나 원래 탈 줄 알아. 엄청 많이 타고 다녔어."

"알았어요. 알았으니까 이걸로 찍으세요. 보아하니 교통카드도 없는 것 같은데."

"원래 있어. 있는데 안 가져왔어."

그래. 네 주제에 교통카드가 잘도 있겠다.

"알았어요. 괜히 사람들 기다리게 하지 말고 이걸로 타세요. 빌려드릴게요."

그는 세영에게서 카드를 받아 단말기에 찍고는 역사 안으로 들어왔다. 역사 안으로 들어오니 바쁜 서울 사람들이 체감되었다. 하나같이 잠시도 멈추지 않고 걷는다. 자신과 함께 다니기 전에 세영도 이들과 같은 모습이었을 것이다. 그는 새삼 자신이 보통의 시민들이 어떻게 사는지 하나도 알지 못한다는 사실을 깨달았다. 대중교통을 이용해본 적 없다는 것 자체가 그들과 다른 삶을 사는 자신을 대변했다.

그는 엄마를 따라온 어린아이처럼 세영의 뒤에 꼭 붙은 채 스크린 도어 앞에 멈췄다. 퇴근 시간에 붐빈다는 말도 많이 들었고, 도로 위의 상황도 별반 다를 건 없었지만, 지하철이 이렇게까지 붐빌 줄은 몰랐다. 그는 어색하게 스크린 도어에 비치는 세영을 응시했다. 도대체 왜 화가 난 걸까? 화를 풀려고 온 건데 도리어 자신이 더 그녀를 화나게 해버린 것 같다.

"박세영 씨. 아까 일은 사과할게."

"……."

"갑자기 그러니까 어떻게 해야 할지 모르겠어. 내가 뭘 고치면 돼?"

그가 먼저 사과의 말을 꺼냈지만 그녀에게서는 어떤 반응도 없었다. 그저 불만이 가득한 얼굴로 자신과 시선도 마주치지 않을 뿐이었다. 말도 없이 화를 내는 그녀를 원망스럽게만 여길 때가 아닐지도 모른다는 생각이 들었다. 말 못 할 이유가 있을 것이다. 하지만 두 사람 사이에서 말 못 할 이유가 무엇인지 모르겠다. 모든 것을 공유하기로 했고, 함께 살기로 약속까지 한 사이였다.

좁아터진 지하철 안으로 꾸역꾸역 사람들이 들어갔다. 후에 내리기 편하게 문 앞으로 자리 잡은 그녀는 등 뒤에 닿은 향기를 맡고 자기도 모르게 몸을 경직시켰다. 풍기는 향은 얼마 전 리리컬에서 출시한 '더 젠틀'의 향기. 동료인 도현이 줄기차게 뿌리고 다니다가 어느 순간부터 다른 향기로 바꾼 뒤로 자신이 접하는 남자들 중 '더 젠틀'을 뿌리는 사람은 수현이 유일했다.

등으로 그가 닿자마자 문 쪽으로 더 붙어 피했다. 하지만 소용없는 행동이었다. 자신이 문 쪽으로 움직일 때마다 그도 움직였으니까. 어정쩡한 자세로 붙은 채 열차가 움직였다.

방금 그는 자신이 뭘 고쳐야 화가 풀리느냐 물었지만, 물음이 틀렸다. 세영 자신은 화가 나지 않았다. 그저 어떻게 해야 하는지 모르는 것이다. 그를 놓고 싶지 않은데, 놓지 않으면 원치 않게 사람들 입에 오르내린다. 그렇게 되면 이 사람도 그 소문이라는 것에 다치고 말 것이다.

입술을 깨문 채 열차가 도착할 때까지 기다렸다. 행여 뒤에 완전히 붙은 그가 또 말을 걸지 않을까 생각했다.

"이번 역은 건대입구, 건대입구역입니다. 내리실 문은 오른쪽입니다. 장암이나 고속터미널, 부평구청 방면으로 가실 고객께서는 이번 역에서 7호선으로 갈아타시길 바랍니다."

내릴 역이었다. 열차가 멈추고 문이 열리자마자 도망치듯 빠져

나왔다. 급하게 또각또각 소리 내어 계단을 오를 때였다. 그녀와
는 다섯 발자국 정도 떨어져 걷던 그가 단숨에 그녀에게로 따라
붙었다. 갑작스러운 그의 행동에 놀라는 것도 잠시였다. 그는 무
턱대고 그녀에게서 가방을 빼앗더니 치마 아래를 가렸다.

"……뭐해? 안 가?"

치마 아래가 보였던 모양이었다. 마침 옆으로 두 사람을 곁눈질
하던 노숙자가 지나갔다. 수현은 불쾌한 눈빛으로 그에게는 들리
지 않을 정도로 작은 목소리로 중얼거렸다.

"죽고 싶나. 어딜 보고 있는 거야."

주변 사람들의 시선이 서서히 몰리기 시작했다. 임수현은 어디
를 가든 시선을 한데 모으는 사람이었다. 혹시 이곳에도 회사 사
람이 있는 건 아닐까. 그녀는 당황한 눈초리로 다시 계단을 올랐
다. 역에서 빠져나오자마자 수현이 그녀에게 가방을 내밀었다. 멀
뚱히 그를 보다가 조심스럽게 가방을 건네받은 그녀는 어색하게
입술을 움직였다.

"고, 고마워요."

지금은 멀리하고 싶어도, 그가 도움을 준 건 사실이다.

감사 인사만 하고 휙 돌아서 빠른 걸음으로 그 자리를 벗어나려
는 그녀에게로 그가 바싹 다가섰다.

"진짜 나랑 말 안 할 거야?"

하아, 이 도련님은 지금 사태가 얼마나 심각하게 번져 가는지 전
혀 모른다. 이런 도련님한테 회사에서 자신과 그의 이야기가 사
실 아닌 것들까지 섞여서 일파만파 소문이 커져가고 있다고 하면

어떤 반응일까?

두 사람 사이에 묘한 기 싸움이 벌어졌다. 한마디도 하지 않고 빠르게 걷는 여자와 그런 그녀에게 한마디라도 듣고 싶어서 수다쟁이가 되어버린 남자. 누가 보더라도 조금은 이상해 보이는 그림이었다.

그녀의 바쁜 걸음이 멈춘 곳은 집 앞이었다. 열쇠를 꺼내 급하게 돌리던 그녀의 손을 수현이 움켜잡았다.

"날 무시하는 게 너라면 괜찮아. 상관없어. 하지만 이유는 말해 줘야 할 거 아니야. 갑자기 이러는 이유가 뭔데?"

수현은 어린아이처럼 굴었다. 그제야 세영은 똑똑히 그를 올려다보았다. 똑똑하고 뭐든 잘하는 남자라고 생각했던 그는 자신과 사는 세계가 완전히 달랐다는 것을 이제야 깨닫는다. 그래서 멀리하려고 했던 것이고, 고백했을 때도 매몰차게 찼던 것인데 정신을 차려보니 이러고 있다.

"이유요? 이런 점이요. 이런 점이 싫어요."

"……."

"어린아이 같고, 자기밖에 모르고. 옆집에 이사 온 것부터가 그래요. 날 배려했었다면 오지 말았어야 했어요."

"……."

"내일부터는 따로 출근해요. 들어갈게요."

한꺼번에 쏟아진 말에 그는 충격을 먹은 듯 대꾸하지 않았다. 슬쩍 그의 가슴팍을 밀어버리고 문을 열고 집 안으로 들어왔다. 괜히 그가 현관문 밖에 계속 서 있을 듯한 생각에 급하게 침실로 들어와 침대에 엎어졌다.

최악이다. 그가 잘못한 건 하나도 없는데 그에게 화를 내버리고 말았다. 사실은 너무 무서웠다. 자신이 화장실에서 엿들었던 직원들의 대화를 그가 똑같이 듣게 되는 날이 올 것 같았다.

* * *

살면서 이렇게 유치하게 변할 줄은 몰랐다. 세영이 매몰차게 집으로 들어가고 한참을 집 앞에서 서성였다. 이전에 이렇게 꼬이다가도 풀렸던 것처럼 그녀가 다시 나와 주리라는 몹쓸 예감 때문에 서성였다. 하지만 정말 몹쓸 예감이었다. 결국 세영은 나오지 않았다.

그는 침대에 누운 그대로 검색엔진으로 들어가 검색창에 '여친이 화났을 때'를 치고 검색 결과를 살폈다. 물론 도움이 되는 내용은 하나도 나오지 않았다. 애초에 세영이 왜 화가 났는지 모르니까.

'나 지금 뭐 하는 거냐. 어린애처럼.'

괜히 메신저 창을 들락날락했다. 그녀의 프로필을 눌러보기도 하고, 함께 했던 대화를 거슬러 올라가 읽기도 했다. 전화를 할까 말까 망설이며 손가락을 움직였다. 요즘은 참 편해진 세상이다. 다이얼을 누를 필요도 없이 터치 한 번이면 바로 연결이 되니까. 하지만 그 쉬운 것도 못 해서 이러고 있다. 그의 걱정은 하나였다. 이러다 '세영일 더 화나게 만들면 어쩌지?' 화가 난 그녀는 보고 싶지 않았다. 혼자 맘 졸이며 좋아할 때와는 달랐다. 지금은 뭐랄까. 같이 좋아하는데 한쪽이 일방적으로 밀어내는 느낌이랄까?

'나 원래 뻔뻔한 놈이었잖아.'

한참을 고민하다가 참다못한 그가 그녀의 번호를 터치했다. 전화 한 통을 하려고 혼자 속으로 얼마나 애를 끓였는지 모른다. 이런 자신은 충분히 낯설었다. 하지만 곧 그는 무턱대고 그녀에게 전화한 것을 후회했다. 역시나 받질 않으니까.

"미치겠네."

전화를 손에 놓고 억지로 잠을 청해보지만, 정신은 오히려 또렷했다. 고작 얇은 벽을 사이에 두고 가슴앓이하는 것 자체가 그에겐 처음 겪는 고통이었다.

* * *

출근하기엔 꽤 이른 시간이었다. 일찌감치 집에서 나오면 그를 마주치지 않을 거라는 생각에서였지만, 착각이었나 보다. 세영은 나오자마자 집 앞에 쭈그려 앉은 채 기다리던 수현과 눈을 마주쳤다. 행여 그가 또 막무가내로 나오는 건 아닐까 싶어 열쇠로 문을 잠그며 잔뜩 경계했다. 출퇴근은 따로 하자던 자신의 이야기는 도대체 어디로 들은 건지 그는 우두커니 서서 계단을 내려갈 생각도 없어 보였다. 그는 세영이 움직이자 그제야 천천히 그녀에게서 다섯 발자국 떨어진 채 걸었다.

내리막길을 내려오는 그녀의 걸음에 맞춰 그의 걸음도 빨라졌다, 느려졌다 반복했다. 사실 그를 마주치고 싶지는 않았지만 보고 싶지 않았던 건 아니었다. 무척 보고 싶었다. 너무 보고 싶어서 일부러 마주치지 않으려고 했는데 그가 망치고 있다. 결국 그녀는 참지 못하고 소리쳤다.

"출근 따로 하자던 얘기 못 들었어요?"

"따로 할 거야. 따로 하는 중이고."

거짓말이다. 집 밖으로 나오자마자 보았던 그의 얼굴은 추운 바깥에서 얼마나 기다렸는지 뺨이며, 코며 귀까지 빨갰다. 눈물이 나올 것 같아서 다시 바쁘게 걸었다. 등 뒤로 그의 걸음 소리가 따라붙었다.

"박세영, 넌 그래서 나랑 끝내고 싶어서 이러는 거야?"

또각또각 그녀의 걸음이 멈췄다. 이 사람은 왜 이렇게 극단적으로밖에 말을 못 하는 걸까? 끝낸다? 임수현과 끝낸다? 주변에 의해 어쩔 수 없이 끝내야 하는 경우는 늘 생각했다. 그는 왕자님이고 자신은 신데렐라니까. 하지만 자신이 먼저 그를 밀어내야 하는 상황까지는 아니었다.

"사람이 왜 이렇게 극단적이에요?"

"너도 지금 극단적이잖아. 화가 난 이유도 말해주지 않고, 대화조차도 하지 않는데 이게 끝내려는 거 아니면 뭔데?"

제발 뒤돌아. 제발.

그는 세영의 뒤통수만 응시한 채 속으로 빌었다. 얼굴이라도 보고 싶다. 잘 잤는지, 밤새 자기 때문에 신경 쓰느라 못 잔 건 아닌지, 어디가 아픈 건 아닌지. 사람을 대한다는 것이 이렇게 무섭다는 것을 그녀를 통해 새로 배웠다. 사랑이란 감정을 품을 땐 다르다. 행여 그녀가 자신의 작은 행동에도 실망하고 마음이 멀어질까 봐 무섭다.

"말을…… 해줘야 알잖아. 나 이런 거 처음이라서 정말 몰라."

그의 입에서 애원 섞인 원망이 나왔다. 본래 없었을 때보다 있다가 없을 때 허전함을 더 느낀다고 한다. 지금 그의 상태가 그랬다. 그녀를 향해 원망스럽게 뱉긴 했지만, 그의 말은 도리어 그의 심장으로 박혀 아프게 만들었다. 행복한 일만 생각하고 싶은데, 즐거운 일만 생각하고 싶은데 그녀는 이제 싫은 걸까?

'혹시 그 아가씨, 네 돈 보고 만나?'

'돈이 좋아서 널 만나는 거라면 돈으로 꼬시면 얼마든지 곁에 남아 있게 할 수 있어. 근데 널 정말 사랑해서 옆에 있는 거라면? 후에 널 떠난다고 하면 넌 뭐로 붙잡을래?'

이전에 어머니가 했던 말이 떠올랐다. 그의 가슴은 점점 더 불안으로 망가지기 시작했다. 생각하지 않았다. 세영이 자신을 떠나는 상상 따윈 해본 적이 없다. 일을 할 때도 그랬다. 어떤 목표가 정해지고 그 목표를 이루게 되면 절대 잃을 일은 없다고 생각했다. 세영도 마찬가지였다. 이젠 연인이니까 절대 떠나지 않을 거라고 생각했다. 그렇게 오만했던 결과인가보다. 연인은 갑작스럽게 차가워졌다. 정말 떠날 것처럼 싸늘했다.

세영은 자신이 이렇게까지 몰리게 된 상황이 슬프기만 했다. 이런 식의 연애가 처음이라면 그는 정말 아무것도 모를 것이다. 사실 동화 속에서 신데렐라는 왕자님과 결혼해서 행복하게 살지만,

결혼 이후의 이야기는 나오지 않는다. 어떻게 살았는지, 둘이 계속 행복하게 사랑하며 사는지. 주변에서 자신의 이야기를 하기 시작하면서 느꼈다. 신데렐라는 왕자가 왕자로 있는 한은 행복하게 살지 못했을 거다.

"내가 같이 살자고 한 게 부담스러우면 같이 안 살아도 돼. 계속 이렇게 이웃집에 살아도 괜찮아."

누군가에게 절절하게 매달려본 적 없던 그는 한 번도 이런 상황을 연습해본 적이 없는 자신의 과거가 원망스러웠다. 배우기라도 했다면, 경험이라도 했다면 사랑하는 여자가 갑작스럽게 냉해졌을 때 어떻게 행동해야 하는지 알았을 텐데. 처음 그녀가 본부장실로 왔을 때 도대체 그동안 무엇을 배운 거냐고 구박하고 닦달했지만, 진짜 배운 거 없고 서툰 건 자신이었다. 좋아하는 여자에게 어떻게 말을 해야 하는지도 모르니까.

"……."

세영은 대답 없이 걸었다. 뒤로 남자의 발소리는 들리지 않았다. 그래도 따라올 것이라고 기대를 했음을 깨닫고 나니 이기적인 자신이 한심스러웠다. 그를 좋아하는 것도, 함께 살자는 그의 고백을 듣고 좋았던 것도 사실이지만, 한편으로는 그 때문에 사람들 입에 오르내리는 것이 싫었다. 걸음은 따라오지 않았다. 상처를 입었을 것이다. 그의 마음에 상처를 입혔다고 생각하니 발걸음은 더욱더 빨라졌다. 울 것 같은 얼굴을 한 채 막 문이 닫히려던 전동차 안으로 뛰어 들어가 구석에 섰다. 손잡이를 비틀듯이 잡고 입술을 깨물었다.

'잘한 거야. 잘했어.'

전동차 안은 이른 시간이기 때문에 앉을 자리가 많았지만, 그녀는 그럴 수가 없었다. 불편하게 구석에 서서 등을 돌린 채 혼자 슬픔을 넘겼다.

* * *

진짜 들으면 들을수록 가관이다.

"남녀 간에 서로 좋아할 수 있죠. 있는데 너무 속이 뻔히 보이잖아요? 인터넷에 동창이었다고 떠도는 글 아직 못 보셨죠?"

"무슨 글?"

"반 애들 선동해서 누구 따돌리고 그랬대요. 그래놓고 선생님한테 걸리면 자기만 쏙 빠져나갔다던가?"

"살다 보면 그렇게 여우짓 잘하던 애들이 더 잘살더라. 근데 벌써 인터넷에 그런 게 돌아?"

이름 모를 두 남자가 떠들었다. 조향을 하다 말고 두통이 와서 잠깐 창문을 열어두고 쉬던 서휘는 창문을 통해 들려오는 말이 너무 어이없는 종류였던지라 귀를 기울였다.

"사내 네트워크 통해서 다 퍼졌는데 다른 곳에는 벌써 퍼졌죠. 본사에 직원만 몇 명인데요."

"어, 나도 그 얘기 알아."

이번에는 여자 목소리까지 끼어들었다.

"최 주임님도 들었어요?"

"친구가 보내줘서 봤지. 물론 회사 이름이랑 이런 건 다 이니셜로 적혀 있긴 했는데 한국에서 명품 라인 생산하는 곳이 몇이나 되겠어? 친구가 우리 회사 얘기 아니냐고 보내줘서 알았지."

창문을 통해 들어오던 이야기를 유심히 듣던 서휘가 뒤돌아 컴퓨터 앞에 앉았다. 이런 짓까지 하고 싶지는 않지만, 도대체 회사의 소문이 어떤 방식으로 인터넷에 퍼졌는지 궁금했다.

'이니셜이랬지?'

타다닥 타다닥 키보드를 두드리고 잠시 기다렸다. 수현과 세영의 이야기를 찾는 건 그리 어렵지 않았다. 포털사이트에 검색하자마자 가장 상단에 뜬 몇 가지가 전부 'L모 그룹 회장 아들과 사귄다는 소문이 돈 비서의 학교폭력 피해자입니다.'라는 글이었기 때문이었다. 마우스를 쥔 손이 바들바들 떨렸다. 세영에 대해 잘 아는 건 아니지만, 나쁜 사람은 아니라는 것쯤은 안다. 그렇게 성질 더럽다고 소문난 임수현 밑에서 6개월을 넘게 버티고 있는 것 자체가 보통 사람은 아니다.

「얼마 전에 L모 그룹 본사에 다니시는 분이 올린 회장 아들과 사귀는 사이 아니냐는 의혹이 있는 비서에 대한 글이 떴습니다. 거두절미하고 말씀드리면 저는 그 비서와 아는 사이입니다. 물론 지금 연락은 하지 않아요. 가끔 동창들에게 소식을 듣는 정도입니다. 초등학교, 중학교, 고등학교를 다 같이 나왔고 같은 동네에 살기도 했습니다. 초등학생 때까진 친했는데 틀어지게 된 건 중학교 들어가서부터였습니다. 지금부터 그냥 A라고 하겠습니다. A가 꽤 예쁘장하게 생기고 그래서 처음 중학교 들어갔을 때부터 언니들이 관심을 보였습니다. 그러더니 어느 순간부터 그 언니들이 있던 일진그룹에 들어가더라고요.」

천천히 끝까지 읽은 서휘는 착잡한 표정으로 인터넷 창을 껐다. 괜히 찾아봤다. 오히려 마음만 더 복잡해졌다. 인터넷에까지 이렇게 퍼졌다면 더는 가만히 보고 있을 일은 아니라는 생각이 들었다. 어쩌면 진작 움직였어야 했는지도 모른다고 후회도 들었다. 지켜보고 있으면 자연스럽게 소문이 들어갈 것이라고 생각했는데 설마 인터넷에까지 퍼져서 이상한 루머까지 생산해 내리라고는 생각도 못 했다.

바로 사무실을 나오자마자 소곤소곤 떠들던 팀원들이 서휘의 눈치를 살피고는 입을 꾹 다물었다. 오히려 그 모습에 진절머리가 난 그녀가 모두를 향해 말했다.

"그렇게 남 얘기할 시간 있으면 향 연구라도 더해요. 2월 출시 목표인 거 알죠? 오늘부터 야근이에요."

그녀가 매몰차게 말하고 나가자 직원 중 하나가 투덜거렸다.

"아, 오늘 약속 있는데……. 근데 팀장님은 왜 저렇게 짜증이에요?"

"몰라요?"

"뭘요?"

"저번 워크숍에서 있었던 일이요. 우리 팀장, 본부장님한테 까였잖아요. 우리 워크숍 했던 호텔에 소문 쫙 퍼졌어요."

"헐, 진짜요?"

"비서한테 밀리고 얼마나 열 받겠어요?"

"아, 그럼 저럴만하네요."

서휘가 왜 화를 냈는지 고민할 생각도 없는 그들은 자기들이 떠들고 싶은 대로만 떠들었다.

서휘는 바로 본부장실이 있는 층으로 올랐다. 세영에 대해서는 모르지만, 수현이라면 나름 잘 안다고 생각한다. 20년 지기 친구이고, 사랑을 전제로 한 건 아니지만 사귀었던 사이이기도 했다. 물론 지금도 그와 친구라는 사실은 변하지 않았다.

'친구면 이 정도는 걱정해도 되는 거잖아. 친구라면.'

기다란 복도를 지나 본부장실이 있는 비서실 앞으로 갔을 때였다. 마침 그 자리에 세영은 없었다. 그녀를 먼저 발견한 도현이 살짝 기쁜 듯한 얼굴로 다가왔다가 심각한 그녀의 표정에 덩달아 함께 심각한 표정으로 변했다.

"수현이 있죠?"

"왜요? 일 얘기 때문에 온 건 아닌 것 같은데."

서휘는 고민스러운 듯이 입을 열었다.

"사태가 좋지 않아요. 인터넷에까지 퍼졌다고요."

"……네, 알아요."

도현의 대답에 서휘는 이맛살을 구겼다. 소식을 안다면서 비서라는 사람이 너무 두 손을 놓고 있다.

"안다고요? 그래서 수현이한테 알렸어요? 어떻게 대응해야 하는지 매뉴얼 있죠? 비서들은 그런 거 있다고 들었는데……."

그녀의 물음에 그는 고개를 저었다.

"아직 모르십니다."

"아, 아직 몰라요? 안 알리고 뭐 하는 거예요?"

도현은 자신을 스쳐 지나가려는 서휘를 붙잡았다.

"차도현 씨."

"내려가세요."

"뭐라고요?"

분명히 함께 소문에 대해 걱정한다고 생각했다. 사원들이 실없는 소문을 부풀리고 부풀려서 결국 그의 아버지이기도 했던 임 사장 이야기까지 꺼낸 것에 화를 냈던 사람이었으니까. 그러나 지금 도현의 표정은 무척이나 차가웠다. 걱정하는 사람의 것보다는 업무를 하는 사람의 표정처럼 보였다.

"서휘 씨는 여기에 관여하면 안 돼요."

"도대체 왜요? 소문에 다닥다닥 붙어 있는 헛소문들까지 당신도 들었잖아요."

도현은 망설였다. 방해하지 말라며 차갑게 말하던 회장님의 말이 떠올랐다. 어제 잠깐 회장님을 뵙고 나서야 알았다. 이 모든 것들이 회장님이 의도한 일이었다. 그는 의문스러운 표정으로 자신을 바라보며 대답을 원하는 그녀에게 천천히 입을 열었다.

"이 일 회장님이 벌이신 겁니다."

회장님이 벌이셨다고? 아주머니가?

세영이면 몰라도 아들까지도 괴롭히는 일이다. 그런 일을 어머니가 버젓이 저지른다고?

"우린 이 일에 관여하면 안 돼요."

믿을 수 없다는 표정으로 충격을 받은 채 가만히 서 있던 그녀에게로 도현이 다시 말했다.

* * *

그날 이후로 두 사람 사이는 더 냉랭해졌다. 며칠이 지났을까? 소문은 잦아들어야 하는데 오히려 더 번진 것 같았다. 적어도 세영이 느끼기엔 그랬다. 고작 남자와 여자가 만나서 사랑하는 이야기를 그들은 이상한 방식으로 풀어냈다. 하지만 그들이 아주 틀린 것도 아니었다. 임수현이 고작 남자라고 불릴 만큼 평범한 사람은 절대 아니었으니, 소문은 계속 커질 수 밖에 없었다.

수현이 외근을 나가기 위해 코트를 걸치며 밖으로 나왔다. 세영도 하던 일을 멈추고 자리에서 일어났다. 그러나 나갈 준비를 하는 건 그녀가 아니라 옆에 서 있던 도현이었다. 관계가 냉각되면서 세영이 맡았던 수현의 수행비서 역할은 도현에게로 넘어갔다. 두 사람 분위기를 알고 있던 도현이었지만, 별다른 말은 하지 않았다.

수현은 자신에게 눈길조차 주지 않는 그녀를 부담스러울 정도로 응시하다가 입을 열었다.

"갑시다, 차 비서."

"예, 본부장님."

두 남자가 무거운 분위기를 풍기며 공간을 벗어나자 그제야 세영도 탁상 달력에 적어 놓았던 수현의 일정을 확인했다.

「12시 30분 AC Plaza 미팅」

이젠 자신이 그의 스케줄을 관리하지 않다 보니 이렇게 보지 않으면 그가 어떤 일로 외근을 나가는지, 언제 중요한 스케줄이 있는지 자꾸 놓치고 만다. 달력만 보고 있으면 괜히 속상해진다. 그녀는 달력의 날짜가 보이지 않도록 뒤로 돌려놓고 다시 일에 매달렸다. 손가락의 움직임이 빨라지면 손끝으로 터치되는 키의 개수도 많아진다. 워커홀릭처럼 의미 없이 키보드만 두드리던 그때였다.

똑똑!

누군가가 비서 데스크를 두드렸다. 정신줄도 놓은 채 멍하니 있던 그녀는 그제야 정신을 차리고 고개를 들었다. 잘생겼다는 느낌이 드는 중년 남자였다. 그는 매너 좋은 미소를 얼굴에 가득 깐 채 그녀를 바라보았다. 세영은 화들짝 놀라며 자리에서 일어나 그를 향해 입을 열었다.

"어서 오세요. 무슨 일로 오셨습니까?"

"미안해요. 내가 놀라게 한 모양이네."

"아, 아닙니다."

민망함에 세영이 살짝 얼굴을 붉히자 신사는 환하게 웃으며 그녀를 향해 손을 내밀었다.

"반가워요. 수현이 아비 되는 사람입니다. 임상원이오."

"……아, 어, 아, 안녕하세요!"

급하게 그의 손을 잡으며 인사를 건넸다. 어쩐지 얼굴로 임수현의 분위기가 비슷하게 풍겼다. 아니 거의 흡사한 외모였다. 만일 그가 나이를 먹는다면 이렇게 늙겠구나 생각이 들 정도였다.

듣기로 회장님은 10년 전, 어떤 문제로 이혼을 하셨고, 막대한 위자료까지 지급했다고 알고 있었다. 그래도 아버지와 아들 사이라고 연락은 하고 지냈다는 걸까?

"본부장님은 지금 외근을 나가셔서……."

세영의 말에 상원은 고개를 저었다. 여전히 친절한 미소를 얼굴에 가득 담은 채 말했다.

"아니, 난 박세영 비서님을 만나러 온 거라."

"저를요?"

그가 똑똑히 자신의 이름을 발음하자마자 세영의 가슴은 쿵쾅거렸다. 그가 언제 자신의 이야기를 했거나, 나쁜 쪽으로 생각하면 자신의 이야기가 상원의 귀에도 들어갈 정도로 유명해졌거나 둘 중 하나였다. 순간 불안해졌다. 헤어지라는 이야기를 하려고 온 걸까? 그녀가 저도 모르게 작게 떨었다. 유심히 그녀를 지켜보던 상원은 조심스럽게 입을 열었다.

"그런데 점심은 안 드시고 일하시는 건가? 많이 바빠요?"

"아뇨, 먹어야죠."

"수현이가 밥도 안 먹이고 일 시키는 건 아닌지, 사실 조금 놀랐습니다."

"아니에요. 거의 끝났습니다."

웃으며 대답한 세영을 향해 그가 웃었다. 웃는 얼굴은 보면 볼수록 수현과 판박이였다.

"그럼 나랑 같이 밥이나 먹으러 갑시다."

그가 제안을 했지만, 세영은 망설이는 얼굴이었다. 멋대로 그의 가족을 단독으로 만나도 되는지 판단이 서질 않았다. 가뜩이나 지금은 그와 냉전 중이기도 했으니까. 곤란한 빛을 띤 세영에게 상원이 다시 제안했다.

"정 부담스러우면 밥 대신 차라도 한 잔?"

남자친구 아버지의 제안을 거절할 수 있는 여자가 몇이나 있을 까? 더군다나 두 번이나 제안을 한 사람에게 거절하는 건 예의가 아니었다. 그녀는 어쩔 수 없이 웃으며 대답했다.

"네, 거기라면 괜찮을 것 같아요."

* * *

뒷좌석에 앉은 수현은 무척 언짢은 표정으로 창밖을 주시했다. 미팅은 성공적으로 끝났다. 어차피 그냥 거래처와 점심을 먹는 것 뿐이었지만, 일에 도저히 집중할 수 없었던 그로서는 긴 프로젝트 를 끝낸 기분이었다.

점점 지친다. 기 싸움을 하는 것도, 그녀를 기다리는 것도. 자연 히 알아서 풀어지면 좋겠다는 바람을 하기도 했지만, 오히려 상 황은 나빠지기만 하는 것 같다. 따로 출퇴근을 한 지도 며칠이 지 났다. 회사에서 뚫어져라 응시할 때가 아니면 얼굴을 볼 일도 별 로 없었다. 그녀가 맡았던 수행비서의 일은 전부 도현이 맡아서 하게 되었으니까. 불편하면서도 편했다. 그 사실이 그를 더 불쾌 하게 만들었다. 이웃하고 있는데 못 본다는 사실이 더 엿 같았다. 차라리 멀리 떨어져 살았더라면 퇴근하고 나서는 볼 수가 없으니

단념이라도 했을 것이다.

"하아."

그가 답답한 기색으로 작게 한숨을 뱉었다. 회사 일을 팽개칠 수는 없으니 나와서 억지로 일은 하고 있는데 집중이 되지 않는다. 늘 중요하게 생각하던 일의 능률이 떨어진다. 일하다가도 멍 때리기를 여러 번, 온종일 일에 진전이 없던 적도 한두 번이 아니었다. 한편으로는 그런 생각도 들었다. '너도 나처럼 망가지고 있는 중이면 좋겠다. 그래서 그냥 돌아왔으면 좋겠다. 아무것도 묻지 않을 테니 딱 한 달 전처럼만 살고 싶다. 평생을 한 달 전처럼 살아도 좋으니까 이 거지 같은 상황이 끝났으면 좋겠다.'

턱을 괴고 창밖을 주시 중인 그의 눈이 슬프게 내려앉았다. 처음엔 아무 말도 해주지 않고 혼자 끙끙 앓기만 하는 그녀가 미웠는데 이젠 뭐라도 좋으니 말이 하고 싶었다. '잘 잤니?', '밥 먹으러 갈까?', '오늘은 하얀 블라우스가 참 잘 어울려.' 아, 마주하게 된다면, 그녀가 꽁꽁 닫힌 마음을 열고 자신에게로 다시 걸어온다면 해주고 싶은 말이 많다. 하루하루 뱉어지지 못한 말들은 그의 가슴 속에 층을 이루며 켜켜이 쌓인 지 오래였다.

'돈이 좋아서 널 만나는 거라면 돈으로 꼬시면 얼마든지 곁에 남아 있게 할 수 있어. 근데 널 정말 사랑해서 옆에 있는 거라면? 후에 널 떠난다고 하면 넌 뭐로 붙잡을래?'

박 회장의 서슬 퍼런 말을 기억해낸 그는 표정을 숨기지 못하고 딱딱하게 굳었다.

운전하던 도현은 백미러에 반사되어 보이는 수현을 착잡한 표정

으로 보았다. 눈에 띄게 말랐다. 하긴, 오늘 점심 식사도 화기애
애한 분위기이긴 했지만, 그에게는 거의 고문처럼 보였다. 억지로
꾸역꾸역 넣더니 식사 자리가 끝나고 나서는 체했던 것인지 화장
실에 가서 모두 토해냈다. 아무것도 먹지 못할 정도로 이 상황이
괴로운 것 같았다.

'네가 누구 덕에 멀쩡하게 살아서 사람 노릇을 하고 있는지 생
각해.'

회장님은 무슨 생각인 걸까. 반대하지 않는다고? 지금 벌어진
상황은 명백히 세영을 반대하는 건데 뭐가 반대가 아니라는 건
지. 괜히 핸들을 잡은 손에 힘이 들어갔다. 의도를 모르겠다. 예
전부터도 속내를 알 수 없는 사람이었지만, 지금은 더더욱 모르
겠다.

두 사람이 회사로 막 돌아온 그 무렵이었다. 후문에서 걸어오던
무리 몇몇이 저들끼리의 대화에 빠져 차마 수현을 보지 못하고 스
쳐 지나갔다. 그들 때문에 잠시 걸음을 멈췄던 수현의 귓가로 기
묘한 소리가 들렸다.

"어떻게 임 사장이랑 버젓이 차를 마시는 거지?"

"남자친구 아버지면 같이 차 정도는 마실 수 있는 거잖아."

"과장님, 그 임 이사랑 임 사장이랑 사이 안 좋다고 소문 난 거
못 들으셨어요? 저번에 향수 론칭 파티 때도 왔다가 문전박대당
했다던데요."

무슨 소리지?

살짝 얼어붙은 도현은 점점 불쾌한 기색을 비치는 수현을 불안

한 눈으로 보았다. 제발 멈춰주었으면 좋겠는데 그들은 계속 입을 놀렸고, 이야기의 출처가 궁금해진 건지 수현은 조심스럽게 그들의 뒤를 밟았다.

"자기 남자친구랑 아버지가 사이가 안 좋아도 같이 좋게좋게 지내는 사람들도 많아. 임 이사랑 임 전 사장이 사이가 안 좋은 걸 알면 버젓이 회사 사람들 많이 다니는 카페에서 차를 마시겠어? 임 이사 귀에 금방 들어갈 텐데. 거기다 사내에서 박세영이 임 이사 비서라는 거 모르는 사람이 어디 있어?"

"근데 박세영이랑 임 이사랑 결혼하면 어떻게 되는 거예요? 사모님 되는 건가?"

"고아라는 말도 있던데 임 이사네 집에서 허락하겠어? 아무튼 말조심하자고. 괜히 임 이사 귀에 들어가면 골치 아파지니까."

그게 이 순간이라는 것을 모르는 것인지 두 사람은 웃고 떠들다가 갑자기 싸늘해진 주변 시선을 느끼고 잠시 걸음을 멈췄다. 그제야 뒤따르는 발소리를 들은 그들은 뒤를 돌았다가 아연실색했다.

"아, 안녕하십니까."

급하게 허리를 90도로 숙인 그들은 눈치를 보며 슬쩍 눈동자를 굴렸다. 화가 난 듯 무표정한 얼굴의 수현이 자신들을 내려다보고 있었다.

"외, 외근 다녀오시나 봅니다."

"……됐고, 하던 얘기나 합시다. 둘 다 허리 펴요."

그의 말에 두 남자가 서서히 허리를 폈다. 아, 이제 잘려도 할 말이 없는 순간이다.

"그 얘기 어디서 들었습니까?"

"……예? 무슨 말씀이신지."

"박세영 비서 이야기."

"아, 그, 그게……."

두 남자가 망설이는 표정을 짓자 수현이 고개를 저었다. 대답하지 않아도 된다는 뜻일까? 그러나 그의 다음 행동에 그들은 10년은 늙은 기분을 느껴야 했다. 그가 손끝을 살짝 움직여 도현을 불렀기 때문이었다.

"차 비서, 이 사람들 이름, 부서명 적어서 나한테 가져와요."

"예, 본부장님."

수현은 바로 뒤돌아 후문이 있는 방향으로 발길을 돌렸다. 상세한 설명을 들을 생각이었지만, 그들이 세영에 대해 이야기하는 그 순간부터 이성을 잃었다. 무엇보다 그들의 말이 사실이라면 지금 후문 쪽에 있는 어느 카페에 세영과 그 남자가 함께 있다. 이전에 초대받지 않은 파티에 왔을 때 순순히 물러나기에 언젠가 사고를 치겠다고 생각은 하고 있었지만, 그게 박세영일 줄이야.

회사 주변에는 작은 카페들이 많다. 도대체 어디로 들어가야 세영을 찾을 수 있는지 고민했지만, 그렇게 힘들게 찾을 필요가 없었다. 그녀와 꼴도 보기 싫은 한 남자가 바로 보였으니까. 그가 벌컥 카페 문을 열고 안으로 들어서자마자 저들끼리 떠들던 사람들의 시선이 일제히 카페 입구로 향했다. 전혀 존재해선 안 될 사람이 서 있었다. 이런 작은 카페에는 전혀 어울리지 않는 사람이었다.

그는 자신에게로 일제히 몰린 시선을 느꼈지만, 신경 쓸 겨를이 없었다. 그에게는 두 사람만 보였다. 안 그래도 두 사람에게 주목하고 있던 사람들은 망설임 없이 그들을 향해 저벅저벅 다가가는 수현을 불안하게 보았다.

20걸음, 15걸음, 10걸음, 5걸음. 그녀가 점점 더 가까워졌다. 상원의 말에 웃기도 하고, 맞장구를 치듯 대답을 하기도 하지만 수현의 눈에는 불편한 기색인 그녀가 느껴졌다. 뚜벅뚜벅, 남자의 구두 소리가 그들 앞에 멈췄다. 한창 상원의 이야기를 듣던 그녀가 고개를 들었다. 그녀를 따라 상원도 고개를 들었다.

"…아, 본부장님."

세영이 급하게 자리에서 일어났지만 그의 시선은 그녀가 아닌 상원에게 머물러 있었다.

"수현아. 어떻게 여기까지……."

상원은 사람 좋은 미소를 지은 채 수현을 보았지만, 아버지를 바라보는 아들의 시선은 차갑기만 했다. 그럼에도 상원은 아랑곳하지 않고 아들을 향해 손을 뻗었다. 순간 움찔 떨었지만, 곁에 있는 세영의 존재 때문에 수현은 불쾌감을 드러낼 수 없었다. 어깨로 남자의 손이 닿았다.

"오랜만이구나."

"……네, 아버지."

상원은 수현의 입에서 순순히 나온 '아버지'라는 호칭에 만감이 교차하는 표정을 지었다. 이혼한 이후 한 번도 아니, 이혼하기 2

년 전부터 듣지 못했던 호칭이었다. 12년 만에 듣는 평범하지 않은 세 음절의 단어였다.

"박 비서."

"네, 본부장님."

"먼저 올라가요."

세영은 평소와 분위기가 다른 그를 느끼고 있었다. 그를 오랫동안 안 건 아니지만 이젠 깊이 안다고 할 수 있는 관계였다. 두 남자의 눈치를 살피던 그녀가 곧 수현을 향해 고개를 숙였다.

"네, 본부장님."

또각또각 그녀의 구두 소리가 두 사람에게서 멀어졌다. 그녀가 완전히 카페에서 사라지자마자 상원이 입을 열었다.

"이야긴 들었다. 너와 만나는 아가씨라고."

"여긴 좀 그러니까 자리 옮기죠. 제가 모실게요. 가요."

수현이 상원의 말에는 대꾸하지 않고 뒤돌았다. 매우 불편한 표정으로.

수현이 상원을 데리고 나온 장소는 커피나 차를 마실 수 있는 곳이 아니었다. 조수석에 앉아 앞 유리로 나타난 허허벌판을 보던 상원은 어이없는 웃음을 지었다. 아들의 태도가 꼭 자신을 내쫓기 위해 이곳으로 온 것처럼 느껴졌기 때문이었다. 물론 자신은 자신이 생각하기에도 좋은 부모는 아니었다. 그러나 아들에게 이렇게 내쫓길 만큼 나쁜 짓을 하진 않았다고 생각했다.

"나하고 말조차 섞기 싫다는 태도가 섭섭하구나."

"저한테 달리 무슨 말이 하고 싶으셔서요? 내 비서는 왜 건드려요.”

아들이 이렇게까지 불안에 떠는 이유가 비서 때문이라는 사실을 알고 있던 상원은 답답하다는 듯이 말했다.

“너도 네 엄마처럼 격에 안 맞는 사람이 좋아?”

“그게 무슨 궤변이에요?”

수현이 이맛살을 구겼다. 그러거나 말거나 상원은 입을 움직였다.

“너, 네가 그렇게 좋아하는 그 비서가 지금 무슨 상황에 빠졌는지는 알아?”

수현은 말없이 앞 유리만 응시했다. 안 그래도 이제야 막 안 참이다. 전혀 향수화장품사업부와는 상관이 없는 부서 사람들이 로비에서 그렇게 떠들어댈 정도면 사내 모든 사원이 안다고 해도 과언이 아니다. 아들은 대답하지 않았지만, 상원은 상관없다는 듯 입을 놀렸다.

“꼬리를 쳐서 널 유혹했다는 둥, 돈 때문에 너한테 인사 요청했다는 둥 별의별 헛소리가 들리더구나.”

“그걸 당신이 왜 상관해요!”

쭈뼛쭈뼛 잔뜩 날이 선 채 수현이 소리쳤다. 안 그래도 신경쇠약에 걸리기 직전이었던 그는 세영에 대한 일이라면 잔뜩 예민했다. 모든 것이 자신의 불찰이다. 예민했다면서, 예민하게 그녀에게 모든 신경을 기울였으면서도 몰랐다. 멍청했다. 그런 상황인 줄도 모르고 당장 눈앞의 달콤함만 쫓으며 그녀를 힘들게 했다.

“내리세요.”

“택시도 안 다니는 이런 곳에 내리라고?”

"…다신 박세영한테 접근하지 마세요."

더는 이야기가 통할 듯싶지 않았다. 애초에 아들을 만나러 오지도 않았고, 그 아가씨를 만나고 돌아가는 것이니 목적은 달성했다. 그는 건들면 으르렁거리며 물어버릴 듯한 아들을 둔 채 허허벌판인 이곳에 내렸다. 그가 내리자마자 수현이 도망치듯 차를 돌려 그 공간을 벗어났다. 그곳에 남은 건 한기와 그런 아들을 비웃는 한 남자뿐이었다.

* * *

실수한 걸까? 먼저 올라가라는 말에 올라오긴 했지만, 왠지 잘못한 것 같다는 생각을 지울 수가 없다. 괜히 일은 손에 잡히지도 않고, 키보드를 두드리는 손은 툭하면 오타투성이라 지우고 다시 쓰기가 일쑤였다. 키보드에서 손을 떼고 두 손을 맞잡은 채 걱정스럽게 한숨을 푹 쉴 때였다. 앞으로 커피잔 하나가 불쑥 나타났다. 고개를 들자 어색하게 웃는 도현이 보였다.

"차 비서님……."

"저도 일이 잘 손에 안 잡히네요. 피곤하기도 하고. 식곤증인가 봐요. 한 잔 마셔요."

세영이 조심스럽게 커피잔을 받으며 입술을 움직였다.

"고마워요. 잘 마실게요."

그가 차를 타온 수고를 차마 무시할 수가 없어서 살짝 입술 사이로 커피를 머금었다. 이름 모를 꽃향기가 퍼졌다. 새로운 원두라도 사 온 걸까? 호로록, 호로록 두 사람 사이에 말이 없었다. 애초에 시끄럽게 떠들던 사이도 아니었고, 회사 동료라는 위치만 빼면 자주 연락을 하는 일도 없었다.

가만히 눈치를 살피며 반대편으로 돌려진 탁상 달력을 똑바로 놓던 도현이 먼저 침묵을 깼다.

"저번엔 정말 감사했습니다."

"네? 뭐가요?"

"병원 일 말이에요. 제대로 고맙다고 인사도 못 했네요."

"아."

몇 주 전, 사고가 났다던 소식에 헐레벌떡 달려갔던 그 날이 떠올랐다. 그때 얼마나 놀랐는지 아주 잠깐이지만 수현이 기다린다는 사실조차도 잊을 정도였다.

"그때 감사했습니다."

"아니에요. 당연한걸요."

"그 순간 박 비서님밖에 생각이 안 났어요."

그러고 보니 그에게는 보호자라고 불릴만한 사람이 하나도 없었다. 연락처도 죄다 업무 관련 번호이거나 친구로 보이는 번호들뿐이었지 가족은커녕 가까운 친척 번호도 없었다. 아무리 가족과 소원한 사이더라도 저장할 때 그 사람 이름으로 해놓지는 않을 테니까.

"그래서 말인데 오늘 시간 괜찮으세요? 제가 밥이라도 사고 싶어서요."

"아."

'괜찮다'라는 말을 하려던 그때였다. 멀리에서 엘리베이터가 도착하는 소리와 함께 남자의 구두 소리가 복도에 울렸다. 발소리의 주인이 누구인지 아는 몸은 듣자마자 경직되었다. 그의 걸음은 그렇게 느리지도, 빠르지도 않은 적당한 속도이며 누가 듣더라도 당당하다고 생각할 정도로 거침이 없다. 그런 걸음이 먼 복도에서부터 비서실이 있는 방향까지 쭉 이어졌다.

남자의 구두 소리가 비서실 안으로 들어오자 두 사람이 자리에서 일어났다. 수현은 바로 본부장실로 들어가지 않고 자신과 눈도 마주치지 않고 고개만 푹 숙인 세영을 보았다. 이제야 이해가 간다. 갑작스럽게 차가워진 그녀의 태도도, 무슨 일이냐고 다그치는 자신의 물음에 대답하지 않은 것도. 분명히 뭐든 혼자서 해결하려는 박세영이라면 혼자 굴을 파고 들어가 끙끙 앓았을 것이다.

"차 비서, 잠깐 들어와요."

"…예."

바로 세영을 부를 것이라는 예상과는 달리 그가 만나고자 한 사람은 도현이었다. 대강 그가 왜 불렀는지 이유를 알고 있는 그는 열려 있던 재킷 단추를 잠그고 본부장실로 향하는 그를 따라 들어갔다.

지금 수현에게 있는 의문은 두 가지였다. 다른 부서 사람들끼리도 저렇게 떠들어대고, 심지어 회사 일과는 무관하게 지내는 상원까지 아는 정도라면 차 비서도 알리라는 것이다. 만일 그가 알았다고 하더라도 왜 자신에게 이 같은 사실을 알리지 않았는지 궁금했다.

"흐음."

그는 오늘 갑작스럽게 닥친 어이없는 상황을 머릿속으로 떠올렸다. 자신에 관한 말이 오가는 것은 별로 상관없다. 그보다 더 한 근거 없는 소문에 자신의 이름이 따라다니는 것도 들었고 쿨하게 넘기기까지 했으니까. 하지만 이번은 다르다. 분위기로 봐서는 자신보다도 세영의 이름이 더 많이 거론되는 모양새였다. 좋지 않다. 자신은 사람들의 시선이나 입에서 입으로 전하는 뜬소문에 이골이 날 정도지만, 세영은 자신과는 다른 일반인이다.

도현은 자신을 부르고도 한참 말이 없는 그의 뒷모습을 보며 그가 할 질문들을 추려보았다. 아마 소문들에 대해서 아느냐고 물을 것이고, 모른다고 하면 어째서 비서이면서도 상사의 일에 무지하냐고 힐난할 것이고, 안다고 하면 어째서 알면서도 모른 척했느냐고 따질 것이다.

"본부장님, 말씀하십시오."

도현의 말에 수현이 슬쩍 고개를 돌렸다. 두 남자는 눈만 마주쳤다.

"사내에 도는 소문, 차 비서는 이미 알았습니까?"

사내 이사이자 현재는 향수사업부 본부장인 수현과 그의 비서인 세영의 스캔들. 비서과 직원들을 통해 일파만파 퍼졌으며, 누군가는 거짓된 정보를 흘리고, 다른 누군가는 세영에게 민감하고 예민할 사실까지 흘렸다. 도현은 모든 것을 아는 상태였다. 소문이 들려오는 것을 깨닫고 거기에 더 귀를 기울였으니까. 숨기고 말고 할 것도 없다.

"어떤 소문을 말씀하시는 겁니까? 본부장님과 박세영 비서의 이야기 말씀이십니까? 사귀는 사이이고, 박세영 비서가 본부장님에게 꼬리를 쳐서 한 자리 해 먹으려고 했다는 소문 말씀이십니까? 그것도 아니라면, 박세영 비서가 본부장님의 아이까지 가졌다는 소문 말씀이십니까?"

아이?

감정이 없는 듯 무덤덤하게 소문에 대해서 줄줄 읊는 도현을 보는 수현의 표정은 험악하게 구겨졌다. 소문이라는 것이 생각보다 심각한 수준이었다.

"…계속해 봐요."

그는 잠시 말을 멈춘 도현을 향해 말했다.

"그래서 본부장님께서 아이를 지우라고 돈까지 쥐여 주셨는데 박세영 비서가 거절하고 세간에 알리겠다고 본부장님을 협박했다는 소문 말씀이십니까?"

도현은 자신이 입에 올리고도 너무 충격적이라 잠시 입을 다물고 입술만 깨물었다.

"그게 전부입니까?"

"더 있습니다만, 제 입으로 말하기는 너무 더러운 내용이라……."

수현은 답답한 듯 떨리는 손으로 잘 정돈된 머리를 헝클어뜨리고는 넥타이를 느슨하게 풀었다.

"그럼 또 하나만 물읍시다. 왜 알면서 나한테 한마디도 안 했습니까?"

일차적으로는 회장님이 관여하지 말라고 하셨다. 하지만 개인적으로는 이 남자가 소문에 몰린 여자를 제대로 지킬 수 있을지 궁금했다. 임 전 사장처럼 함께 소문이 났던 비서를 버리는 일이 있는 건 아닐까? 윗분들은 충분히 그러고도 남으니까. 그리고 돈 봉투를 쥐여 주며 말할 것이다.

'애 키우면서 사는 데엔 지장 없을 거야. 나한테 주기적으로 연락해. 언제든 도와줄게.'

괜한 반항심이 고개를 들었다.

"회장님께서 절대 알리지 말라고 하셨습니다. 주제넘게 관여 말라고."

"……어머니가?"

"그리고."

그는 똑바로 고개를 쳐들고 수현을 노려보듯 바라보며 힘주어 입을 열었다.

"아시면 뭐가 바뀝니까?"

"……지금 뭐라고 했습니까?"

"본부장님이 아시면 상황이 바뀌냐고 물었습니다. 그렇게 대단한 분이세요?"

다분히 도전적인 말투였다. 수현의 눈가에도 화기가 돌았다. 순간 눈을 까뒤집고 그의 멱살을 잡을 뻔했다.

"당신, 내 비서야. 항상 나만 주시하고 있어야 한다고. 그런 게 있으면 알렸어야지!"

"제가 오히려 묻고 싶습니다. 본부장님이 뭘 어떻게 하실 수 있으세요?"

"지금 뭐 하자는 거야!"

도현은 쐐기를 박듯 거칠게 말을 뱉었다.

"예전의 임 사장도 자기 비서랑 소문이 났다가 그렇게 버렸습니다. 사내에 소문이 돌았거든요. 비서와 바람을 피운다. 근데 그 비서가 아이까지 가졌더라. 그래서 박 회장이 지우라고 돈까지 쥐여 줬다."

한순간이었다. 쿵, 철제 캐비닛에 무언가가 부딪치는 소리가 크게 울렸다. 도현은 수현에게 멱살이 잡힌 채 뒤통수의 얼얼함을 느꼈다. 그는 고통을 참는 듯 살짝 이맛살을 구기고 자신을 노려보는 수현과 마찬가지로 그를 쏘아보았다. 이쯤에서 멈춰야 하지만, 한 번 봇물이 터지듯 쏟아진 말은 멈출 줄을 몰랐다.

"본부장님도 아시잖아요. 이런 소문이 돌면 누가 먼저 다치는지. 예전 임 사장님이 그 비서 정말 버렸잖아요. 아이까지 가졌는데요."

"안 닥쳐? 막말로 내가 그 새끼야? 왜 날 그 새끼랑 비교하는 건데. 왜!"

임수현이 가진 유일한 아킬레스건, 가족이었다. 모든 걸 다 가졌지만, 다 가지지는 못했다. 오히려 모든 걸 다 가졌기 때문에 다 가질 수가 없었다.

"만일 아셨으면 어떻게 하셨을 건데요? 그 소문에 대해 맘대로 떠든 사원들 자르실 겁니까? 그럼 모두 잘라야 할 텐데요. 그렇게 되면 회사에서 누가 일하죠?"

"계속 지껄여봐."

"못 할 것 같으십니까?"

도현의 안광은 푸르게 빛났다. 이럴 생각까지는 없었는데 상원을 생각하자 이상한 용기 같은 게 솟았다. 한 번 더 쏟아붓기 위해 입을 열려던 그 찰나였다. 갑자기 본부장실의 문이 벌컥 열렸다. 두 남자의 눈도 자연스럽게 문으로 향했다.

"……."

혼자 비서실에 앉아 있다 본부장실에서 울리는 둔탁하고 큰 소리를 들었다. 본부장실로 들어가는 수현과 도현의 분위기가 이상하다는 것을 느꼈던 세영은 걱정스러운 마음에 감히 노크도 없이 문을 열었다. 그녀가 본 광경이란 수현이 도현의 멱살을 붙잡고 한 대 칠 듯이 으르렁거리고 있는 모습이었다.

"왜, 왜 그러세요."

그녀가 다급한 얼굴로 수현의 팔을 붙잡았다. 도현은 그녀가 닿자마자 은근하게 힘이 풀어지는 수현을 느끼고 그대로 그의 손길을 쳐내고 빠져나왔다.

"본부장님."

수현은 이유 없이 함부로 누군가에게 손을 댈 사람이 아니다. 중얼중얼 문틈으로 말소리가 들리긴 했지만 무슨 이야기를 주고받았는지 제대로 알지 못했던 세영은 낯선 수현의 모습이 그저 무섭기만 했다. 지금의 그는 성난 황소 같았다.

"본부장님."

그녀는 자신을 바라보고는 한마디도 하지 않는 그를 다시 한번 불렀다. 수현은 걱정으로 울 것처럼 일그러진 그녀의 표정을 보며 자괴감을 느꼈다. 세영이 자신을 걱정한다. 그동안 마음에도 없으면서 일부러 자신을 매몰차게 대했을 그녀의 마음이 너무 아프게 느껴져서 더는 그 자리에 있을 수가 없었다. 그는 결국 아무 대꾸도 없이 그대로 본부장실을 나갔다.

* * *

수현은 회사를 나가서 돌아오지 않았다. 연락을 해봐야 하는 건지, 말아야 하는 건지 고민하는 그녀의 손가락이 액정 위를 돌아다니다 구부러졌다. 그의 비서로서 전화를 걸더라도 비서로서만 그를 걱정할 자신이 없었다. 결국 전화는 두고 메시지를 보냈다.

「어디예요? 괜찮아요?」

퇴근 시간을 한참 넘겼지만 세영과 도현 두 사람 중 누구도 먼저 퇴근 준비를 하지 않았다. 세영은 아무 일도 없었다는 듯 다음 날의 업무를 미리 준비해놓는 도현을 흘깃 바라보았다. 멱살잡이까지 당할 일이 뭐가 있었을까? 두 사람은 업무 시간에도 데면데면했고, 수현은 회사에서 말썽이 생기는 것을 극도로 싫어한다. 본부장실에서 있었던 일을 어떻게 하면 자연스럽게 물을 수 있을까 고민하던 그녀는 도현이 자신에게 밥이라도 한 끼 하자던 말을 기억해냈다. 안 그래도 그에게 궁금한 것도 있었고, 자연스럽게 물으려면 그 방법밖에는 없는 것 같았다.

"저, 차 비서님?"

책상 정리를 하던 도현이 고개를 돌렸다.

"밥 사 주신다고 하셨잖아요. 오늘… 저녁 어떠세요?"

* * *

간단한 저녁 약속 후에 집으로 돌아온 박 회장은 들어서자마자 아들을 발견하고 걸음을 멈췄다. 얼마나 기다린 것인지, 아들은 자신이 들어온 것을 알고도 고개 한 번 들지 않은 채 부동자세였다. 가정부가 그녀에게서 가방과 옷을 받아 들어가자 그제야 수현이 속삭이듯 입을 열었다.

"항상 바쁘시네요. 늘 그랬어요. 엄마는 집에 없었죠. 나로서는 당연하지만, 난 가끔 친구들이 엄마가 만들어준 떡볶이 먹었다는 말이 정말 부러웠어요."

그의 말은 푸념처럼 나왔다.

"엄마는 항상 바빴잖아요. 툭하면 작은 외삼촌이 자리 빼앗으려고 그러고, 이모들도 말썽 피우고. 지금 생각해보니까 엄마는 사자 같아요. 왕이라는 자리 뺏기지 않으려고 버둥거리는 사자요."

"……술 마셨니?"

"약간이요."

"술 먹고 운전하고 돌아다닌 건 아니지?"

그녀의 물음에 수현이 피식 웃음을 터뜨렸다. 술을 먹어서 그럴까? 감정이 참 복합적이다. 눈물이 나오기도 하고, 웃음이 나오기도 했다. 특히 그녀의 물음 때문에. 그건 자신을 걱정해서인지, 대외적인 기업 이미지가 걱정이어서인지 잘 모르겠다.

"술 먹고 운전하고 돌아다닌 건 아니냐고요? 난 내 몸의 가치를 아는 사람이에요, 엄마. 내 행동 하나에 기자들이 얼마나 주목을 하고 있고, 주가가 오르내리는지 알아요. 그리고 나 회사 일도 아주 좋아해요. 내가 일 얼마나 좋아하는지 잘 모르시죠? 하루에도 몇 번씩 괜히 일 그르쳐서 이사회에서 나 쫓아낼까 봐 겁내면서 일하는 사람이에요. 그러니까 걱정은 마세요. 그런 짓은 안 했으니까."

수현의 목소리에는 잔뜩 물기가 어렸다. 찔러서 피 한 방울 안 나올 것 같았던 아들이다. 그런 아들이 지금 술을 마시고 찾아와 자신에게 주정 아닌 주정을 부리고 있다. 그녀는 수현이 그 일을 알아버렸음을 눈치챘다. 그게 아니고서는 이렇게 눈에 띄게 행동이 변할 수가 없다.

"주정 부리려면 나가."

아들을 뒤로 하고 침실로 들어가려던 그녀는 수현의 손에 붙잡혔다. 박 회장이라는, 어머니라는 커다란 벽에 말하기 위해 용기를 조금 얻어 보려고 마신 술인데 그게 도리어 그를 너무 취하게 만들었다. 갑작스럽게 오른 취기에 그는 힘 조절도 못 하고 그녀의 손목을 거칠게 움켜잡았다. 박 회장은 손목이 저릿저릿 아파오는 것을 느꼈지만 표정 하나 바꾸지 않았다.

"왜 건드려요?"

"뭘?"

"모른 척하지 마세요. 하나 밖에 없는 아들 속도 모르세요?"

"어, 몰라. 모르겠어. 알고 싶지도 않아."

수현의 표정에는 서운함과 함께 울분이 담겼다.

"세영이 건드리지 마세요."

"……."

"걔가 잘못한 거 없잖아요."

"……."

"허락하신다는 말 거짓말인 거 알아요. 그래도 건드리지는 마세요. 제가 바뀌면 되잖아요."

수현은 털썩 무릎을 꿇었다. 아무리 어머니라고 한들 대들 수 있는 사람이 아니다. 술에 취하긴 했지만, 오히려 사리 분별에는 밝아서 이럴 때는 빌어야 한다는 사실을 알았다. 박 회장은 아들의 눈높이에 맞춰 살짝 몸을 낮추었다.

"하라는 대로 다 할게요. 세영이 건드리지만 마세요. 어머니 그 정도 파워 있잖아요. 소문 잠재울 힘."

그녀는 안타깝다는 듯이 조심스럽게 아들의 머리를 쓸었다. 우느라 덜덜 떠는 그가 느껴졌다. 지독한 사랑앓이를 하는 중인 아들이 안타까우면서도, 악역을 자처해야 하는 자신의 처지가 불행하게 느껴졌다. 하지만 살면서 깨달았다. 이뤄지기 힘든 관계는 시작도 못 하게 쳐내야 한다는 것을 그녀는 알고 있었다.

"아니. 그건 거짓말 아니야. 정말 사랑하면 둘이 결혼해서 살아. 그래도 돼. 아이를 낳아도 되고. 안 낳아도 되고. 마음대로 살아."

"……."

"근데 궁금해? 내가 허락한다면서 왜 이렇게까지 그 아가씨를 힘들게 하는지.”

그녀는 문득 자신이 상원과 결혼을 하겠다고 무턱대고 아버지께 찾아왔을 때의 그 아버지가 되었다는 사실을 깨달았다. 상원이 가난해서 싫은 건 아니라고 하셨으면서도 계속 재벌가의 남자들을 들이미셨다. 그때야 어린 마음에 반항했지만, 부모가 되고 나서야 아버지가 어떤 마음으로 상원을 반대했는지 이해한다. 자신은 결혼 생활에 실패했고, 사랑했던 남자는 원수가 되어 있었다.

“왜? 박 비서가 헤어지자고 그러니? 너 못 견디겠대? 그런 소문하나 못 견디면 너랑 어떻게 결혼하니. 내가 말했지? 왕관 아무나쓰는 거 아니다. 아무나 신데렐라가 될 수 있는 줄 알아? 착한 것들이 되는 게 아니야. 독한 것들만 신데렐라 되는 거야. 네 아버지처럼. 근데 그 아가씬 너무 순수하고 착하더구나.”

그녀는 두 팔을 벌려 아들을 껴안았다. 그리고 그의 귓가에 작게 속삭였다.

“난 널 낳은 건 후회 안 하지만, 네 아버지 만난 건 후회해. 자유롭게 놓아줄 걸 20년 가까이 나한테 묶어놨으니 얼마나 답답했을까. 근데 네 아버지만 답답했을까?”

박 회장은 알 수 없는 물음을 했다. 그리고 아들의 등을 천천히 쓸고 품에서 놓아주고 명한 표정으로 더는 자신을 바라보지 않는 수현을 뒤로한 채 침실로 들어갔다.

* * *

밥을 먹으면서 술도 함께 했다. 긴장해서 그런지 이상하게 오늘따라 취하지 않았다. 보통 술을 여러 번 넘기다 보면 미각이고 후각이고 마비가 되어서 마시는 게 술인지, 물인지 구분하지 못 할정도인데 오늘은 너무 말짱했다.

"생각해보니까 차 비서님 왔는데 제대로 회식도 못 했네요."

"무슨 회식까지야. 그럼 이거 회식으로 칠까요?"

그가 환하게 웃으며 술잔을 들었다. 왠지 마음을 가볍게 해주려고 애쓰는 것 같아서 안타까워 보였다. 그러나 주제넘게 말할 순없었다. 그저 그를 따라 웃으며 그의 잔에 자신의 잔을 부딪쳤다. 씁쓸한 액체를 목 뒤로 넘기고는 오만상을 찌푸렸다. 원래도 술을 안 좋아하긴 했지만, 오늘따라 취하지 않아서인지 왜 술을 그렇게 마시는지 이해가 가지 않는 밤이다.

"그거 아세요? 차 비서님 처음 왔을 때 저 조금 반한 거."

그녀의 말에 도현이 부끄러운 듯 웃었다.

"본부장님 아시면 큰일 나겠네요."

"……."

도현의 대답에 세영의 표정이 조금씩 굳기 시작했다. 그의 말은 마치 본부장과 자신의 사이를 안다는 듯이 들려왔으니까. 당황한 채 가만히 입을 꾹 다물고 있는 그녀에게로 도현이 입술을 달싹였다.

"죄송해요. 알고 있었거든요. 선배님이랑 본부장님 사이."

"아……."

묘한 기분이었다. 그도 다른 사람들처럼 잘 알지도 못하고 자신을 욕하기라도 했을까? 아니, 그럴 리가 없다. 도현을 오랫동안 안 건 아니지만 다른 사람들처럼 허튼 곳에 힘을 쏟을 사람은 아니다. 지금은 모른 척해준 것을 고마워해야 할지, 다른 어떤 반응을 해야 할지 모르겠다. 그런 그녀의 불편한 기색을 읽은 것인지 도현이 먼저 입을 열었다.

"힘들었죠? 소문……."

"알고 계셨어요?"

"모를 수가 없죠. 선배님이 비서실에 안 계실 때 잠깐 비서실 들르는 사람들이 눈치도 없이 나한테 그 소문 사실이냐고 묻기도 했거든요. 물론 사실무근이라고 대답은 했어요. 비서 매뉴얼이거든요. 아니, 매뉴얼 때문만은 아니에요. 사실……."

뭔가 더 할 말이 있는 듯 보였지만, 그는 애써 입을 다물고 다시 채워진 술잔을 비웠다.

"뒷소문 같은 거 싫어하거든요. 근거 없는 말도 많고, 소문의 대상자가 얼마나 괴로운지 대강은 알아서요. 그러니까 기죽지 말아요. 우리나라 사람들 금방 잊잖아요. 소문도 금방 꺼질 거예요."

순간 눈치 없이 눈물이 핑 돌았다. 가장 듣고 싶었던 대답을 사랑하는 사람도 아니고, 회사 동료에게 듣고 있다는 사실이 이상하게 서글펐다. 그는 뭘 하고 있을까? 메시지는 읽지도 않았던데 집에는 제대로 들어갔을까?

"본부장님은 괜찮을 거예요. 원래 마이웨이잖아요."

그녀의 걱정을 안다는 듯 도현이 먼저 말을 꺼냈다.

"아까 제가 본부장님 속을 좀 긁었거든요. 별일 없었어요. 자존

심에는 좀 스크래치 났겠지만 금방 잊어버리실 거니까요."

"그럼 다행이고요. 근데 괜찮으세요? 아까 다치시거나 그런 건 아니에요?"

"멀쩡해요. 본부장님이 누구 해 입힐 사람은 아니잖아요."

착각일까? 오늘 왠지 말이 많은 것 같은 도현의 말은 마치 자신이 수현에 대해 잘 안다는 듯이 들렸다. 생각해보면 묘하게 분위기가 닮은 두 사람이다. 어쩌면 닮았기 때문에 그의 마음을 이해할 수 있을지도 모르겠다.

"아, 저번에 우연히 병원에서 차 비서님 핸드폰을 봤거든요. 보호자한테 연락하려고……."

"아, 그러셨구나."

"죄송해요. 멋대로 봐서."

"아니에요. 급한 상황이었는데요 뭐."

잠시 말과 말 사이에 공간이 생겼다. 고민하는 듯 한참을 가만히 앉아만 있던 도현이 조심스럽게 입을 열었다.

"생각해보니까 왜 응급실에서 선배님한테 전화해달라고 했는지 설명은 드려야 할 것 같아서요."

괜히 술잔만 바라보던 세영도 고개를 들었다.

"……제가 사실 지금 연락이 가능한 가족이 없어요."

늘 나쁜 예감은 들어맞는다. 혹시 그에게 가족이 없는 건 아닐까 생각은 했지만, 그게 사실일 줄이야.

"연락이 가능한 분이 없다는 건, 살아는 계신다는 거죠?"

"형이 하나 있어요. 아마 제가 살아 있다는 것도 모르겠지만요.

어쨌든…… 그때 생각나는 사람이 선배님밖에 없었어요. 놀라게 해서 미안해요."

"아니에요."

순간 어렸을 때 자신의 모습이 떠올랐다. 가족이 모두 죽고, 이모 집에 얹혀살 때. 이모와 이모부는 좋은 사람이었지만, 주변 눈들은 차가웠다. 차라리 시설에 보내라는 사람도 있었고, 가족을 죽이고 혼자 살았다며 어린아이가 들으면 상처 될 말들을 아무렇지도 않게 했다. 그래서 더더욱 마음의 문을 닫았을지도 모른다.

"저도……."

그녀의 술잔을 따르던 도현이 그녀에게로 주목했다.

"저도 고아예요."

"……."

도현은 자기도 모르게 숨을 참았다. 사내에 그녀를 중심으로 도는 소문들 중 그런 게 있었다. 박세영이 고아라고. 고아이기 때문에 죽어도 임수현과는 결혼할 수 없을 거라고. 만일 아이를 가지더라도 아이는 빼앗긴 채 버림받을 것이라는 말도 함께 떠돌았다.

'그게 사실이었군.'

그녀는 무거워진 분위기를 느끼고 괜히 밝게 웃었다.

"고아이긴 했는데 이모랑 이모부가 정말 좋은 분이라서 그분들 손에 컸어요. 저 대학도 보내주시고, 부모 없는 애처럼 보이지 말라고 더 잘해주셨거든요."

"그래서 선배님이 이렇게 잘 자란 거네요?"

두 사람은 다시 한 번 잔을 부딪쳤다.

"근데 어쩌다 가족 잃은 거예요? 물어도 돼요?"

민감한 문제이긴 했지만, 수현을 통해 어느 정도 무게를 떨쳐냈다. 이젠 가족이 어떻게 죽었는지 이야기하더라도 눈물이 나지는 않을 정도니까. 그녀는 차분하게 입을 열었다.

"날씨가 좋지 않던 날에 사고가 났어요. 천둥도 많이 치고, 비도 많이 오고……. 그래서 아직도 천둥 치는 날을 무서워해요. 아무 것도 못 하거든요. 그날 일이 떠올라서요. 머릿속으로 사고가 나던 날의 소리도 울리고, 헛것도 보이고."

세영이 웃으며 대답했지만, 도현은 그녀가 자신의 상처를 일부러 아무렇지 않은 척 포장하고 있다는 사실을 느꼈다. 자신도 마찬가지였으니까.

"종교는 없지만 기도할게요."

술을 넘기려던 그녀는 뜬금없는 말에 도현과 눈을 마주했다. 그는 자신과 비슷한 아픔을 가진 그녀가 부디 이 지옥 같은 상황에서 벗어나길 바라며 말을 이었다.

"이제 천둥 같은 거 치지 말라고."

* * *

29년 평생을 살면서 추운 바깥에서 누군가를 기다리는 건 한 번도 없었다. 자신의 인생에 박세영이 들어오기 전까지는. 취기 때문에 더는 서 있지 못하고 쭈그려 앉아 벽에 등을 기댔다. 304호와 305호 사이. 문과 문이 떨어진 거리는 고작 2m. 그는 오늘에서야 그동안 좁혀지지 않던 2m의 거리를 깨달았다. 그녀가 알아 버린 것이다. 자신이 버거운 사람이라는 것을 말이다.

옷이 더러워지는 것도 잊은 채 기다란 복도에 그대로 엉덩이를 대고 앉아 고개를 들었다. 한바탕 쏟아질 작정인지 하늘은 먹먹한 구름으로 덮여 어두컴컴했고 붉은빛이었다.

박세영이 자신의 비서실로 왔을 때는 초가을이었는데 벌써 초겨울 자락이다. 계절이 바뀌었으니 꽤 오래 지냈다고 할 수 있을까? 정말 오랫동안 봐온 것도 아닌데 오래 본 듯싶다. 적어도 한 10년 정도. 웃기는 일이다. 반년도 안 된 기간 동안만 알았던 여자를 좋아하는 일도, 그녀가 좋을 방향으로 가야 하는 일도.

'내가 할 수 있을까?'

본가에서 어머니를 만나고 돌아오는 길에 내내 생각했다. 잘할 자신은 없다. 어떻게 해야 하는지도 모르겠다. 다만, 지금의 그녀를 힘들게 하는 사람이 자신일 수는 없었다. 그리고 그때부터 하늘에서 눈이 내리기 시작했다. 서울의 첫눈이었다.

"한파라더니 작년보다 일찍 내리네. 같이 보면 좋았을 텐데."

두꺼운 코트를 뚫고 스미는 한기가 느껴졌지만 마음에서 부는 바람이 더 냉했다. 오늘 그녀가 따뜻하게 입었던가? 코트 주머니 속으로 손을 푹 찔러 넣고 눈이 내리는 광경을 바라보았다.

'왜? 박 비서가 헤어지자고 그러니? 너 못 견디겠대? 그런 소문 하나 못 견디면 너랑 어떻게 결혼하니. 내가 말했지? 왕관 아무나 쓰는 거 아니다. 아무나 신데렐라가 될 수 있는 줄 알아? 착한 것들이 되는 게 아니야. 독한 것들만 신데렐라 되는 거야. 네 아버지

처럼. 근데 그 아가씬 너무 순수하고 착하더구나.'

조금만 더 못되지 그랬어. 조금만 더 드라마 악녀같이 굴지. 난 그래도 괜찮은데.

차라리 돈으로 붙잡을 수 있는 사람이지 그랬어. 난 그래도 괜찮은데.

코트 주머니 속 손을 주먹 쥐었다. 날카로운 손톱이 손바닥으로 파고들었다. 짙은 한숨을 쉬는 입술 사이에서 하얀 입김이 나왔다. 하늘에서 눈은 점점 더 많이, 굵게 내리기 시작했다. 이 와중에도 내일 출근길이 참 힘들 것 같다는 생각까지 드는 것을 보면 아직 자신은 덜 힘든 모양이다.

한창 하늘에서 내리는 눈송이의 모양이 굵어졌다, 잘아졌다 반복하는 것을 보다 취기에 못 이겨 눈을 감았을 때였다. 1층 연립주택에서부터 여자 구두 소리가 이어졌다. 그가 앉아 있는 3층으로 소리는 점점 더 가까워졌다. 눈을 감고 정신을 잃은 그의 귀에도 들렸다. 마치 심장 소리 같았다.

데려다주겠다는 도현의 말을 한사코 거절하고 혼자 집까지 걸었다. 오는 중에 눈도 내리기 시작해서 혼자 생각하기에는 딱 좋은 날씨였다. 발을 시리게 하는 차가운 냉기를 느끼며 막 집이 있는 3층으로 올라섰을 때였다. 집으로 향하는 기다란 복도에 한 남자가 304호와 305호 사이의 벽에 등을 기댄 채 앉아 있었다. 어두웠지만 너무나 익숙한 실루엣이었기 때문에 그녀는 겁내지 않고 그에게 다가갔다.

"…수현 씨?"

그에게서 지독한 술 냄새가 났다. 그러나 술 냄새보다 그녀를 당황하게 한 건 너무 차가운 그의 몸이었다. 이리저리 그의 뺨이며 손을 만지던 그녀는 놀란 표정이 되어 두르고 있던 목도리를 풀어 그의 목에 두르기 시작했다. 그 순간이었다. 잠들었다고 생각했던 남자가 두 손으로 그녀의 허리를 껴안고 끌어당겼다. 앞으로 몸을 숙인 그녀의 입술로 차가워진 남자의 입술이 닿았다. 냄새만으로 취할 것 같은 짙은 술 냄새가 풍겼지만, 밀어내지 않았다.

입맞춤은 꽤 길었다. 하늘에서 내리는 눈이 굵어졌다, 잘아졌다 몇 번을 반복할 정도로. 한참이 지난 뒤에야 그가 조심스럽게 그녀를 풀어주며 입을 열었다.

"이제 와?"

"여기서 뭐 해요. 몸이 다 얼었잖아요."

"걱정하지 마. 얼마 안 기다렸어."

그녀의 체온을 나눠 받은 그의 입술은 차가웠을 때보다 더 예쁘게 움직였다. 그는 살짝 양쪽 입가를 당겨 웃었다.

"미안해. 술 냄새나지?"

그의 물음에 세영이 고개를 저었다.

"이제 얼굴도 보고 나 들어가야겠다."

그가 씩씩한 척 자리에서 일어나 벽에 기댔다. 목에 둘려 있던 그녀의 냄새가 가득한 목도리를 슬쩍 손으로 쓰다듬던 그는 마치 떼를 쓰듯 말했다.

"세영 씨, 나 이 목도리 가져도 돼?"

"가지고 싶으세요?"

"응. 생각해보니까 나 박세영 씨 물건이 하나도 없는 거 있지."

"……그럼 새것 줄게요. 왜 쓰던 걸 달라 그러세요."

그가 고개를 저었다.

"싫어. 이게 좋아. 네가 쓰던 거잖아."

네 냄새가 가득 밴 거. 네 체온이 녹아 있는 거. 그런 게 가지고 싶어.

"세영아."

"네."

술에 취해서 그런지 눈앞이 흐렸다. 그는 지척에 있는 그녀를 보려고 애쓰며 억지로 흐린 기를 삼켰다.

"세영아, 내가 많이 고되지?"

"……."

"내가 많이 버겁지?"

의미를 모르겠다. 모르겠는데 왜 슬프지? 술에 취해서 그런가 보다. 도현과 먹었던 술이 그 자리에서는 취하지 않았는데 추워서 그런지 갑자기 취기가 오른다. 세영의 뺨으로 눈물길이 그려지기 시작했다.

"그래서 나 피하려고 한 거지?"

"……."

"괜찮아. 나 하나도 상처 안 받았어. 그럴 수 있어. 나라도 그럴 거야. 잘 참았어. 어떻게 넌 그런 상황에서 힘든 티도 안 내냐. 독하다. 내가 제일 마지막에 알았네."

그가 실소를 터뜨렸다. 모두가 가지지 못해서 안달이었던 자신

을 처음으로 밀어내는 여자였다. 이젠 그 밀어냄을 이해할 수 있
다. 그녀가 유별나서가 아니라, 자신이 유별나서였다.

"나 진짜 들어가야겠다. 취해서 자꾸 이상한 소리 나와."

그가 뒤돌았다. '현관문에 들어서는 순간까지만 참자. 조금만
참으면 돼.' 한 걸음씩, 한 걸음씩 그가 걸음을 옮겼다. 열쇠를 꺼
내고 열쇠 구멍에 열쇠를 넣고 돌리고. 그 간단한 것조차도 앞이
제대로 보이질 않아서 한참이 걸렸다. 삐걱 소리를 내며 낡은 현
관문이 열렸다. 안으로 들어서기 전 그는 304호 앞에 선 채 자신
을 바라보는 그녀와 다시 한번 눈을 마주했다.

"잠깐 잊은 게 하나 있어서 그런데. 하나만 물어봐도 될까?"

세영이 고개를 끄덕였다.

"난 네가 나보다 좋은데, 너도 그래?"

"하아, 흑! 흐흑!"

그때부터 그녀는 흐느끼기 시작했다. 아랫입술이 덜덜 떨리고,
눈물은 쉴 새 없이 떨어졌다. 훌쩍이며 흐느끼는 그녀를 보며 그
는 대답을 기다렸다. 함박눈이 소복소복 내리는 정말 예쁜 풍경
에서 그들은 최고로 불쾌한 기분을 느꼈다.

"…네. 아주 많이요."

한참 후에 나온 그녀의 대답에 기다리던 그가 방긋 웃었다. 그에
게는 더는 악당의 모습이 없었다.

"그거면 돼. 그거면 됐어."

"……흐흑!"

"잘 자. 주말 잘 보내고."

눈물이 흐르기 전 현관문 안으로 쏙 들어가 문을 닫았다. 들어오자마자 문에 등을 기댄 채 주르륵 미끄러졌다.

"끅!"

그녀가 손수 매어주었던 목도리에 입술을 묻고 남자는 서럽게 울기 시작했다.

"하아! 하아!"

첫눈이 내리던 이른 겨울, 그녀와 반년만 진하게 연애를 하겠다던 그의 프로젝트가 그렇게 끝났다.

* * *

주말 내내 눈이 내리긴 했지만, 금세 따스해진 날씨에 눈은 금방 녹고 말았다. 주말 내내 집 안에 틀어박혀 시간을 보냈던 세영도 출근하기 위해 집 밖으로 나왔다가 자기도 모르게 305호 방향을 보았다. 고작 주말 이틀이 더 지난 것뿐이었지만, 이전보다 훨씬 사람 사는 기운이 느껴지지 않았다. 당연했다. 그 이틀의 주말 동안 그가 이사를 나갔기 때문이다. 한 층에 세 집 밖에 살지 않는 연립주택에 이제 3층은 그녀 혼자만 쓰게 되었다. 사실 그가 나갔다고 달라진 건 없었다. 굳이 꼽자면, 아침마다 출근길에 뒤를 밟는 남자가 사라졌다는 것과 계단을 내려가는 발소리가 한 사람의 것만 남았을 뿐이다.

평소처럼 출근길의 미어터지는 지하철을 타고 회사와 가까운 역까지 문에 붙어 갔다. 평소와 똑같았다. 달라진 건 없었다. 아니, 달라진 것이 하나 있었다.

회사에 출근하자마자 그녀는 자신의 책상 위에 놓여 있던 인사명령서를 집어 들었다. 당연한 순서다. 그와 다시 부하 직원과 본부장 사이의 관계로 돌아갔다고 하더라도 이전의 관계까지 다 지울 순 없었다.

「귀하께서도 업무조정으로 인해 부서이동을 하게 되었음을 알려드리며, 이번 부서이동이 귀하의 상황과 업무능력 등을 고려한 조치이오니 이 점 양지하시고 회사 차원의 조치를 따라주시기 바랍니다.」

이동할 부서는 향수/코스메틱 사업부에서 전무이사 비서실이었다. 그녀는 구석에 넣어두었던 처음 본부장실로 올 때 가지고 왔던 상자를 꺼내 자신의 물품들을 차곡차곡 담기 시작했다. 벌써 이 회사에 들어오고 나서 두 번째 부서이동 명령이다. 처음엔 정말 울며 겨자 먹기로 왔는데, 원치도 않게 떠나게 되니 왠지 시원섭섭했다.

향수사업본부장 비서실에 오래 있던 건 아니라고 생각했는데, 6개월이 지나면서 생각보다 자기 물건이 많이 쌓여 있었다. 처음에 올 땐 상자의 반도 차지 않았는데 모두 정리를 하고 나니 그 커다란 상자가 꽉 찰 정도였다. 상자를 품에 안고 정든 비서실을 나와 엘리베이터를 타기 위해 기다란 복도를 걷던 그녀는 걸음을 멈췄다.

"……"

"……"

수현이었다. 그는 늘 그렇듯 샤프하고 제 몸에 딱 맞춘 명품 슈트를 걸친 채 서 있었다. 이제 출근하는 것인지 그에게서는 차가운 기운이 가득했다. 한참 그녀를 바라보던 그가 슬쩍 옆으로 비키고는 제 갈 길을 가기 시작했다. 스쳐 지나던 그 순간 두 사람은 서로를 향해 살짝 고개를 숙여 묵례하고 그녀도 엘리베이터가 있는 쪽으로 발걸음을 옮겼다.

"박세영 비서."

그의 부름에 그녀의 구두 소리가 멈췄다.

"그동안 내 밑에서 고생 많았습니다. 그곳에서도 잘 지내요."

"감사합니다. 본부장님."

서로를 바라보지 않은 채 두 사람 사이에서 상상조차 할 수 없는 아주 딱딱한 사무적인 인사가 오갔다. 그가 따스한 인사라도 해주기를 바랐던 걸까? 차가운 인사에 너무 당황해버린 자신의 마음에 실망한 그녀는 크게 심호흡을 했다.

'잊어버리자. 씩씩하게.'

또각또각 여자 구두 소리가 다시 울리기 시작했다. 복도 끝 본부장실 앞 비서실에서 멈춘 그도 뒤돌아 그녀가 보이지 않을 때까지 바라보다 몸을 돌려 본부장실 안으로 들어갔다. 이젠 마주칠 일이 없는 두 사람의 깔끔한 마지막 인사였다.

Chapter 13

이별 후

한 남자는 집무 책상 앞에 앉은 채, 다른 남자는 그와 마주 보는 자리에 선 채 서로를 무표정하게 바라보았다. 그러나 시선이 마주치던 것도 잠시, 수현은 매우 사무적인 말투로 입을 열었다.

"앞으로 비서가 더 필요할 것 같진 않아서 요청하진 않았습니다. 차 비서라면 혼자서도 잘할 것 같아서요. 불만은 없을 거라 생각할게요."

"네, 본부장님. 불만 없습니다."

"다행이네요. 그만 나가 봐도 좋아요."

두 사람 사이에선 찬 바람이 쌩쌩 불었다. 이전의 다퉜던 일은 그렇게 묻히고 지나갔고, 수현도 그에게 사과를 바라진 않았다. 도현의 말투가 너무 극단적이긴 했지만, 어쨌건 있는 사실이었고, 그로 인해서 동화 속에서만 살던 정신이 현실 세계로 돌아왔다.

도현이 나가고, 결재 서류를 몇 번이나 확인하고 사인하려던 그는 재킷 안주머니에 만년필이 없다는 사실을 깨닫고 책상 서랍을 열었다. 만년필은 찾았지만 쉽게 손을 뻗지는 못했다. 만년필 옆에 가지런히 놓여 있는 작은 향수 상자를 발견한 그는 천천히 상자를 꺼내 열었다. 투명한 병에 연한 보랏빛이 찰랑찰랑 흔들렸다. 그게 어떤 향수인지 아는 그는 자기도 모르게 살짝 실소를 터뜨렸다.

지금 생각하면 정신 나간 고백이었다. 친구도 아니고, 하물며 매번 구박만 하던 직장 상사가 좋아한다며 반지와 향수를 내미는데 그걸 고스란히 받을 여자가 몇이나 될까? 그동안 자신을 스쳐 지나갔던 여자들이 'AI랑 사귀는 기분'이라고 했던 말의 의미를 알 듯했다.

뚜껑을 열고 책상에 놓여 있던 시향지에 칙칙 스프레이를 분사했다. 가장 먼저 느껴지는 건 미모사향이지만, 그 아래에 녹아 있는 머스크의 향기를 느낀 그는 급하게 향수 뚜껑을 닫고 대강 상자에 넣어 다시 서랍을 닫았다.

그런 생각도 들었다. 붙잡아도 모자랄 지경에 너무 쉽게 놔버린 건 아닌가 하고. 하지만 오래 고민할 것도 없었다. 이미 곁에서 유명인과 결혼을 했다가 망가진 사람을 봤으니까. 그녀가 자신 때문에 망가지는 것은 원치 않는다.

어렸을 때부터 주목받고, 태어나는 것마저도 기사화가 되어 나왔던 자신은 사람들이 떠들어대는 종류가 나쁜 것이든, 좋은 것이든 상관하지 않고 받아들일 수 있다. 그게 생활이었고, 당연한 일이었으니까. 하지만, 일반인인 그녀는 아니다.

인터넷에 하나둘 나기 시작하던 자신과 관련된 기사들은 갑작스럽게 쏙 들어갔다. 그는 새삼 박 회장의 힘을 깨달았다.

'다시 일하자. 이전의 워커홀릭처럼.'

만년필 뚜껑을 돌려 연 그는 결재란에 사인했다. 이전과 달라진 건 없다. 원래도 이런 식으로 일을 했고, 이런 식으로 모두에게 차가웠다. 달라진 건 없다. 아주 잠깐 행복한 꿈을 꾸다가 깨었다는 것만 뺀다면, 아무 것도 달라진 건 없었다.

* * *

현재 리리컬의 대표이사 회장을 보좌하며 지금은 전무이사의 자리에 앉아 있는 윤태용은 말단 사원에서부터 시작해 임원까지 올라간 입지전적인 인물이었다. 그래서 늘 사원들에게는 좋은 의미나 나쁜 의미로 입에 오르내렸다. 좋은 의미라면 줄을 잘 선다. 나쁜 의미라면 기회주의자다. 그 때문에 그는 자신이 회장인 화연에게 어떻게 하면 잘 보이는지 아는 사람이었다. 보통 회사원들이 9시까지 출근이라면 그는 8시부터 회사에 나와 자리를 지켰다. 덕분에 세영의 출근 시간도 평소보다 한 시간 당겨졌다.

세영은 그가 읽을 신문과 커피를 쟁반을 가지고 전무이사실로 들어갔다. 막 출근을 하고 자신의 코트를 벗어 옷걸이에 걸던 태용은 신문과 찻잔을 내려놓고 나가는 세영의 뒷모습을 아래위로 훑었다. 그렇게 키가 큰 건 아니지만 머리가 작고 오밀조밀하게 생겨서 그런지 자꾸 눈이 가는 스타일이었다.

'허리는 가늘고, 엉덩이는 크고, 발목도 가늘고. 그 임 이사랑 소문이 돌 만해.'

그는 급하게 몸을 돌렸다.

"미스 박?"

나가려던 세영은 그의 부름에 걸음을 멈췄다.

"네, 전무님."

몸을 앞으로 돌린 세영을 그가 유심히 관찰하듯 보았다. 봉긋 올라있는 가슴과 가는 어깨선을 보던 그가 마치 마음에 안 든다는 듯이 입을 열었다.

"위에 옷이 너무 작은 거 아닌가?"

"예?"

"단추가 벌어질락 말락이잖아. 아니면 글래머라고 자랑하려고?"

그녀는 윤 전무의 눈이 자신의 가슴에 고정되어 있다는 사실을 깨닫고 조심스럽게 옷을 추슬렀다. 살면서 처음 듣는 성희롱이었다. 순간 어떻게 대꾸를 해야 할지 몰라 애꿎은 쟁반만 손이 바들바들 떨릴 정도로 세게 쥐었다.

"미스 박, 소문도 안 좋던데 예전 임 이사 비서실에서도 그렇게 입고 다녔나? 난 내 비서들이 나가요처럼 입는 거 싫으니까 앞으론 옷차림 좀 단정히 하고 다녀. 회사에서 그게 뭐야.”

당황스럽다. 한 번도 옷차림으로 지적을 받은 적이 없었으니까. 거기다 나가요라니. 입술만 깨물고 당황스러운 표정을 지은 그녀를 향해 윤 전무가 차갑게 소리쳤다.

“안 나가고 뭐 해?”

“……예, 전무님. 죄송합니다.”

그를 향해 꾸벅 인사를 하고 도망치듯 사무실을 나왔다. 식은 땀이 흐른다. 이런 일은 인터넷이나 드라마에서만 있는 일인 줄 알았는데, 실제로 당할 줄이야. 전무이사실에서 나오고도 한참을 가만히 문 앞에 서 있는 세영을 발견한 선배 비서들이 수군 거렸다.

“그 미친놈 박 비서한테도 그런 거 아니에요?”

아주 작은 목소리로 수군거리긴 했지만, 세영의 귀에도 똑똑히 들렸다. 평소에도 그런 질 나쁜 말을 잘하는 모양이었다. 세영이 터덜터덜 걸어 자기 자리로 돌아오자, 수군거리던 선배 비서들 중 하나가 살짝 의자를 끌어 세영에게로 다가갔다.

“윤 전무가 하는 말 너무 신경 쓰지 말아요. 말버릇 안 좋은 사람이에요. 그것만 빼면 이것저것 잘 챙겨주니까 너무 괘념치 마요. 우리도 한 번씩은 다 당했거든요. 저번에 저 인간이 우진 씨한테는 뭐라고 했어요?”

그녀는 시선을 세영의 옆 책상에 앉아 있던 이 비서실의 유일한 남자 비서인 우진에게로 돌렸다. 그는 피곤한 눈으로 모니터를 바라보다가 그때를 떠올리는 것인지 인상을 팍 구기며 입을 열었다.

"비서실 물통 가는데 힘들어하니까 그렇게 해서 밤에 힘이나 쓰겠냐고 그랬죠. 그냥 그러려니 하세요. 괜히 덤볐다가 잘린 사람이 한둘이 아니거든요."

애초에 덤빌 생각도 못 했다. 이곳에 오기 전에는 툭하면 덤벼대곤 했는데 그곳에 있으면서 성격이 변하기라도 한 모양이다. 그것도 아니면 처음 겪는 개차반 상사에 너무 놀라서 머릿속이 새하얘졌던가. 새삼 그가 정말 신사적인 상사였다는 사실을 깨달았다.

'아니지. 그만 생각하기로 했잖아.'

자기도 모르게 본부장 비서실에 있을 때를 생각해버렸다. 정신적으로 스트레스를 받아서 힘들 때마다 그때를 생각하게 된다. 일이 힘든 것과 사람 관계가 힘든 건 엄연히 다르니까. 적어도 그곳에 있었을 땐 사람 관계 때문에 일을 그만두고 싶다는 생각은 하지 않았다. 오히려 출근하는 게 즐거웠다. 보통의 회사 생활이 아니었다. 출근이 즐겁다니.

바쁘게 살자. 바쁘게 살다 보면 그가 생각나지 않을 것이다. 그녀는 쟁반을 내려두고 손을 키보드 위에 올렸다. 그리고 아주 바쁜 사람처럼 열 개의 손가락을 움직였다. 변한 건 없었다. 그녀의 근무 위치가 더 높은 층으로 변했다는 사실만 제외한다면, 보통 날이었다.

* * *

본부장인 수현에게 보고할 자료와 샘플 향수병이 든 바구니를 든 서휘가 올라왔다. 서류를 정리하고 있던 도현은 올라온 그녀를 반갑게 바라보며 자리에서 일어났다.

"오셨습니까, 백 팀장님."

"네."

그녀는 대답은 하고 있었지만 시선은 도현이 아닌 비어 있는 세영의 자리에 가 있었다. 얼마 전 대대적인 인사이동이 있었는데 때를 맞춰 그녀도 함께 이동한 모양이었다. 절로 한숨이 나온다. 결과적으론 두 사람이 헤어진 꼴이었지만, 하나도 기쁘지 않았다. 그렇게 죽고 못 사는 것 같더니 소문이라는 것이, 사람들에게 주목을 받는 것이 무섭긴 무서운 모양이다.

"얼마 전에 전무이사실로 가셨어요."

"안 그래도 게시판에 올라온 거 봤어요. 갈라지면 더 뜬소문들이 돌 거라고 생각했는데 생각보다 금방 잠잠해지더라고요. 회장님께서 손을 쓰신 건가 싶을 정도로."

"……"

"지금 수현이…… 본부장님 계시죠?"

"네. 잠시만요."

그는 수화기를 들고 인터폰을 눌렀다.

"본부장님, 백서휘 팀장이 왔습니다."

−들어오라고 하세요.

도현이 수화기를 내렸다.

"들어가 보세요."

"네, 고마워요."

서휘가 문을 열고 들어가자 미친 듯이 일에 몰두한 듯 들어온 사람은 바라보지도 않고 바쁘게 결재 서류를 읽는 그가 보였다. 예전부터도 '일에 미친놈'이라는 말이 절로 나올 정도이긴 했지만, 지금은 그때보다도 더 심해 보였다. 일하는 게 아니면 견딜 수가 없다는 것처럼 보여서 괜히 그의 상태가 걱정스러울 정도였다.

"이번 신제품 예비 목록입니다. 이건 샘플이고요. 첫 출시한 '더 젠틀'에 맞춘 커플 향수입니다."

그제야 수현이 자신의 책상 앞에 놓인 바구니를 보았다. 라벨링이 된 작은 갈색 병들이 여러 개 놓여 있었다. 수현은 망설임 없이 책상에 놓여 있던 시향지를 꺼내 갈색 스포이드 병에서 향수를 한 방울씩 떨어뜨려 하나씩 향기를 맡았다. 서휘는 긴장한 표정으로 시향지 하나하나 냄새를 맡는 그를 보았다. '더 젠틀'을 가져올 때도 이렇게까지 긴장하지는 않았는데, 지금은 점심으로 먹은 것이 울컥 올라올 듯했다.

첫 번째 향수는 꽝이었나 보다. 그가 바로 뚜껑을 돌려 닫고는 시향지를 비닐팩에 넣었다. 품에서 손수건을 꺼내 잠시 코를 막고 몇 번 큰 숨을 들이쉬었다 내선 그는 바로 두 번째 향수를 시향지에 떨어뜨렸다. 좋은지, 아닌지 모를 묘한 표정으로 몇 번 향기를 맡던 그는 입을 열었다.

"탑노트로 쓴 향 뭐야?"

"진저 릴리, 만다린, 자몽 등등."

"시트러스 계열이야?"

"응."

"향료만 들어서는 잘 모르겠는데 첫 향이 너무 강해. 미들은?"

"작약, 데이지, 체리블라썸, 프리지아 비롯해서 10가지 정도."

"베이스는?"

"머스크, 대나무, 샌달우드."

그는 묘한 표정을 짓다가 결국 뚜껑을 닫고 시향지를 비닐팩에 넣었다. 이것저것 묻긴 했지만 마음에 들진 않았던 모양이었다. 향수를 처음 구매할 때 가장 중요하게 작용하는 요소가 탑노트였다. 사람으로 치면 첫인상과 마찬가지였다.

그는 별다른 대꾸 없이 세 번째 향수의 뚜껑을 열고 시향지에 떨어뜨렸다. 아무 기대감 없는 표정으로 향기를 맡던 그는 순간 경직된 표정을 지었다. 당연히 향기에 관해 묻는 것이라 생각하고 입을 열려던 그녀는 별안간 갑작스럽게 입을 연 그로 인해 다시 입술을 꾹 다물었다.

"미모사, 로즈, 릴리, 쟈스민."

"……."

"블랙베리도 들어갔고, 아이리스? 일랑일랑?"

가만히 듣던 그녀는 고개를 끄덕였다.

"말한 거 전부 들어갔어. 어떻게 알았어?"

"……베이스는? 삼나무? 그리고…… 내가 맡은 게 맞다면 머스크도 들어갔을 거고."

그저 한 번 맡은 것만으로도 미들과 베이스를 잡아내는 사람은 거의 없다. 아주 오랫동안 버릇처럼 맡은 게 아닌 이상은. 서휘는 천천히 입을 열었다.

"향료 수가 가장 많이 들어간 거야. 약 40가지. 그 많은 걸 어떻게 맡은 거야?"

그녀의 물음에 수현은 대답 없이 씁쓸한 표정으로 웃기만 했다. 모를 수가 없다. 자신이 만든 향과 아주 비슷했으니까.

"그냥 그런 향기가 나서."

"바로 미들노트랑 베이스노트에 쓰인 향 찾는 사람은 별로 없어. 다들 탑노트에 쓰인 향기에 취하니까."

서휘는 조금 씁쓸한 표정을 지었다. 앞 두 향수는 연구팀 다른 조향사가 만든 것이고, 세 번째 향수가 자신이 만든 것이었다. 얼마 전까지만 해도 비서실에 있던 그 여자를 생각하면서. 첫 향수의 모델이 임수현이기 때문에 커플 콘셉트로 만들어지는 다음 향수의 모델은 세영이 될 수밖에 없었다. 그동안 했던 행위에 대한 사과이기도 했다. 아직도 직접 사과는 못 했다.

"어쨌든 자료랑 향수 두고 갈 테니까 결정해줘. 연구팀에서는 다 좋다고 결론 난 것들만 가지고 온 거거든. 마케팅부에도 돌리고 온 거니까 그냥 솔직하게 말해줘. 의견 취합해서 가장 대중적이고 좋은 향으로 내볼까 해. 아, 몇 개 더 넣었으니까 회장님이랑 다른 임원분들께도 시향 부탁드려봐."

"그럴게."

수현은 고개를 들었다. 자신을 걱정스럽게 바라보는 친구를 향해 그가 할 수 있는 건 아무렇지도 않다고 웃는 일이었다. 그는 애써 양쪽 입가를 당겨 웃고는 말했다.

"왜인지 모르겠는데 박세영 생각난다."

"……."

"혹시 박세영 생각하면서 만들었어?"

그의 물음에 서휘가 한숨을 쉬었다.

"넌 참 할 말, 못 할 말 못 가리는 것 같아. 물론 나랑 박세영 씨랑 그런 점이 닮긴 했어. 내가 얼마 전까지만 해도 너 좋아한다고 했던 거 기억 안 나니?"

그가 피식 실소를 터뜨렸지만, 표정은 무척 서글퍼 보였다.

"지금은 아니잖아?"

"……하여간."

그는 향수들을 다시 바구니에 갈무리하며 말했다.

"어쨌든 정말 고생 많았어. 임원 회의 때 다른 분들께 의견 물어볼게."

"그래. 난 갈게."

서휘가 본부장실을 나갔다. 다시 혼자 남았지만, 그는 다시 업무로 돌아갈 수가 없었다. 시향지에 묻어 있는 향기를 도저히 놓을 수가 없었다. 그래서 잠시만 쉬기로 했다. 아주 잠시만 모든 것을 잊고, 워커홀릭인 척하는 자신을 잠시 쉬게 하기 위해서라도 그러고 싶었다.

* * *

시간이 지나면서 사내에서 돌던 세영과 수현의 이야기는 쏙 들어갔다. 그게 박 회장의 힘인지, 아니면 두 사람이 아예 다른 부서로 갈리면서 사람들의 관심이 끊어진 건지 정확한 원인은 누구도 몰랐다.

리리컬은 패션브랜드 산하에 두기로 했던 향수/코스메틱 사업부를 완전히 법인 분리를 위해 고심하고 있었다. 어두운 실내, 만일 향수/코스메틱 사업이 분리되면 총책임자가 되기도 하는 수현은 정기 이사회에서 프레젠테이션을 하는 중이었다. 그의 또랑또랑한 말소리가 회의실을 휘돌았다. 누구도 조는 기색 없이 그의 발표를 지켜보았다.

"론칭을 준비하고 있는 로드샵 브랜드입니다. 기존 여성들만의 전유물이었던 메이크업이 이젠 남성들에게도 일상이 되어가고 있다는 점에 주목, 짙은 색조를 제외하고 여성용, 남성용으로 나뉜 것이 아닌 공용으로 사용이 가능한 메이크업 제품을 개발 중입니다. 물론 접근성이 용이한 로드샵이라는 점에서 가격대는 기존 로드샵에 비해 훨씬 저렴하거나 비슷한 수준으로 가려고 합니다."

"잠깐 질문 있습니다."

이사들 중 하나가 손을 들었다.

"예, 말씀하십시오."

"기존 로드샵 제품들에 비교해서 가격을 저렴하거나 비슷하게 형성을 할 거라는데 오히려 사람들에게는 값싼 이미지가 되지 않을까 저어됩니다만."

"답변 드리겠습니다."

그는 PPT를 넘겨 그동안 리리컬의 연도별 매출을 나타낸 도표를 보며 입을 열었다.

　"그동안 리리컬이 세계 유수의 명품 브랜드를 인수하고 자체적으로 개발하면서 가장 중요하게 여긴 점이 무엇인지 아십니까? 판매량을 늘리는 것이 아닌 유지하는 겁니다. 이유는 희소성 때문이었습니다. 그럼에도 오히려 리리컬 전체 매출 그래프를 보면 상승 곡선을 타고 있습니다. 그럼 무엇에서 판매량을 늘렸는가."

　그는 판매량 도표 아래의 그래프를 가리켰다.

　"스파 브랜드입니다. 명품만 판매했다면 이렇게까지 회사가 크지는 못했을 겁니다. 이사님들도 아시다시피 리리컬의 명품 라인은 고급스럽지만 튼튼하고 중고 판매를 할 때도 타 브랜드보다 비싼 가격에 팔 수 있다는 장점이 있습니다. 고객들의 인식에 이미 리리컬 명품은 믿고 살 수 있는 이미지입니다. 이것이 리리컬에서 만든 스파 브랜드에게까지 긍정적인 영향을 미쳤습니다. 덕분에 기존 스파 브랜드들 중에서는 우리 브랜드가 판매율 1위를 찍고 있죠. 로드샵도 마찬가지입니다."

　질문했던 이사가 다시 입을 열었다.

　"스파 브랜드를 론칭할 때처럼 기존 리리컬의 이미지를 이용하면 괜찮다는 말씀입니까?"

　"예."

　"하지만, 제품의 질이 떨어지면 리리컬에도 타격이 갈 겁니다."

　"그럴 일은 없습니다. 감히 제 직위를 걸고 말씀드립니다."

　수현은 단호했다. 그의 단호함은 자신감을 넘어 위험한 도박처럼 보였다. 한참을 상석에 앉아 아들의 프레젠테이션을 듣던 박 회장은 어딘가 모르게 다시 차가워진 수현을 느꼈다. 헤어졌다고 하더니 다시 예전처럼 돌아간 모양이었다. 상관은 없다. 어차피 두 사람의 관계는 자신이 망가뜨린 것이고, 아들은 이전처럼 회사 일을 아주 잘해주고 있으니까.

정기 이사회는 질문과 질문들이 날아드는 바람에 생각보다 오래 걸렸다. 선배 비서들 대신 전무이사를 보좌하러 올라왔던 세영은 회의실 안쪽에서 다발적으로 들리는 의자 끄는 소리를 듣고 급하게 문 옆으로 서서 윤 전무가 나올 때까지 기다렸다.

회의실에서 나오는 임원들의 표정은 밝기도 했고, 어둡기도 했다. 오늘 수현이 프레젠테이션을 맡았다는 사실을 알고 있던 세영은 사람들이 빠져나오자 자기도 모르게 살짝 고개를 빼고 스크린 앞에 서서 피곤한 표정을 짓고 있는 그를 눈에 담았다. 회의가 그가 원한 방향대로 이루어지지 않은 모양이었다. 그럴 때면 저렇게 피곤한 표정을 짓곤 했다.

"뭐하나, 미스 박."

그에게 너무 시선이 팔려서 눈치도 채지 못했다. 그녀는 들려온 소리에 깜짝 놀라 급하게 소리가 난 방향으로 시선을 돌렸다. 윤 전무였다. 그는 불만스럽다는 표정으로 그녀를 쏘아보더니 곧 앞서서 걷기 시작했다.

'하아, 망했다. 오늘은 또 무슨 말로 자존심을 박박 긁으시려나.'

그런 그의 곁으로 세영이 서둘러 따라붙었다.

"회의는 잘 끝나셨습니까?"

"미스 박은 뭐 하는 사람인가?"

"예?"

순간 말문이 막혔다. 뭐 하는 사람이냐니. 아무래도 잠시 정신을 빼놓고 수현을 보고 있던 장면을 걸리는 바람에 그가 불만스럽게 하는 소리인 것 같았다. 입은 무겁게, 엉덩이는 가볍게. 그녀는 눈을 내리깔고 엘리베이터에 올라타는 그를 따라 작은 철제 상자 안으로 들어갔다.

"죄송합니다, 전무님."

"이래서 요즘 젊은것들은……. 내가 말은 안 하려고 했는데 미스 박, 소문 아주 안 좋아. 어? 오너 아들 꼬셔서 팔자 고치려다 차였다는 말 때문에 미스 박 우리 비서실에 안 들이고 싶었는데 사정이 워낙 딱해 보여서 그냥 인사이동 시켜달라고 했어. 그런 소문이 돌면 더 잘해야 될 거 아니야."

"……죄송합니다."

순간 손이 덜덜 떨리고 눈앞이 흐려졌다. 엉엉 울고 싶었다. 그녀가 어떤 감정을 느끼고 있는지 전혀 알 필요가 없던 그는 계속 떠들었다.

"들리는 소리로는 고아라던데 부모가 없으면 더 똑바로 행동해야지. 먼저 간 부모가 하늘에서 보고 아주 슬퍼하겠어. 나도 자식 키우는 부모라 미스 박 걱정해서 하는 소리야."

"……."

"난 이대로 사무실 올라갈 테니까 미스 박은 임 이사한테 가서 샘플 향수 받아와. 시향을 해달라던가? 대충하면 되지 사람 귀찮게 하고 있어. 쯧."

엘리베이터가 멈추자 윤 전무가 먼저 엘리베이터에서 내렸다. 그런 그를 향해 꾸벅 허리를 숙인 그녀는 문이 닫히고 다시 움직일 때까지도 허리를 펴지 못했다. 그가 숨 쉬듯이 너무 쉽게 꺼낸 '고아'라는 말이 심장을 난도질했다. 선배들이야 원래 그런 사람이었고, 그냥 한 귀로 듣고 한 귀로 흘리라고 조언을 해주었지만, 원래 말이라는 것이 쉬이 흘릴 수 있는 게 아니었다. 눈물이 나오려는 것을 가까스로 참고 엘리베이터 손잡이를 붙잡았다.

아마도 회의가 끝나고 제 사무실로 돌아가려는 이사들이 있는 것인지 엘리베이터는 회의가 있던 층에 멈췄다. 잠시 내렸다가 아무도 없을 때 다시 탈 생각으로 내릴 준비를 하던 세영은 엘리베이터 문이 열리자마자 나가지 못하고 오히려 뒷걸음질 쳐 엘리베이터 벽에 붙었다. 문 앞에 수현이 서 있었기 때문이었다.

수현은 자신과 눈이 마주치자마자 도망치듯 뒷걸음질 쳐 엘리베이터 벽에 붙는 그녀를 보다가 엘리베이터 안으로 발을 들였다. 도현이라도 있으면 괜찮을 텐데 지금의 그는 자신이 심부름을 보낸 상태였다.

문까지 닫힌 엘리베이터는 적막에 휩싸였다. 정면을 바라보면 그녀가 반사되어 보이는 통에 그는 층수 표시만 바라보며 엘리베이터가 서둘러 올라가기를 기다렸다. 하지만, 보고 싶은 마음까지는 어떻게 할 수가 없어서 층수 표시기를 향했던 시선은 그 자신도 모르게 엘리베이터 문에 반사된 세영을 향했다.

"……일은 할 만합니까?"

차마 자신에게 말을 걸어올 줄은 몰랐던 세영은 갑작스러운 굵은 남자 목소리에 약간의 틈을 두고 조심스럽게 입을 열었다.

"네. 전무님도 좋은 분이시고, 비서실 선배들도 잘해주세요."

"다행이네요."

본부장 비서실에서 나가기 전보다 훨씬 말라 보이는 그녀가 걱정스러웠지만, 예전의 상사로서 그가 접근할 수 있는 영역은 이게 다였다. 그 밖의 말들은 이 관계에서 아주 주제넘은 것들이었으니까. 그건 세영도 잘 아는 바였다. 헤어졌고, 인사이동까지 한 마당에 이상하게 그에게 말이 걸고 싶었다. 아니, 아직 좋아하니까 말이 걸고 싶어지는 거다.

"향수 새로 론칭하시나 봅니다. 전무님께서 샘플 받아오라고 하셔서요."

"네, 연구팀에서 몇 개 만들었는데 혼자 결정하려니 힘들어서요. 마침 잘 만났네요. 드릴게요. 따라와요."

엘리베이터가 익숙한 층에 멈췄다. 문이 열리고 그를 따라 조심스럽게 낯선 듯 익숙한 복도를 걸었다. 도현은 아직 오지 않은 것인지 비서실은 비어 있었다. 바로 본부장실로 들어가는 그를 따라 어색하게 들어간 그녀는 문 앞에 서서 그가 부스럭거리며 작은 갈색 공병들을 챙기는 모습을 보았다.

이젠 완전히 남이고, 예전에 함께 일을 했다는 것만 빼면 접점이 없는 남자다. 그가 자신에게 마음을 얻기 위해 옆집으로 이사도 하고, 함께 살자고 청혼까지 했던 사실이 이젠 정말 꿈처럼 느껴졌다. 그동안의 인생이 너무 버겁고 불쌍해서 하늘이 잠깐 행복한 꿈이라도 꾸라고 준 시간 같았다.

"여기 있어요."

그가 내미는 서류 봉투를 받았다.

"감사합니다, 본부장님."

"잘 가요."

연인이었다고 생각할 수 없을 정도로 딱딱한 인사가 오갔다. 세영이 그를 향해 고개를 숙여 인사하자 수현도 살짝 고개를 숙여 인사했다. 그녀가 뒤돌았다. 어쩐지 작아 보이는 어깨는 감싸 안아주고 싶었지만, 자기도 모르게 손을 뻗었던 수현은 급하게 손을 거뒀다. 이젠 사사로이 만질 수 있는 사이가 아니다. 철컥 문이 닫히자 그제야 그가 입술에만 머물렀던 말을 뱉었다.

"밥 좀 잘 먹고 다녀. 너무 말랐잖아."

* * *

주말을 앞둔 불금이면 유흥의 거리는 사람들로 가득했지만, 한파가 불어닥친 오늘은 아니었다. 갑작스럽게 만나자던 세영의 말에 주희는 매서운 바람을 뚫고 늘 함께 만나던 동네 이자카야 집 안으로 들어갔다. 세영을 찾는 건 그리 어렵지 않았지만, 주희는 자기도 모르게 이맛살을 구겼다. 혼자 벌써 술잔을 기울이고 있었다.

"야, 넌 같이 먹자 해놓고 먼저 먹고 있었냐?"

"아, 왔어?"

주희가 볼멘소리를 하며 어깨에 메고 있던 가방을 내려놓았다. 안 그래도 얼마 전에 인터넷에 이상한 찌라시가 돌아서 걱정하던 차였다. L모 그룹 아들과 그 비서의 이야기. 그 L모 그룹 아들이 아무리 봐도 임수현인 것 같고, 그 비서는 세영인 것 같아서 불안했다. 안 그래도 회사 동료들이 주희의 친구 중 하나가 그 비서라는 것을 알고 있던 터라 주희까지도 이상한 소문에 시달려야 했다.

주희가 옆에 놓여 있던 빈 잔을 세영에게 내밀자 세영이 빈 잔에 술을 채웠다.

"어후, 오늘 겁나 춥네."

그녀가 괜히 부산을 떨며 세영이 안주로 시켰던 어묵탕을 한입 떠 입안으로 넣었다. 얼어붙었던 몸이 노곤하게 풀리는 듯했다.

"이제 좀 살겠네. 박세영, 넌 무슨 술을 벌써 두 병째 까고 있냐? 전화했을 때부터 까고 있었어?"

"응. 그냥 오늘 술이 좀 땡겨서."

친한 친구이기 때문에 소문에 대해선 전혀 물어보지 않았다. 주위 사람인 자신마저도 그렇게 시달렸는데 본인은 얼마나 괴로울지 보지 않아도 뻔했다.

"참, 주희 너희 부장 징계 먹었다며."

"아, 그 얘기?"

주희가 살짝 웃음기를 섞었다.

"그 미친놈이 멀쩡히 결혼해서 애까지 있는데 거래처 과장이랑 바람난 거 있지? 인성이 그렇게 글러 먹은 놈들은 굳이 내가 안 건드려도 그렇게 망하는 것 같다. 징계 먹긴 먹었는데 아예 회사 나갈 것 같아. 나 같음 쪽팔려서 회사 못 다녀. 넌 부서 옮겼다더니 할 만해?"

주희의 물음에 세영이 생각하는 듯 허공을 바라보다가 곧 고개를 끄덕였다. 어딘가 석연치 않은 모습이었지만 캐물을 수는 없었다. 그 부서 이동이라는 것도 세영에게 뜻이 있어서 이루어진 것이 아니라는 것쯤은 그녀도 알고 있었다. 대대적으로 보도만 되지 않았을 뿐이지 인터넷엔 찌라시가 돌았다. 세영도 알 것이다. 알기 때문에 부서 이동에 별다른 의문을 품지 않았을 것이다.

"야야, 마셔 마셔. 내일 어차피 노는 날인데, 오늘은 진탕 취해야지."

주희는 우울해 보이는 세영을 향해 더 경쾌하게 말했다. 그렇게 두 여자는 점점 취기가 올랐다. 두 사람 앞에는 소주병이 하나씩 늘어가기 시작했다. 이미 제 주량을 넘어버린 세영은 힘든 표정으로 술상 앞에서 비틀거렸다.

"세영아, 그만 먹자. 오랜만에 먹으니까 나도 많이 못 마시겠다."

주희가 혀가 꼬부라진 소리를 하자 빈 술병을 들었던 세영도 술상 위에 턱 술병을 놓았다.

"주희야, 너 내 소문 알지?"

"……뭔 소문."

잔뜩 취한 상태였지만 세영의 말에 주희는 깜짝 놀라 반 박자 느린 대답을 했다.

"나랑 L모 회장 아들 얘기."

"아, 몰라. 알 게 뭐야. 빨리 일어나. 우리 너무 취했다. 집에 가야지. 계산하고 올게."

주희가 도망치듯 계산서를 가지고 계산대 앞에 섰다. 멍하니 그녀를 바라보던 세영도 비틀거리며 가방을 들고 일어섰다. 이자카야를 나온 두 여자는 비틀거리며 한파 속을 걸었다. 술 때문인지 하나도 춥지가 않았다. 오히려 열이 올라서 그런지 뜨겁고 더웠다.

"나 그거 사실이다?"

"뭐? 또 뭐가 사실이래?"

잘 걷던 세영이 걸음을 멈췄다. 그녀보다 세 발자국 앞서게 된 주희가 그제야 걸음을 멈추고 뒤돌아 세영을 보았다. 세영은 어느덧 울상이 되어 있었다. 울음을 터뜨릴 것처럼 점점 더 표정이 일그러지더니 기어이 입술이 살짝 열렸다.

"흑! 흐흑!"

"세영아, 왜 울어?"

주희가 놀라서 세영을 껴안자마자 세영이 울음을 터뜨렸다.

"흐흑! 보고 싶다! 보고 싶다, 그 망할 X끼!"

"……."

"흐흐흑! 난 이렇게 힘든데, 왜 그 사람은 아무렇지도 않아 보이지? 주희야, 그게 정상인데……. 나 그게 너무 슬프다."

사실 확인을 할 생각도 못 했던 그 저급 찌라시가 진짜라고 판명이 나는 순간이었다. 주희는 자기도 모르게 세영을 따라 울기 시작했다. 얼마나 걱정했는지 모른다. 두 여자가 길 한복판에서 서로를 껴안고 엉엉 울기 시작했다. 한파라 길거리엔 사람이 없었다. 두 여자는 작정한 듯이 지칠 때까지 엉엉 울었다.

"그만 울어! 흑흑! 그만 울어, 박세영!"

그나마 조금 덜 취했었던 주희가 눈을 비비며 일어나 세영을 일
으키려던 그때였다. 갑자기 두 여자 앞으로 가로등 불빛을 가리는
그림자가 드리워졌다.

"뭐야……."

완전히 눈물 자국을 옷소매로 닦아내고 앞을 바라보던 주희는
순간 올랐던 취기가 쑥 내려가는 것을 느꼈다.

"이, 이, 임수……."

남자는 자신을 보며 더듬거리는 주희의 말을 잘랐다.

"저 아시죠?"

"네, 네."

모를 리가 없죠. 재벌들 중에서 제일 유명 인사인데.

남자는 별다른 대꾸 없이 울다가 지쳐서 아예 눈을 감아버린 세
영을 안아 들고, 뒤돌려던 순간 마침 생각났다는 듯 주희를 향
해 말했다.

"그쪽은 집에 혼자 찾아갈 수 있습니까?"

"저는 여기 근처라……."

"세영 씨는 제가 데려가겠습니다. 그럼."

키 큰 남자가 세영을 자신의 고급 세단 안으로 눕히고 출발하자
멍하니 그 차가 사라질 때까지 서 있던 주희는 차가 보이지 않자
그제야 입을 크게 벌렸다.

"헐, 대박 사건!"

세영을 찾은 건 아주 우연한 일이었다. 그녀의 뒤를 밟은 것도 아니고, 그냥 몇 개월을 살았던 동네가 갑자기 생각나서 슬슬 운전하며 동네를 구경하던 그때 비틀거리는 두 여자를 발견했다. 피곤한 일 따윈 만들고 싶지 않아서 그냥 지나갔는데 그 여자들 중세영이 섞여 있었다. 그저 먼발치에서 바라보고 집에 제대로 들어가는지만 확인하려고 했다. 그러나 그를 가만두지 못하게 만든 건 그녀의 한 마디였다.

'흐흐흑! 난 이렇게 힘든데, 왜 그 사람은 아무렇지도 않아 보이지? 주희야, 그게 정상인데……. 나 그게 너무 슬프다.'

사실은 미치도록 힘들어서 일에만 매달려 있다. 하필이면 그녀와의 추억이 서린 곳이 회사라서 일에 미치지 않으면 하루라도 견딜 수가 없었다. 그렇게 애쓰고 있는데 그녀도 마찬가지였다는 걸까?

얼마나 취했는지 인사불성이었다. 집으로 향하는 중에도 세영은 조수석에 누워 계속 중얼중얼 알 수 없는 소리만 해댔다. 자세히 듣고 나서야 대부분 자신에 대한 욕이라는 것을 깨달은 수현은 그녀의 욕설을 라디오 삼아 들으며 훨씬 가깝게 갈 수 있는 거리도 돌아서 운전했다. 이제야 조수석의 주인을 찾은 기분이었다.

그녀의 집 열쇠를 찾아 손에 쥐고 그대로 등에 업었다. 얼마나 많이 마셨는지 숨에서도 술 냄새가 진동이었다. 하지만 그게 그에겐 좋았다. 이러고 있으니 같이 취하는 기분이다.

3층으로 향하는 계단을 밟았다. 천천히, 아주 천천히. 조금만 더세영의 체온을 느끼고 싶다. 그녀를 집에 데려다주고 나면 그는 그 집에서 머물 수가 없는 사람이 되었으니까. 연인도 아니고, 하물며 이젠 단순한 직장 상사도 아니었다. 완전히 남남이 된 것이다. 그래서 그에게는 세영을 집으로 데려다주는 이 단순한 순간도 허투루 보낼 수가 없었다.

열쇠를 따고 들어가 그녀를 침대에 눕혔다. 코트와 구두를 벗겨내고 귀걸이도 빼 협탁 위에 두었다. 답답한 듯 몸을 뒤척이는 그녀를 보다가 블라우스 단추로 손을 뻗었던 그는 고개를 도리질 치고 손을 거뒀다. 그 이상으로는 이전이라면 가능했겠지만, 지금은 아무 사이도 아니니 해선 안 된다.

'밥은 먹고 마신 건가?'

바라보고만 있는 건 참을 수가 없다. 그는 최대한 자신과 절충해서 조심스럽게 그녀의 뺨을 손으로 감쌌다. 자신의 손이 뜨겁기 때문인지 그녀가 한파로 얼굴이 얼었던 것인지 그녀의 체온은 조금 더 낮은 것처럼 느껴졌다. 그 순간 술에 취해서 인사불성이던 그녀가 스르르 눈을 떴다. 두 남녀의 눈이 마주쳤다. 취해서 흐리멍덩하게 풀려 있는 그녀의 눈동자를 마주한 채 그는 아무 말도 하지 않았다. 그저 지금은 그녀가 나중에 술이 깨더라도 이 순간을 기억하지 말았으면 했다.

"꿈?"

한참 수현을 바라보던 그녀가 작게 소리를 냈다. 그는 아무 대꾸도 하지 않았다. 얼마나 취했는지 꿈인지 현실인지 구분도 못 한다. 오히려 잘됐다. 먼저 헤어지자고 한쪽은 자신이면서 못 참고 먼저 이렇게 찾아버렸으니까.

"보고 싶어요."

"……."

"피해서 미안해요. 근데 무서웠어요. 날 모르는 사람들이 날 이상하게 떠드는 거."

그는 세영이 떠나고 나서야 어머니가 말했던 왕관의 무게라는 것을 새삼 다시 생각하게 되었다. 왜 세영을 허락한다고 하면서도 반대를 했는지도 깨달았다. 그는 다시 울기 시작하는 그녀를 품 안에 넣고 토닥였다. 그래서 덜 힘들라고 놓아준 것이다. 그런데 지금 생각해보면 놓는 것만이 답은 아니었을지도 모른다.

다 알아. 우리가 아직 사랑한다는 것도, 준비도 없이 헤어졌다는 것도 다 알아.

그는 말하지 않았다. 이 순간을 꿈이라고 여기고 있는 그녀의 꿈을 깨고 싶진 않았다. 품에 안긴 채 미안하다고만 말하는 그녀의 사과를 들으며 등을 토닥였다. 하지만 별로 듣고 싶지 않은 사과였다. 그녀가 잘못한 게 아니었다. 두 사람은 다시 마주 보았다. 천천히 그녀의 뺨을 손으로 쓸었다. 빨갛게 상기된 뺨에 자기도 모르게 입맞춤을 한 그는 천천히 그녀의 입술로 내려앉았다.

한파에 모든 것이 얼어버린 밤이 깊어갔다. 오직 두 사람만은 따스한 채로 남았다.

* * *

골이 띵하다. 어제 엄청나게 입안으로 퍼부은 것까지는 기억이

나는데, 어떻게 집으로 돌아왔는지는 모르겠다. 그 와중에도 코트는 벗어 제대로 옷걸이에 걸어두었고, 구두도 가지런히 놓여 있으며 협탁 위에 귀걸이도 놓여 있다.

일어나기까지는 한참이 걸렸다. 속도 좋지 않고, 머리도 띵하고. 옷을 갈아입고 침실에서 나오자마자 그녀는 식탁 위에 놓여 있는 빨간 냄비를 보고 걸음을 멈췄다. 어디선가 본 것같이 생겼다. 조심스럽게 뚜껑을 열었다. 다 식어 빠진 해장국이었다. 순간 꿈속에 나왔던 그가 떠올랐다. 그녀의 입이 서서히 벌어졌다.

'꾸, 꿈이 아니었나?'

해장국이 든 빨간 냄비 옆에는 숙취해소제까지 놓여 있었다.

'흐흑! 보고 싶다! 보고 싶다, 그 망할 X끼!'

길바닥에 거의 주저앉아 울면서 했던 그 말이 떠오른 순간이었다.

"아악! 어떡해!"

급하게 침실로 발길을 돌렸다. 침대 위에 놓여 있던 폰을 집기 위해 몸을 기울였다. 그러나 상체가 발보다 먼저 나가는 바람에 쿵, 둔탁한 소리를 내며 무릎을 박고 말았다. 두 손으로 무릎을 부여잡고 한쪽 발을 동동 굴렀다. 너무 아파서 소리도 나오지 않다가 어느 정도 아픔이 잦아든 다음에야 소리를 냈다.

"아읔! 아파!"

아픔에 발을 동동 구르던 것도 잠시 그대로 침대에 몸을 날려 폰을 집어 들고 들어온 메시지들을 확인했다. 톡톡 액정을 두드리며 어제 필름이 끊겼을 때부터 온 메시지들을 확인하던 그녀는 어느

한 메시지에서 손을 멈췄다.

「소문 사실이었어?」

친구인 주희가 보낸 메시지. 그녀는 급하게 통화 버튼을 누르고 주희가 전화를 받을 때까지 기다렸다. 초조하게 입술만 뜯으며 조금씩 단편으로 기억나는 어제의 일들을 떠올려보았다. 드문드문 나긴 하지만, 어제 그를 본 것 같다.

-으으, 여보세요.

"야, 황주희!"

-아이씨, 귀청 떨어지겠다. 으하암, 벌써 일어났어?

하품을 길게 하며 태평하게 묻는 그녀를 향해 세영이 조심스럽게 물었다.

"저기…… 우리 어제 같이 술 먹었잖아."

-응, 그랬지. 어제 너무 달렸다.

"……나 집에 어떻게 들어갔어?

갑자기 전화 속으로 피식 웃는 소리가 들렸다. 세영의 불안감은 더 고조되었다.

-이야, 박세영. 언젠 상또라이니, 뭐니 그렇게 욕을 하더니. 결국 그렇고 그런 거였어?

"아, 나 어제 어떻게 된 거냐니까!"

-뭐야? 같이 있는 거 아니야? 어제 갑자기 나타나서 너 데려갔는데? 자기가 데려다준다고.

순간 심장이 철렁 내려앉았다.

"아, 어떡해. 야, 날 그냥 보내주면 어떡해."

-아니, 그럼 내가 뭘 어떻게 해? 대뜸 나타나더니 '나 알죠?' 그러고는 너 데려갔는데?

"아, 안다고 날 보내면 어떡해?"

-우씨, 어제 같이 술도 마셔주고 푸념도 들어줬는데 이러기냐? 아, 나 해장이나 해야겠다. 속 쓰려 죽겠어. 너도 뭐 좀 챙겨 먹어. 난 그만 끊는다.

전화가 끊어졌다. 세영은 침대에 발라당 누운 채 점점 선명해지는 어제의 기억을 떠올렸다. 술을 진탕 마시고 나와서 울다가 살짝 잠이 들었는데 그 와중에 익숙한 목소리가 들렸었다. 그러고는 집에 와서 그와 다시 한번 마주쳤다. 자신을 껴안고 토닥이던 손길이 뺨을 쓰다듬다가……. 세영의 손이 서서히 올라와 입술을 더듬었다.

"키, 키스."

세영이 두 손을 주먹 쥐고 매트리스를 통통 두드리며 발버둥 쳤다.

"아아, 어떡해, 어떡해! 아! 몰라! 술을 왜 마셔서! 아아! 난 어떡해!"

베개에 머리를 박고, 한참을 그렇게 난리 쳤다. 그러다 갑자기 자리에서 몸을 일으킨 그녀는 홀린 사람처럼 식탁 앞에 앉았다. 다 식어 빠진 해장국이지만 좋은 냄새가 쓰리고 주린 속을 자극했다.

'그래도 준비해준 거니까.'

놓여 있던 숟가락을 든 그녀는 곧 씩씩하게 국을 퍼 입안으로 밀어 넣었다가 오만상을 찡그렸다.

아마 사 온 것이 아니라 그가 만든 것 같은 해장국은 예전에 먹었던 스튜만큼이나 무척 맛이 없었다.

* * *

본래 회사 임원이라는 자리는 상상을 초월할 정도로 바쁘다. 회사에 출근하지는 않았지만 집까지 일거리를 들고 와 일을 하던 수현은 책상 구석에 놓여 잠잠한 핸드폰을 바라보고는 손목시계를 확인했다. 벌써 오후 1시를 넘긴 시각. 일어나고도 남을 시간인데 아무 소식이 없다. 혹시 술병이 심하게 난 건가 싶어 자기도 모르게 핸드폰을 집어 들었다가 놓기를 반복했다.

'아무 사이 아니잖아. 우리. 내가 먼저 차버려 놓고는.'

그렇게 생각하면서도 그의 손은 입술을 더듬었다. 아무 사이가 아닌데 어제 분위기에 취해서 입맞춤했다. 아니, 정말 분위기에 취했던 걸까? 술 냄새 가득했던 그 입술에 닿는 순간 그동안 그를 괴롭혔던 모든 것들이 해제되었다. 한편으로는 걱정이다. 키스한 사실을 그녀가 기억해버리면 어쩌나 싶었다.

"후우."

일은 손에 잡히지 않았다. 이를 핑계로 잠깐 쉬자 싶어 자리에서 일어나 서재 창가에 섰다. 주머니에 손은 푹 찔러 넣은 채 잔뜩 흐린 하늘을 보았다. 또 한바탕 쏟아지려나 보다.

지잉!

책상 위에 놓여 있던 전화가 울렸다. 급하게 몸을 돌려 책상으로 다가가려던 그는 넘어지지는 않았지만, 다리보다도 상체가 먼저 움직이는 바람에 다리가 꼬여 중앙에 놓여 있던 탁자에 정강이를 부딪치고 말았다.

"하윽! 끅!"

너무 아파서 욕이 튀어나올 지경이었다. 입술을 깨물고 욕지거리를 참은 채 정강이를 문지르며 책상 앞으로 오자마자 전화를 집어 들었다. 살짝 이맛살을 구기고 도착한 메시지를 확인하던 그의 표정은 서서히 굳어갔다.

'박세영이 팔자 좋게 나한테 문자 같은 걸 할 리가 없지.'

도로 폰을 화면이 아래로 가도록 엎어놓고 의자에 앉아 등받이에 몸을 기댔다. 오늘처럼 일하기 싫었던 날은 없었던 것 같은데 오늘은 집중도 되지 않는다.

똑똑!

"네."

문을 두드리는 소리에 그는 다시 두 손을 노트북 위 키보드 위에 올리고 열심히 움직였다.

"차 한잔하세요."

"네, 고마워요. 아줌마."

입주 도우미가 그가 일하는 책상 위에 찻잔을 내려놓았다.

"아, 어머니는 뭐 하세요?"

"약속 있다고 잠깐 나가셨습니다. 저녁 늦게나 되어야 돌아오신대요."

"아, 그래요? 네, 고마워요. 차 잘 마실게요."

그녀가 나가고 바로 찻잔을 들어 입술에 댔다. 향긋하게 퍼지는 로즈힙의 향기가 목구멍을 깔끔하게 넘어갔다. 살짝 코를 대고 로즈힙 향기를 맡던 그는 다시 지잉 울리는 전화를 느끼고 찻잔을 내려놓았다.

전화를 집어 들고 톡톡 액정을 두드리며 도착한 메시지를 확인하던 수현의 얼굴로 기쁜 듯, 아닌 듯 묘한 표정이 걸렸다. 수현은 아랫입술을 잘근잘근 깨물며 도착한 메시지를 다시 한번 찬찬히 읽었다.

'어젠 정말 죄송했습니다. 앞으로 이런 일은 없을 겁니다.'

이게 맞다. 잠깐 서로가 닿아서 마음이 동했다고 하더라도, 지금은 이게 맞다. 그는 자신을 밀어내듯이 차갑게 대답하는 그녀를 이해하듯 답장하지 않고 조심스럽게 폰 화면을 다시 아래로 가게 덮어두고 바쁘게 손을 움직였다.

지금은 뭐라도 해야 섭섭한 기분을 잊을 수 있을 것 같았다.

* * *

주말이 끝나고 월요일이면 세영에게도 피가 말리는 일주일의 시작이었다. 거울 앞에 선 그녀의 복장은 처음 비서 일을 시작할 때와는 달랐다. 처음에 입었던 블라우스도 그렇게 꽉 끼는 것이 아니었는데, 상사가 입고 오지 말라니 옷장 구석에 처박아두고 사이즈가 커서 입기 불편했던 옷을 꺼내 입었다. 안 그래도 비서로서 입을 수 있는 옷 스타일이 한정되어 있었는데, 그것마저도 마음대로 입지 못하니 불편하지만 어쩔 수 없다.

회사로 향하는 지하철은 지옥 그 자체다. 그래도 나름 가까워서 보통 사람들이 더 길게 겪을 지옥을 짧게 겪지만 솔직히 할 짓이 못 된다. 구석으로 붙어 사람들이 서서히 빠지기를 기다리며 손에 쥐고 있는 폰을 만지작거릴 때였다. 더 많은 사람이 들어오는 바람에 인파에 밀려 더 구석으로 압사당하기 직전까지 밀렸을 때였다. 가방으로 가슴 앞을 막고 고개를 옆으로 돌렸다. 오늘따라 더 자신 쪽으로 밀리는 느낌이었다. 넘어질 공간도 없는 꽉 막힌 공간에서 불쾌함 때문에 인상을 험악하게 구기고 부디 이 순간이 빨리 지나가기를 바라던 그때였다.

한 남자가 세영 앞에 서더니 두 팔로 그녀를 가두듯이 버티고 섰다. 덕분에 세영의 주변으로는 공간이 넓어졌다. 정장을 입은 가슴팍밖에 보이지 않았지만 셔츠 소매에 달린 리리컬 상징이 그려진 커프스를 보는 순간 심장이 쿵쾅거렸다. 코끝으로 스미는 '더 젠틀'의 향기까지 앞을 가로막은 남자가 누구인지 굳이 얼굴을 확인하지 않아도 알 수 있었기 때문이었다.

고개를 들자 마스크를 쓰고 얼굴을 가린 채 자신을 내려다보는 그의 눈동자가 보였다. 모든 것이 멈춘 듯싶었다. 회사에서도 제대로 만나기 힘든 사람이고, 토요일에 보낸 문자로 업무 외에는 다신 사적으로 볼 일이 없다고 생각했는데 이런 곳에서 만나다니.

가방을 껴안고 있는 팔에 자기도 모르게 힘이 들어갔다. 급하게 그에게 시선을 돌리고 열차가 회사가 있는 역까지 빨리 도착하기를 기다렸다. 너무 가까워서 마스크를 쓰고 있음에도 그의 숨소리가 들리는 것 같았다.

"이번 역은 삼성 무역센터입니다. 내리실 문은 왼쪽입니다."

세영이 등지고 있던 문이 열리자마자 도망치듯 지하철을 빠져나왔다. 제대로 된 말도 붙이지 못하고 그녀를 그대로 보낸 수현은 어깨를 치며 빠져나가는 사람들 틈에서 멀어지는 그녀를 그저 바라보기만 했다.

어째서 그가 지하철에 타고 있었던 걸까? 지하철 문이 닫히기 일보 직전 그가 열차에서 내렸다. 헤어졌으면서, 모든 것을 정리하기로 했으면서 그를 보자마자 반가움에 떨리던 심장의 느낌은 당황스러웠다. 당황한 그녀의 걸음은 점점 더 빨라졌다.

그에게 잡힐까 싶어 거의 회사 로비를 질주하듯 빠른 걸음으로 가로질러 마침 내려와 있던 엘리베이터 안으로 쏙 들어갔다. 그녀를 빠른 걸음으로 뒤따르던 그는 엘리베이터 문이 닫히며 사라지는 그녀를 그저 보기만 했다.

괜한 짓을 저질렀다. 토요일에 그녀가 보냈던 차가운 내용의 문자가 진심이 아닐 거라는 생각에 직접 대면을 하면 분위기가 다를 수도 있겠다는 허튼 기대감에 자신을 속이고 있었다.

'그만하자. 그만하자고 그랬으면서 지금 뭐 하는 건데, 임수현.'

지금 자신의 모습은 그가 생각해도 좋아하는 여자한테 관심받고 싶어서 애쓰는 초등학생 남자애 같았다. 그는 자조 섞인 한숨을 쉬고 뒤돌았다. 그가 뒤돌자마자 마침 출근을 하고 있던 사원들이 마스크를 쓴 그를 알아보고 허리를 꾸벅 숙였다. 이 광경을 보니 그녀가 왜 도망을 갔는지 알 것 같다. 아무리 가려도 타고난 태라는 건 가려지지 않는다던 박 회장의 말이 떠올랐다. 그는 살짝 불쾌한 기색으로 인사를 하는 사원들에게 묵례하고 다른 엘리베이터 안으로 들어갔다.

* * *

수현이 미친 듯이 일에만 매달린 지도 몇 주가 지났다. 마찬가지로 두 사람이 헤어진 지도 몇 주가 지났다. 수현은 임원들 혹은 거래처 임원들과 식사 약속이 있지 않으면 도현이 사다 주는 도시락으로 점심을 때웠다. 오늘도 그에게 호텔식 고급 도시락을 전달하고 구내식당으로 내려온 도현은 마침 자신을 기다리고 있던 서휘를 만나 함께 앉았다.

"얼굴이 왜 이렇게 반쪽이에요? 수현이가 박 비서님 없다고 괴롭히고 그래요?"

도현의 태도는 크게 달라진 것이 없지만, 서휘의 눈에 조금 더 날카로운 인상이 된 그가 보였다. 딱히 다이어트 같은 건 필요 없는 것 같은데 요즘 가끔 같이 밥을 먹을 때도 제대로 입에 음식을 대지 못했다.

"그런 거 아닙니다. 그러실 분 아니라는 건 팀장님이 더 잘 알잖아요."

"그럼 팍팍 좀 먹어요."

그녀가 마침 자신의 접시에 덜어 왔던 굴전을 그의 접시 위에 조심스럽게 내려놓았다.

"요새 굴이 제철이라는데 좀 먹어봐요. 맛있어요."

"아, 괜찮습니다."

그는 받았던 굴전을 도로 서휘의 접시로 옮겼다. 자신의 접시로 다시 차곡차곡 담기는 굴전을 보던 서휘가 물었다.

"굴 싫어해요?"

"아뇨, 원래 굴을 못 먹어요. 알레르기가 심해서."

"아, 그랬구나. 도현 씨도 굴 알레르기가 있어요? 수현이도 그런데."

서휘의 접시로 굴전을 도로 담던 도현의 손길이 잠시 멈췄다가 다시 움직였다.

"아, 생각해보니 그랬었네요. 팀장님이나 저 대신 많이 드세요."

그녀의 물음에 살짝 얼버무리고 무심결에 식당 입구를 바라보았을 때였다. 한 여자가 동료들에게 둘러싸인 채 울면서 들어오고 있었다. 이전에 한 번 비서 교육이 있을 때 봤던 기억이 있는 사람들이었다. 아마 임원들 중 누군가의 비서들인 듯했다.

"흐흑! 진짜 내가 더러워서. 그게 제 잘못이에요? 자기가 잘못하고는 왜 저한테 덤터기예요?"

"그 인간 그러던 게 한두 번도 아니고. 그만 울어요. 괜히 나까지 속상하다."

성격이 개차반인 임원들은 생각보다 꽤 있는 편이었고, 그 때문에 구내식당이나 사내 카페에서 우는 사람을 본 적이 한두 번은 아니다. 대수롭지 않게 생각하고 다시 식사하려던 그때 그들을 보고 있던 서휘가 조심스럽게 입을 열었다.

"그 윤 전무라는 사람 혹시 잘 알아요?"

"어떤 윤 전무요?"

"윤태용 전무요. 박 회장님 왼팔이라던가?"

누군지 곰곰이 생각하던 도현은 세영이 부서 이동으로 간 곳이 윤태용 전무의 비서실이라는 사실을 떠올렸다.

"아, 몇 번 회의에서 뵌 적은 있지만 자세히는 모릅니다. 왜요?"

서휘가 젓가락으로 밥을 휘적거리며 말했다.

"나도 우리 팀원들한테 지나가는 이야기로 들은 건데 소문이 별로 안 좋더라고요."

"능력 위주로 인사를 하다 보니 성격 안 좋으신 임원분들 많으십니다. 그런 맥락이겠죠."

"그럼 다행이고요. 저번에 게시판에서 봤는데 박세영 씨가 이동된 곳이 그곳이잖아요. 그냥 생각나서요."

한때 그녀에게 못되게 굴고 두 사람을 갈라놓으려고 애썼던 때도 있었지만, 수현에게 완전히 마음을 접은 후로는 그녀를 생각할 때마다 기분이 이상했다. 더군다나 지금은 두 사람이 헤어졌다. 자신 때문이 아니라고 하더라도 소문을 키운 것에 일조한 때도 있다. 가끔 일 때문에 수현을 만나러 올라가면 늘 고민한다. 미안하다고 사과를 해야 하는 걸까? 물론 차마 그 미안하다는 말이 터지질 않아서 그냥 내려오기가 일쑤였다.

밥도 먹는 둥, 마는 둥 깨작거리고 있는 서휘를 보던 도현이 무심한 척 입을 열었다.

"서휘 씨도 그냥 솔직하면 좋을 텐데요. 걱정된다고 말하지."

"……내, 내가 누굴 걱정해요? 내가 언제 걱정했다고."

눈을 동그랗게 뜬 채 손사래를 치는 그녀를 보고 있으니, 아주 잠깐 오전 동안 쌓였던 피로가 풀리는 것 같다.

"아님 말고요."

얄밉게 말하는 도현을 살짝 쏘아보던 그녀는 접시에 놓여 있던 굴전을 입에 넣었다. 이제야 곰곰이 생각한다. 요즘 두 사람에 대해 생각하던 것이 정말 걱정 때문이었는지.

다시 식사를 시작한 그녀를 보던 도현은 살짝 굳어진 표정으로 비서 무리를 보았다. 윤태용에 대한 좋지 않은 소문은 이미 들어서 알고 있다. 수현의 비서실 비서들이 달마다 바뀐 이유는 힘든 업무 스트레스를 견디지 못한 것이 대다수지만, 마찬가지로 꽤 자주 비서가 바뀌었던 윤 전무 비서실 비서들의 이유는 인격 모독, 남녀를 가리지 않은 성희롱이 대다수였다.

'설마 오너 아들이 데리고 있던 비서한테도 몹쓸 짓 하려고.'

그는 몽글몽글 피는 걱정을 애써 지우며 멈췄던 식사를 시작했다.

* * *

도시락으로 대강 점심을 때우고 자료 정리를 끝낸 수현은 인터폰을 누르려다 아직 점심시간이 끝나지 않았음을 깨닫고 직접 자리에서 일어났다. 서류 봉투를 든 채 손목시계를 확인하며 엘리베이터로 향하는 걸음이 무척 빨랐다. 엘리베이터가 올라가는 중에도 제대로 서류를 챙겼는지 한 장씩 넘기며 확인하던 그는 층수 표시기를 확인하고는 잠시 심호흡을 했다.

보통 때라면 도현이 식사를 끝내고 올라올 때까지 기다렸겠지만, 오늘은 아니었다. 그는 오전 중에 자신과 마주치자마자 호랑이를 마주한 겁먹은 토끼처럼 자신을 피하던 세영의 모습을 떠올렸다. 그녀로서는 당연한 행동이었겠지만 정작 당하는 본인은 서운함이 가득했다. 지금 생각해봐도 자신은 참 못된 인간이다.

'일부러 이러는 거 아니야. 일 때문에 올라온 거고.'

그가 엘리베이터에서 내렸다. 그 층은 윤태용 전무이사실이 있는 곳이었다. 어차피 회장님께 바로 보고를 드릴 내용이지만, 관련자로서 윤 전무도 알아두는 것이 좋겠다는 생각 반, 그것을 핑계로 세영과 잠시라도 마주칠 생각 반으로 올라왔다.

비서실로 들어오니 역시 아직 다들 점심시간인지 아무도 없었다. 아무리 그래도 한 사람쯤은 남겨놓을 텐데 화장실이라도 간 건가 싶어 기다리며 주변을 둘러보다 어느 한 자리에 고정되었다. 이번에 론칭할 제품 선정을 위해 보냈던 향수병들이 가지런히 놓여 있는 자리. 굳이 확인하지 않아도 느낄 수 있었다. 그곳이 그녀의 자리였다.

조심스럽게 그녀의 책상 위를 손으로 쓸며 그래도 잘 지내는 것 같아 다행이라고 여기던 그때였다.

"할 줄 아는 건 남자한테 꼬리치는 거밖에 없지? 하아, 미스 박. 좀 제대로 하자. 어? 이게 뭐야, 이게?"

얇은 문을 타고 윤 전무의 화가 난 언성이 들려왔다. 서류 봉투를 든 채 문에 가까이 붙은 수현은 더 명확하게 문 안에서 들려오는 소리를 들을 수 있었다.

"임 이사는 미스 박을 어떻게 대했는지 모르겠지만, 여긴 아니야. 부모가 없어서 못 배웠으면 더 잘해야 할 거 아니야. 어떻게 이런 간단한 것도 못해?"

"죄송합니다, 전무님. 정말 죄송합니다. 다시 하겠습니다."

윤 전무의 화난 음성 뒤로 들려온 익숙한 목소리를 들은 수현은 쥐고 있던 서류 봉투를 파사삭 구겼다. 자신의 귀가 잘못되지 않았다면, 들은 것이 잘못된 내용이 아니라면 저 안에 있는 두 사람은 윤 전무와 박세영이다. 순간 피가 거꾸로 솟는 것 같았다. 자신도 부하 직원이 제대로 일을 못 하는 것 같으면 화를 내긴 했지만, 저런 식으로 남의 사생활까지 들추면서 말하진 않았다. 더는 참을 이유가 없다. 그는 노크도 없이 벌컥 전무이사실의 문을 열었다.

윤 전무 앞에서 고개를 푹 숙이고 있던 세영이 고개를 들었다. 순간 수현과 눈이 마주쳤지만, 수현은 곧바로 시선을 윤 전무에게로 옮겼다. 설마 박 회장의 아들이 친히 이곳까지 방문할 줄은 몰랐던 윤 전무의 얼굴에도 당혹감이 떠올랐다.

"……임 이사? 말도 없이 여기까진 웬일로……."

수현은 그의 말에 완전히 구겨진 서류 봉투를 내밀었다.

"회장님께 보고 드리려는 자료입니다. 전무님도 아셔야 할 것 같아서요."

"아, 그렇습니까? 아랫것들 시키시지 왜 직접……."

"거기 박세영 비서님."

수현은 시선을 윤 전무에게로 고정한 채로 나직하게 세영을 불렀다. 세영은 눈앞이 캄캄했다. 이런 사정을 가장 들키고 싶지 않았던 사람에게 들키고 말았다.

"잠깐 나가주겠어요? 윤 전무님께 볼일이 있어서요."

안 그래도 얼어붙은 방 안의 공기가 고개도 들 수 없게 그녀를 짓누르던 차였다. 그녀는 윤 전무의 눈치를 보다 결국 두 사람을 향해 꾸벅 고개를 숙여 인사하고 전무이사실을 나갔다. 그녀가 나간 후, 그나마도 살짝 웃음기를 머금고 있던 수현의 입가가 완전히 굳었다.

"아무래도 내가 미스 박을 혼내던 소리를 들으신 것 같은데, 업무 때문에 그랬습니다."

"뭐, 그럴 수 있죠. 아랫것들이 못하면 원래 윗사람들이 혼내는 거잖아요? 나도 그랬어요. 윤 전무님 이해 못 하는 거 아닙니다."

표정은 차가웠지만 그의 말투는 무척 부드러웠다. 다행히 그냥 넘어가는 일인 모양이다 생각한 윤 전무의 표정은 부드럽게 풀렸다.

"이해해주시니 감사합니다. 더 잘되라고 하는 소리예요. 임 이사도 박 회장님께 그렇게 교육받지 않으셨습니까."

"네, 그랬죠. 윤 전무님이 이렇게 아랫사람들을 생각하는 사람인 줄 몰랐네요."

칭찬하는 것 같은 말투는 부드러웠지만, 수현의 행동은 전혀 아니었다. 그는 자신보다 열다섯 살 넘게 차이가 나는 윤 전무를 보며 바지 주머니에 손을 푹 찔러 넣었다. 직급에서도 아래인 수현이 상사에게 보일 태도는 아니었지만, 윤 전무는 자신의 위치를 잘 아는 사람이었다. 지금이야 직급이 아래지만, 훗날 대표이사 회장에 앉을 남자다.

"저…… 도련님 제가……."

"어쨌든 드린 서류 검토해보세요. 회장님께는 제가 바로 보고 드리겠습니다."

수현은 급하게 윤 전무의 말허리를 자르고는 전무이사실을 나왔다. 잘못한 것이 없다는 것처럼 행동하는 그의 행동에 혀끝으로 욕설이 치밀었다. 더는 불쾌한 자리에 있을 수 없었다.

나오자마자 비서실에 혼자 앉아 있다 일어서는 그녀와 마주쳤다. 다른 동료들은 밥을 먹으러 내려간 것 같은데 윤 전무가 때문에 남아 있는 듯싶었다. 세영은 가만히 서서 고개만 푹 숙였다. 잘못한 건 없지만, 가장 들키고 싶지 않았던 그에게 보이고 싶지 않았던 모습을 보이고 말았다.

"……밥은…… 먹었어요?"

말을 걸 것이라고 생각하지 않았다. 당연히 그냥 지나칠 것이라 생각했다. 그의 물음에 세영은 한 박자 느리게 입을 열었다.

"아직이요. 선배들 들어오면 먹으러 내려갈 거예요."

"그럼."

'나랑 같이 먹을래요?'라는 말이 혀끝에서 걸렸다. 억지로 데리고 내려가고 싶은 마음은 간절했지만, 그는 뻗으려던 손을 도로 거뒀다. 왜 그녀를 아직 사랑하면서도 놓아야 했는지 상기했다. 사내에선 더더욱 조심해야 한다. 자신이야 아무렇지 않지만, 세영은 아니다.

"수고해요."

두 사람은 서로를 향해 살짝 고개를 숙여 인사하고 멀어졌다. 아무 일도 없었던 것처럼. 수현은 엘리베이터 앞에 섰다. 문은 열렸지만 들어가지 못하고 숨을 쌕쌕 쉬며 끓어오르는 화를 눌렀다. 전화를 들고 잠시 생각에 빠졌던 그는 곧 어딘가로 전화를 걸었다. 오늘 봤던 일은 오너의 아들로서도 그냥 넘어갈 수는 없었다.

—예, 임수현 이사님. 무슨 일이십니까?

사사로이 이래도 되는지 모르겠지만, 면전에 대놓고 욕은 할 수 없는 상태에서 그가 세영을 위해 할 수 있는 일은 이게 전부인 것 같았다. 아니, 세영을 위해서뿐만 아니라 회사 이미지가 달린 일이다. 혹시 그동안 윤 전무의 비서가 자주 바뀌었던 이유가 이것이 아닐까?

"윤태용 전무를 중심으로 주변 사람들 인사 조사가 필요할 것 같습니다. 윤 전무가 평소에 자기 사람들 어떻게 대했는지 조사 부탁합니다."

Chapter 14

아직 사랑한다

위기라는 건 갑자기 찾아온다. 서휘는 자신의 팀원이 어느 로드 샵에서 사 온 향수병을 심각한 표정으로 보았다. 병과 상자의 디자인, 카피 문구, 광고까지 모두 똑같다. 그녀는 상자를 집어 들고 상자에 쓰인 탑, 미들, 베이스 노트의 향들을 찬찬히 살폈다. 약 스무 가지의 향기가 들어간 '더 젠틀'의 조합이 똑같았다. 그녀의 표정은 더 차갑게 굳어졌다.

"이거 출시일이 언제라고 했죠?"

서휘의 물음에 그녀를 눈치 보던 남자 사원 하나가 반 박자 느리게 대답했다.

"……저희 출시일보다 빠릅니다. 한 달 정도……."

어느 누가 보더라도 리리컬이 이 향수를 똑같이 베꼈다고 보일 수밖에 없었다. 향수사업부가 생긴 건 이제 막 반년이지만, '더 젠틀' 연구는 자신이 리리컬에 입사하기 전부터 개인적으로 해오던 것이다. 게다가 그 임수현을 뮤즈로 만든 향이다. 절대 똑같은 사람이 있을 수 없듯 향기도 똑같을 수가 없다. 그러나 탑, 미들, 베이스를 차례로 시간 차를 두어 향기를 맡은 그녀는 '더 젠틀'과 똑같다는 결론을 내릴 수밖에 없었다.

"마케팅부랑 영업부는 이미 알 거고, 본부장님한테도 보고 올라갔어요?"

"예, 두 부서에서 먼저 움직였습니다. 제가 듣기론 오늘 보고가 올라갔을 겁니다."

서휘는 놓여 있던 향수를 도로 상자에 담으며 말했다.

"본부장님께 다녀올게요. 가만히 있을 수가 없네요."

수많은 조합식이 있다. 같은 향료를 쓰더라도 어떤 향기는 조금 더 짙게, 어떤 향기는 조금 더 연하게. 하지만 성분 분석을 한 자료까지 보고 나서 깨달았다. 명백히 도둑질을 당한 거라고. 자신은 누구의 것도 훔치지 않았다. 그렇다면 답은 하나다. 출시 전에 자료가 도둑맞은 것이다.

향수사업부 본부장실이 있는 층에 도착하자마자 그녀는 망설임 없이 넓은 보폭으로 빠르게 걸었다. 눈물이 나올 것 같다. 임수현의 향기를 만들려고 애썼던 지난 시간들이 무용지물이 된 기분이었다. 날카롭게 소리를 내던 구두가 멈췄다. 벽을 붙잡고 서서 잠시 숨을 골랐다. 향수 상자를 들고 있는 손이 덜덜 떨렸다. 누굴까? 누가 자료를 빼돌린 걸까? 향수병, 상자 디자인, 광고 디자인까지 똑같은 거라면 최종적으로 본 누군가가 빼돌렸거나, 최종적으로 만들어진 자료를 누군가가 훔친 것이다.

"서휘 씨?"

바닥을 바라보던 그녀가 살짝 고개를 들었다. 구두 소리를 듣고 나온 도현이었다. 그는 빨개진 얼굴로 벽을 붙잡은 채 울상이 된 그녀에게로 다가갔다.

"왜 그래요? 향수 때문에 그래요?"

수현의 곁에서 무슨 일이 벌어지는지 모든 것을 보는 그는 이미 안다는 듯 물었다.

"본부장님 있죠?"

서휘는 자신을 걱정스럽게 바라보는 도현을 지나쳐 바로 본부장실 앞에 섰다.

"백 팀장님."

"……나중에 얘기해요."

그녀는 노크도 없이 바로 본부장실 문을 열었다. 마침 안에는 이 문제 때문에 올라온 마케팅부 부장이 수현과 독대 중이었다. 두 남자의 시선이 문을 붙잡은 채 한 손에는 향수를 든 서휘를 향했다.

"죄, 죄송합니다. 다음에 다시 올게요."

평생을 살면서 이렇게 당황하는 서휘는 처음이다. 수현은 나가려던 서휘를 붙잡았다.

"아니에요, 백 팀장. 들어와요. 그럼 최 부장님, 법무팀이랑 다시 이야기해보는 걸로 하죠. 그때까지 관련 자료들 모두 모아 놓으세요. 우리 것들이랑 상대 브랜드 것까지."

"예, 본부장님."

최 부장이 그녀의 곁을 스쳐 지나갔지만, 서휘는 얼어붙은 듯이 움직이지 않았다. 그는 조심스럽게 서휘의 손목을 잡아 안으로 끌어당기고 문을 닫았다.

"백서휘."

그의 부름에도 서휘는 아무 대답도 하지 않았다. 뭐든 똑 부러지게 행동하던 그녀가 이러니 수현도 그녀가 걱정스러웠다. 자신이 오라고 했던 회사였고, 다시 나가겠다는 걸 도로 붙잡아서 앉혀놨더니 이젠 이런 사태까지 벌어졌다. 서휘가 가지고 있는 향수 조향에 대한 자부심을 알던 수현은 총책임자로서 그녀에게 미안할 수밖에 없었다.

"미안하다. 지금 수습 중이야."

"……."

"서휘야."

"너도 알겠지만."

그녀가 들고 있던 향수 상자를 내밀었다.

"상자, 향수병 디자인까지 똑같아. 심지어 상자에 쓰인 글자 폰트까지 똑같다고. 그것까진 이해할 수 있어. 겉으로 보이는 거니까 출시 전에 샘플로 만든 걸 보고 똑같이 했을지도 모르니까. 그

182

런데 겉만 베낀 게 아니야. 노트까지 베꼈잖아.”

　이미 마케팅부에서 가져다준 향수와 성분 분석표까지 받아서 자료를 확인했던 수현은 듣도 보도 못한 신생 브랜드의 ‘벨 옴므’라는 이름의 향수와 리리컬의 ‘더 젠틀’의 향기는 카피 수준으로 똑같다는 것을 알았다. 물론 개인 사업으로 카피 향수를 만들어서 파는 사람들은 많지만, 기업과 기업 간의 일은 그렇게 쉽게 이야기할 수 있는 게 아니었다.

“분명히 내부 사람 짓이야.”

“예단하긴 일러.”

“아니.”

　서휘의 눈빛은 아주 단호했다.

“누가 일부러 빼돌린 거야.”

“코스메틱 쪽에선 흔하게 있는 일이야. 법무팀이 움직이고 있으니까 얌전히 기다려줘.”

“너 이게 무슨 향수인 줄 알아? 내가 진짜 한서진 생각하면서 만든 거니?”

　서휘의 눈가엔 눈물이 고였다. 수현도 답답한 심정이었다. 그녀에게 ‘더 젠틀’이 어떤 의미인지 안다. 다시 친구로 돌아오긴 했지만, 그 전엔 자신에게 마음을 전하려던 그녀의 메시지 같은 것이었다는 것을.

“나도 알아. 이 향수가 무슨 의미인지. 네 속상한 마음도 알아. 하지만 팀원을 함부로 의심할 순 없잖아. 일단 대대적으로 사업 관련자들 전부 조사 들어갈 거야. 결과 나올 때까지만 기다리자.”

수현의 마음을 모르는 건 아니다. 하지만 향수 하나를 만들려고 노력했던 그동안의 시간까지도 모두 도둑맞은 기분이었다. 그녀는 차마 말이 나오지 않는지 애꿎은 입술만 깨물고는 고개를 끄덕였다. 그래도 그와 이야기를 하고 나니 조금 더 머리가 냉정해지는 기분이다. 걱정스럽게 자신을 붙잡은 수현의 손을 놓으며 그녀가 대답했다.

"알았어. 네 말대로 기다릴게."

* * *

사내 분위기가 요즘 이상하다. 윤 전무와 상무이사의 회의가 잦아졌고, 가끔 법무팀장이라는 사람이 찾아와 한참을 있다 가곤 했다. 업무 보조는 다른 선배 비서들이 하고 있었고, 예민한 문제인 것 같아 함부로 물을 수가 없었다. 그저 주어진 일만 열심히 할 뿐이었다.

"저는 경영지원팀에 다녀오겠습니다."

세영이 비서실을 나가자 조용히 비서실을 지키고 있던 사람들이 스르르 의자를 끌고 모이기 시작했다.

"세영 씨는 아무것도 모르는 것 같죠?"

"모르는 건지, 모르는 척하는 건지 알 수가 있어야죠. 근데 선배 그거 사실이에요? 향수사업부 자료 빼돌린 주범으로 박세영 씨가 유력하다는 거."

"쉿! 제발 말 좀 조심해요. 그러다 누가 들으면 진짜 어쩌려고 이래요?"

"이미 회사 사람들은 대부분 알 걸요? 임 전 사장이 회사에 대놓고 찾아왔었잖아요. 임수현 이사님이랑 박세영 씨랑 사귀는 사이가 아니면 왜 임 전 사장님이 세영 씨를 찾아와요? 지금 문제 생긴 회사, 임 전 사장님이 투자한 회사라면서요."

그들은 걱정스러운 눈초리로 아무것도 모른 채 비서실 밖으로 나간 세영의 뒷모습을 먼발치에서 바라보았다.

엘리베이터에 오른 세영은 가져온 자료가 맞는지 확인을 하다 작게 '아' 소리를 냈다. 자료 한 가지가 빠졌다. 그녀는 엘리베이터가 도착하자마자 다시 문을 닫고 원래 층을 눌러 비서실로 향했다.

윤 전무에게 혼나던 모습을 수현에게 들키고 일주일 정도가 지났다. 딱히 그가 왕자님처럼 자신을 도와주리라 생각하지는 않았지만, 기대는 하고 있었나 보다. 윤 전무는 그 뒤로 자신에게 심한 말까지 하지는 않았지만, 어쩔 수 없이 가만히 둔다는 느낌이 강했다. 사실 윤 전무 같은 사람은 잘렸으면 했다. 자신을 괴롭혀서가 아니라 말 한 마디로 사람에게 아무렇지도 않게 상처를 주니까. 게다가 당한 사람도 자신 하나가 아니다. 그녀는 새삼 '나쁜 부장 X끼'라고 욕을 하는 주희의 마음이 이해 갔다.

엘리베이터가 도착하고 서류를 챙기러 비서실로 향했다. 정기적으로 필요한 사무 품목을 정리해서 올려야 하는 날이었는데 그 서류만 빼놓고 와버렸다. 막 비서실로 들어가려고 몸을 돌린 그때였다. 사무실 안으로 기묘한 광경이 벌어졌다.

자신의 책상으로 남자 여럿이 붙어서 이것저것 할 것 없이 전부 다 상자에 쓸어 담고 있었다. 분위기가 너무 무겁고 무서워서 무슨 일이냐고 묻지도 못했다. 이 심각한 상황을 그저 바라보고만 있던 선배 무리들 중 하나가 그녀를 발견했다.

"아, 세영 씨."

그녀의 말에 세영의 책상을 헤집고 컴퓨터 본체까지 뽑아서 가져가려던 무리가 세영에게로 고개를 돌렸다. 그제야 세영은 그들에게 물었다.

"무슨 일이에요?"

"박세영 씨 되십니까?"

"……네, 그런데요."

"별건 아닙니다. 그냥 종합적인 조사 때문에 그러니 협조 부탁드립니다."

그가 지갑에서 명함을 꺼내더니 내밀었다. 명함을 받아 들고 상대방의 정보를 읽던 세영의 얼굴은 새하얗게 질렸다.

'법무팀? 법무팀에서 왜 나를……'

그들은 세영에게 일언반구도 없이 모든 자료를 쓸어 담았다. 아주 잠깐의 시간 동안 세영의 개인물품을 제외하고는 회사 관련된 자료들이 그들에게 털려 나갔다. 휑한 책상을 바라보며 이 상황을 이해하려 애쓰는 세영을 향해 보다 못한 선배 하나가 입을 열었다.

"세영 씨가 아무것도 모르는 것 같아서 얘기해주는 거야. 얼마 전에 향수사업부에 문제가 터졌나 봐. 자료 유출이라던가? 아무튼 유력 용의자로 세영 씨가 지목됐어."

선배의 말이 끝나자마자 등골을 타고 서늘한 기운이 올라와 소름이 돋았다.

"제, 제가요? 전 아무것도 안 했어요."

열심히 일한 죄밖에 없다. 열심히 일했다. 그의 명대로, 그가 원하는 대로. 그런데 왜 자신이 지목을 당했다는 걸까? 그녀는 억울한 마음에 해야 할 일도 잊은 채 들고 있던 서류를 떨어뜨렸다.

"세영 씨? 혹시 임 이사님이 하나도 말씀 안 해주신 거야? 난 그래도 예전에 데리고 있던 비서라고 얘기해줬을 줄 알았는데."

선배의 말이 끝나자마자 세영이 몸을 돌렸다. 하려던 일도 잊은 채, 선배들의 부름도 무시한 채 그녀는 바로 엘리베이터를 타고 익숙한 층 버튼을 눌렀다. 윤 전무에게 처음 성희롱을 당했을 때처럼 손이 덜덜 떨렸다. 아니, 그때보다 더 심했다. 이대로 서 있을 수 있다는 게 신기할 정도다. 엘리베이터 문이 열리자마자 나왔다. 급한 걸음으로 예전에 근무했던 그 비서실로 향했다.

또각또각, 여자의 구두 소리가 울리자 비서실에 앉아 있던 도현이 고개를 들었다.

"박 비서님?"

창백하게 질린 채 서 있는 그녀는 금방이라도 쓰러질 듯했다.

"여기까진 무슨 일이에요? 얼굴은 왜 이렇게 창백하고. 어디 아픈 거예요?"

도현이 가까이 다가서자 그녀가 뒷걸음질 쳤다. 자신이 본부장 비서실에 있을 때 사용하던 책상 위의 컴퓨터도 조사한답시고 가져간 건지 없었다. 명백히 의심을 받는 상황이었다.

"본부장님은요?"

"안에…… 계십니다만."

그녀는 자신을 막아서는 도현을 밀어낸 채 멋대로 문을 열었다. 감사팀에서 보내온 내부감사 자료를 보던 수현은 벌컥 열린 문으로 시선을 돌렸다. 익숙하지만, 익숙하지 않은 얼굴이 보였다. 아니, 정확히 말하자면, 익숙한 얼굴이었지만, 익숙한 얼굴이 짓고 있는 표정은 낯설었다. 쓰러질 것처럼 창백했고, 표정이 없었다. 그는 뒤따라 들어오려는 도현에게 눈짓을 하고 자리에서 일어났다.

"윤 전무 심부름 온 겁니까?"

감사가 어떤 방식으로 일어나고 있는지 개입할 권리가 없던 수현은 방금 그녀가 무슨 일을 당했는지 전혀 모르는 상황이었다.

"아뇨, 그게 아니라……."

"박세영 씨?"

이제야 그의 책상이 보였다. 늘 정갈하던 그의 자리가 서류 더미로 어지러웠다. 무척 바쁜 것 같다. 책상에서 그에게로 다시 시선을 돌렸다. 눈은 빨갛고, 얼굴빛은 창백했으며 정갈하게 목을 감싸던 넥타이는 살짝 풀려 흐트러져 있었다. 분명히 잠도 제대로 자지 못하고 일을 수습하느라 바쁜 것이다. 혹시 그가 자신을 의심할까? 그녀는 자신의 걸음이 이곳으로 향한 이유를 깨달았다. 그가 의심할까 봐 무서웠다.

"본부장님, 저는……."

수현은 얌전히 서서 그녀의 이어질 말을 기다렸다.

눈앞이 흐려지고, 정신이 몽롱했다. 그녀는 걱정스러운 눈빛으로 자신을 보며 기다려주는 그를 향해 천천히 입술을 움직였다.

"아직 당신을 좋아해요."

난데없는 고백을 들은 수현은 뒤통수를 한 대 얻어맞은 기분이었다. 근무 시간이며, 누구보다도 행동을 조심하고 싶어 하는 그녀라는 것을 안다.

"그래서 당신한테 해가 가는 짓은 한 적 없어요. 진짜예요."

마지막 말을 뱉은 세영이 비틀거렸다. 쓰러질 듯 위태롭게. 결국 비틀거리던 그녀는 바닥에 쓰러졌다.

"박세영 씨! 괜찮아? 박세영 씨!"

수현이 급하게 그녀를 품에 안았다. 그녀는 연신 자신의 이름을 부르며 흔드는 그를 느끼며 완전히 의식을 잃고 말았다.

* * *

「회장 아들의 야심 찬 기획, 표절 의혹.」

「그동안 대기업이 중소기업의 아이디어를 훔친 사례는?」

「광고대행사까지 타격, 광고 천재 김주원 그동안 거품이었나?」

「한서진, '나는 오늘 1년 전의 너와 만난다.' 전격 캐스팅」

드르륵드르륵 마우스 휠을 움직이며 기사를 읽던 박 회장은 차가운 숨을 뱉었다. 벌써 대대적으로 보도까지 들어갔다. 대기업이 중소기업의 아이디어를 훔쳐 자신의 것으로 둔갑하는 사례는

실상 비일비재했다. 하지만 자신의 아들은 남의 것을 훔쳐다 제 것으로 둔갑시킬 아이가 아니다. 게다가 '벨 옴므'를 출시한 회사의 투자자들 이름을 확인하는 순간부터 그 마음은 확신이 섰다.

「코스메틱 브랜드 Touch me 대표이사 : 임정현」

도대체 이 임정현이라는 인물은 누굴까? 상원과 이혼하면서 그의 주변을 늘 샅샅이 조사했다. 행여 회사에 해가 가는 일은 하지 않을까 걱정하며. 하지만 한 번도 '임정현'이라는 인물은 나타난 적이 없었다. 시댁 식구들에 대한 호구조사는 이미 결혼을 할 때 반강제적으로 아버지에 의해 이루어진 뒤였다. 그때에도 임정현이라는 인물은 없었다. 혼란스럽다. 쥐고 있는 서류에서 부석부석 소리가 났다. 마침 시끄러운 소리를 내며 인터폰이 울렸다. 그녀가 귀에 수화기를 대자마자 조곤조곤 비서의 말이 들려왔다.

-회장님, 차도현 비서가 들었습니다.

"들어오라고 해요."

수화기를 내려놓고 얼마 지나지 않아 도현이 문을 열고 나타났다. 그는 박 회장을 향해 꾸벅 허리를 숙여 인사했다.

"앉으렴."

그녀는 책상 위에 놓여 있던 터치미 회사 관련 자료들을 쥐고 도현과 마주 보는 자리에 앉았다. 그녀는 말없이 자료들을 도현의 앞에 늘어놓았다.

"이게 뭡니까?"

"나 엿 먹이려는 인물에 대한 자료. 네가 좀 봐."

"제가 본다고 달라지는 건 없습니다. 제가 아니라 본부장님에게 보여줘야 하는 것 아닙니까?"

"달라지는 건 없겠지만, 혹시 아니? 네 반응에서 내가 단서라도 잡을지."

"꼭 저 의심하시는 것 같습니다."

"이 자리에 있으면 아들까지도 의심해야 해."

박 회장의 성화에 그가 어쩔 수 없이 서류를 들어 올렸다. 역시나 '벨 옴므'를 출시한 회사에 관련된 자료였다. 아들의 일에는 무심한 것처럼 보이더니 누구보다도 화가 난 모양이다. 대표이사에 있는 '임정현'이라는 인물, 그리고 회사 설립에 가장 많은 투자를 행한 '임상원'의 이름까지 보였다. 말없이 자료를 들여다보던 도현이 불현듯 입을 열었다.

"만일 임 사장님이 숨겨둔 아들이 있다던가, 그 아들을 이용해서 회장님께 소위 말해서 엿먹이는 일이 있으면 어쩌시려고요?"

"그럴 리 없어. 이혼하던 그 순간부터 쭉 감시하고 있던 사람이니까."

그녀의 말에 도현이 작게 조소했다.

"그러네요. 그 사람이 바람피워서 낳은 아들까지도 감시하셨는데. 이혼하기 전부터 감시에 들어가셨잖아요."

"……."

"전 그렇게 철저하신 회장님이 좋아요."

그는 자료를 내려놓았다.

"죄송하지만, 아무리 봐도 모르는 사람이에요. 공권력이 투입되어 조사하기 전까지는 아무도 모르지 않을까요?"

"정말이니?"

박 회장의 의심하는 눈빛이 도현을 향했다. 그러나 그는 콧방귀도 뀌지 않고 평소처럼 살짝 얼굴에 미소를 머금은 채 고개를 끄덕였다.

"아, 방금 좀 큰일이 있어서 보고 드리러 왔습니다."

"큰일?"

그는 그제야 회장실로 방문한 이유를 입에 올렸다.

"박세영 비서가 병원에 실려 갔어요. 올라오던 길에 전무이사 비서실에 들러서 자초지종 듣고 오는 길입니다. 일언반구도 없이 법무팀이 전부 쓸어갔다고요. 회장님 지시인가요?"

박 회장은 자신을 의심하는 것 같은 그의 태도에 살짝 불쾌한 투로 입을 열었다.

"지금 나 의심하는 거니?"

"아무리 생각해도 본부장님 쪽에선 아직도 박세영 씨를 좋아하는데 그렇게까지 심하게 할 것 같지는 않거든요. 하지만, 그 어머니는 박세영 씨를 싫어하는 쪽 아니었나요?"

"미안하지만 틀렸어. 수현이만 좋다면 그 여자가 다른 나라 공주든, 경쟁사 딸이든, 평범한 사람이든 상관없어. 너야말로 그 아가씨한테 도 넘은 관심이 있는 것 같구나."

그녀의 말에 도현이 실소를 터뜨리고는 고개를 끄덕였다.

"맞아요. 관심 있는 거. 누구처럼 갑자기 미국으로 떠나라고 할까 봐요."

미국이라는 단어가 입에 오르자마자 박 회장의 얼굴에는 불쾌감이 떠올랐다. 그녀는 도현이 자기 이야기를 하는 중임을 깨닫고 대화를 거부하듯 자리에서 벌떡 일어났다.

"조금 있다가 임원 회의가 있어서 말이야. 그만 돌아가렴."

대화할 여지도 주지 않겠다는 듯 휙 뒤돌아 창가에 선 박 회장의 뒷모습을 보던 도현도 자리에서 일어나 그녀를 향해 짧게 묵례를 하고 회장실을 나갔다. 문이 열렸다 닫히는 소리가 흐른 뒤, 박 회장은 살짝 고개만 돌려 그가 나간 문을 흔들리는 눈동자로 바라보았다.

* * *

다행히도 몸에 큰 병이 있어서 그런 건 아니라고 했다. 의사 말로는 과로라고. 주치의와 면담을 마치고 돌아온 수현은 깊은 잠에 빠져 깨어나지 않는 그녀를 지켜보았다. 억울한 듯 내뱉던 울먹임 섞인 말은 쉬이 머릿속에서 잊히질 않았다.

'아직 당신을 좋아해요.'

사랑하는 여자가 쓰러져서 입원한 상태임에도 그때를 떠올리면 자기도 모르게 양쪽 입가가 스르르 올라갔다. 이 도도하고 차가운 여자가 아직 자신을 좋아한단다. 하지만 그것도 잠시, 도대체 위에서 무슨 일이 있어서 회사에선 특히나 조심하는 그녀가 누군가가 들으면 의심할 만한 말을 뱉어버린 걸까? 그의 표정은 다시 심각하게 굳었다.

지잉! 지잉! 지잉! 지잉!

코트 속주머니에서 진동이 일었다. 액정에 뜬 '차도현 비서'라는 이름을 확인하자마자 자리에서 일어나 병실 밖으로 나갔다.

"네, 어떻게 됐습니까?"

-법무팀에서 과잉 조사를 한 모양입니다.

"과잉 조사?"

뚜벅뚜벅 걷던 걸음이 멈췄다.

-전무이사 비서실 분들 말로는 살벌했다고 합니다. 지극히 개인적인 물품만 제외하고는 전부 쓸어갔다고 하니, 박 비서님도 거기에 놀라신 것 같습니다. 처음 겪으신 일일 테니까요.

"그리고요."

-살짝 떠봤는데 회장님 지시는 아니라고 합니다. 본부장님께서도 아시다시피 본인이 하셨으면 그냥 당당하게 하셨다고 말씀하시는 분입니다.

솔직히 어머니를 의심했다. 자신과 버젓이 사귀던 사이라는 것도 알고 계시고, 허락한다는 듯이 말을 하긴 했지만, 반대했고, 결국 자기 손으로 세영을 밀어내게 만드신 분이다. 헤어지면서 부서 이동까지 했지만, 당연히 그녀에게로 손을 뻗쳤을 거라고 생각했다. 하지만 아무래도 자신이 어머니를 잘 모르고 있던 모양이다.

-그런데 윤 전무 쪽이 좀 이상합니다. 너무 움직임이 없습니다. 자기 비서실이 털리는 중인데도 의심스러울 정도로 조용하고요.

잠시 잊고 있었다. 세영에게 악감정을 가지고 있을 사람. 오너의 아들인 자신에게 잘 보여도 모자랄 판에 밑바닥까지 들킨 사람. 그 남자 처지에서 생각하면 그가 원망할 사람은 세영이었다.

"인사과에서 자료는 아직 안 왔습니까?"

-네, 아직이요. 제가 한 번 알아보겠습니다.

"수고해요."

전화를 끊으려던 그때였다.

-본부장님.

도현의 부름에 수현은 다시 귀에 전화를 댔다.

"무슨 일입니까?"

-······무사히 다 해결될 겁니다. 회사 일도, 박 비서님 일도.

도현과 사이가 어떠냐 묻는다면, 친하지도, 나쁘지도 않다. 굳이 둘 중 하나를 고르라면 나쁘다는 쪽에 더 가깝다. 세영과 자신에 대한 소문이 도는 것을 알게 됐던 그때에도 멱살잡이를 했고, 지금의 관계도 본부장과 비서라는 특수한 관계가 아니었다면 이어질 수 없었다. 그런 그가 자신을 걱정하듯 하는 말에 수현은 가슴이 뻐근한 이상한 감각을 느꼈다. 그러나 애써 모른 척하며 입을 열었다.

"네, 그래야죠."

-그래서 하나만 여쭤고 싶습니다.

평소 알던 도현의 태도가 아니었다. 달리 할 말이 있었던 걸까?

"말해 봐요."

-본부장님은 박 비서님을 위해서 다 버리실 수 있습니까?

뭐?

대답할 타이밍을 놓치고, 순간적으로 깊은 고민에 빠졌다. 예전이라면 절대 버리지 못한다고 했을 텐데, 그 버리지 못한다는 간단한 말이 나오지 않았다. 통화 사이는 급속도로 조용해졌다. 서로의 숨소리만 들렸다. 그러나 애초에 그에게 답을 들을 것이라 기대하지 않았던 도현은 뒤이어 말했다.

-죄송합니다. 주제넘은 질문이었던 것 같습니다. 회사 일은 걱정하지 마십시오.

수현은 묘한 기분으로 전화를 끊었다. 모든 것을 버릴 수 있느냐. 한 번도 생각하지 않았다. 손에 쥐고 있는 것들을 버린다는 생각은 한 번도 안 했다. 태어나면서 가진 것을 버리는 멍청한 놈이 있을까? 자식은 부모를 택하는 권리가 없기 때문에 부모가 이미 일궈놓은 것들을 누리는 권리를 가지게 된다. 그가 딱 그런 위치였다.

완벽한 가문, 완벽한 재산, 완벽한 집, 완벽한 차, 자신을 위해 완벽하게 준비된 모든 것. 아, 딱 한 번 그 완벽한 것들을 버린 적은 있다. 완전히는 아니고 잠시 놓았다고 표현해야 할까? 세영의 옆집으로 갈 때였다. 하나도 아깝지 않았다. 혹자가 알면 미친놈이 아니냐고 하겠지만, 그때의 그에게는 가지고 있는 것들보다 그녀가 더 중요했다. 자신이 별로라며 거부한 그 말을 후회하게 만들어주고 싶어서 애썼다.

'아, 그런 건가?'

머릿속으로 자욱하던 먹구름이 걷히는 기분이다.

지금쯤이면 일어났을까? 그의 걸음은 세영의 병실로 급하게 이어졌다. 보고 싶었다. 자신을 아직 좋아한다고 고백하고는 대답도 듣지 않고 치사하게 쓰러져버린 그녀가. 그녀가 눈을 뜨고 일어난

다면 말해주고 싶다.

'나도 아직 널 사랑해.'

그래서 놓지 못하고 주변을 서성이는 거라고 말해주고 싶었다.

그녀가 누워 있을 병실이 보였다. 걸음은 더 빨라졌다. 그녀가 깨어나지 않았더라도, 아직 잠들어 있을지라도 그 모습이라도 보고 싶었다. 너무 주변을 살피지 않고 걷던 그는 소아 병동에서 잠깐 내려온 환자 아이가 떨어뜨린 책을 뻥 걷어차고 말았다. 발에 차인 느낌에 그제야 그의 눈에도 울 것처럼 빨개진 눈으로 자신을 올려다보는 어린아이가 보였다.

"아, 미안해."

그는 책이 떨어진 곳까지 단숨에 긴 다리로 걸어가 먼지를 털어내며 책을 주워들었다.

'신데렐라'

하드커버에 얇은 동화책이었다. 그에겐 낯설지 않은 이야기였다. 먼저는 그의 아버지가 남자 신데렐라였고, 지금은 그의 헤어진 여자 친구가 신데렐라일 뻔했다.

그는 인형을 들고 서서 자신을 기다리던 아이의 눈높이에 맞춰 자세를 낮췄다. 그리고 조심스럽게 아이에게 책을 내밀었다. 병원 바닥이 더러웠던 건 아니지만 의자 구석으로 차이는 바람에 하얀 겉표지에 살짝 검은 티가 묻었다.

"책이 더러워져서 미안해. 엄마 어디 계시니?"

혹시라도 더러워져서 받지 않을까 걱정스러운 마음에 책값을 물어줄 생각으로 물었다. 그러나 아이는 똘망똘망한 눈으로 수현을 보며 고개를 저었다.

"엄마 없는데요."

"……어? 아, 그래? 미, 미안하다."

당혹감을 감추지 못하고 사과를 하던 그때였다.

"은비야, 아저씨 괴롭히면 못써. 엄마 네 병실에서 기다리시잖니."

아마 어린 환자의 주치의인지 하얀 가운을 입은 젊은 남자 의사가 아이의 손을 잡았다. 신데렐라 책을 든 그대로 수현도 몸을 일으켰다.

"죄송합니다. 어린아이라 내용 전달하는 게 서툴러서 그래요."

"아, 괜찮습니다."

의사는 몸을 낮추어 어린아이와 눈높이를 맞추더니 말했다.

"은비야, 아저씨한테 사과해야지. '놀라게 해서 죄송해요'라고."

그의 말에 아이가 고개를 끄덕이고는 수현을 올려다보았다.

"아저씨, 죄송해요."

"응, 아니야. 괜찮아."

"대신에 그 책 줄게요. 저는 그거 다 읽었어요."

"어? 아니야. 괜찮은데……."

책을 은비에게 다시 내밀려는 수현을 저지한 건 곁에 서 있던 의사였다.

"그냥 받으세요. 은비도 미안해서 주는 거니까."

"그래도……, 그럼 병실이 어딘지 알려주시겠어요? 책 선물로 받은 보답은 해야 할 것 같아서."

그는 급하게 명함을 꺼내 내밀었다. 명함에 까만 글씨로 새겨진 이름을 읽은 의사는 미처 알아보지 못했다는 표정으로 놀람을 표했다. 그는 놀란 의사는 그대로 둔 채 아이와 눈높이를 맞춰 자세를 낮추고는 조심스럽게 속삭였다.

"고마워. 책 잘 읽을게."

두 사람을 향해 가볍게 묵례를 하고 세영의 병실로 돌아왔다. 아직은 깨지 않은 것인지 병실에는 고른 숨소리가 가득했다. 안타까운 마음 반, 깨어났으면 했던 기대감이 무너진 실망이 반이었다. 곁에 앉아 그녀가 깨지 않도록 조심스럽게 그녀의 뺨에 붙어 있던 머리카락을 떼어내며 귀 뒤로 머리칼을 넘겨주었다. 이렇게 보니 자신이 마른 것처럼 그녀도 조금 마른 것 같다. 밥은 제대로 챙겨 먹었던 걸까?

오랜만에 잠시 회사 일은 놓기로 했다. 그녀가 깨기 전까지는 곁에 앉아서 무엇을 하며 시간을 보낼까 고민하던 그는 손에 쥔 신데렐라 동화책을 열었다.

'내가 어렸을 때 읽었던 내용이랑 똑같나?'

활자로 시선을 옮기고 그는 차분하게 이야기를 따라 눈동자를 굴렸다.

* * *

신데렐라의 아버지가 돌아가시고 말았어요. 얼마 지나지 않아 천사 같았던 새엄마와 새언니들은 본색을 드러내기 시작했습니다.

"신데렐라, 옷이 다 구겨졌잖아!"

"신데렐라, 마루 닦아 놓으라고 했잖아!"

"신데렐라, 가서 접시나 닦아!"

구박의 나날이 이어졌습니다. 하지만, 신데렐라는 전혀 주눅 들지 않고 새엄마와 새언니들의 구박을 견뎠습니다. 그럴수록 새엄마와 새언니들의 괴롭힘은 더 심해졌지요.

그러던 어느 날, 왕자님의 신붓감을 찾는다며 성에서 무도회 초대장이 왔습니다. 새언니들은 당연히 신이 나서 서로 자신이 왕자님의 신부가 되겠다며 싸웠어요. 신데렐라도 그 무도회에 너무나 가고 싶었습니다. 그래서 새엄마에게 부탁했어요.

"어머니, 저도 무도회에 가고 싶어요."

그러자 새언니들이 새엄마에게 앞다투어 말했어요.

"엄마, 신데렐라는 가면 안 돼요. 저런 재투성이가 어떻게 왕자님의 신붓감이 되겠어요?"

"맞아요. 그냥 집에 남겨서 일이나 시켜요."

하지만 무도회 초대장에는 모든 딸이 참석해야 한다고 적혀 있었어요. 고민하던 새엄마는 꾀를 하나 냈습니다.

"신데렐라야. 무도회에 가고 싶니?"

"네, 어머니. 너무너무 가고 싶어요."

"그럼 무도회에 가기 전에 설거지해놓고, 빨래도 해놓고, 응접실 계단과 마루를 깨끗하게 닦으렴. 그럼 무도회에 갈 수 있단다."

새엄마가 자신을 무도회에 데려가지 않기 위해 일부러 제시간에 끝낼 수 없는 일들만 시켰다는 것을 알았지만, 신데렐라는 열심히 시킨 일을 했어요. 하지만, 역시 제시간에 끝낼 수는 없었답니다. 신데렐라는 새엄마와 새언니들을 태운 마차가 멀어지는 것을 보며 혼자 슬프게 울었어요. 그런데 그때였어요.

* * *

동화를 읽던 수현은 문득 자신이 왕자가 아니라 새엄마가 아닐까 생각했다. 일에 미친 워커홀릭으로 살던 그때, 세영에게 이것저것 지시를 내리던 모습은 절대 왕자가 보일 것이 아니었다.

'박 비서, 이거 회장님께 바로 보고 드려야 되는 서류니까 당장 정리 부탁해요. 그리고 AC백화점 대표님이랑 약속이 언제였죠?'

'그건 30분 후에 출발하셔야 합니다.'

'일단 서류부터 만들어줘요.'

'잠깐만요, 본부장님. 저 혼자 서류 작성, 본부장님 수행 다 못합니다. 서류 작성만 시키시든지, 수행을 시키시든지 하나만 하셔야 합니다.'

예전 일을 떠올리던 수현의 입술 사이에서 피식 웃음이 터지는 소리가 퍼졌다. 자신이 신데렐라의 계모처럼 행동했다고 하더라도 세영은 얌전히 시킨 일만 열심히 하는 신데렐라가 아니었다. 자기 생각에 합리적이지 못하다고 여기는 일에 대해서는 늘 쓴소리를 했다. 처음엔 뭐 저런 사람이 밑으로 들어왔나, 불만이 많았지만 세영의 합리적인 성격에 상사로서 도움을 받은 적도 한두 번이 아니라 그때부터는 은근히 그녀의 지시를 받곤 했다. 그는 슬쩍 책을 덮고 아직 깨어나지 않은 그녀를 바라보았다.

'내가 잘못 생각했어. 넌 신데렐라가 아니야. 오히려 계모와 새언니들한테 부당한 짓이라고 대들고 싸울 게 뻔해.'

살짝 눈을 감은 채 그녀의 손목을 잡고 손가락에 입술을 댔다. 그러다 차가운 금속을 느끼고 감았던 눈을 떴다.

'아직 하고 있구나. 반지.'

가끔 마주칠 땐 아무것도 없기에 보통 사람들이 그렇듯 금은방에 팔아서 뭐라도 산 걸까 싶었는데 아직 가지고 있었던 모양이었다. 그도 코트 주머니에 손을 넣어 그저 간직하고만 있던 반지를 도로 자신의 네 번째 손가락에 끼웠다. 똑같은 디자인의 반지가 빛났다. 그때 그의 손에 얌전히 쥐어져 있던 그녀의 손이 살짝 움직였다.

몽롱한 정신에 따뜻한 체온을 느끼고 고개를 돌렸다. 그가 보였다. 걱정스러운 듯 내려앉은 우수에 젖은 눈동자를 보고 있으니 다시 설움이 밀려왔다. 절대 그에게 해가 가는 짓은 하지 않았다. 할 수가 없는 몸이다. 아직 그를 너무 좋아하니까.

"본부장님, 저는……."

다시 변명하려는 듯 열린 입술 사이로 따스한 숨결이 들어왔다. 놀라지도 못하고, 그대로 굳어져 입술에 닿은 그의 체온을 느꼈다. 너무 오랫동안 떨어져 있던 것은 그녀에게 너무 소중했다. 그의 코트 자락을 붙잡고 텁고 습한 숨결을 느꼈다. 떨어져 있는 동안 더 달콤해진 것 같은 숨결은 그를 놓을 수 없게 만들었다. 세영은 쥐고 있던 코트 자락을 놓고 두 팔로 수현의 목을 껴안았다.

그는 대답하지 않았지만, 이것이 대답이었다. 그녀에게는 이 입맞춤이,

'네가 무슨 말을 하더라도, 난 너를 믿어.'

라고 들렸다.

촉촉하게 닿은 입술이 문질리고, 빨리고, 부드럽게 포개어지기를 몇 번 반복하다 떨어졌다. 그의 뺨은 상기되었다. 입고 있는 바지가 불편할 정도로 흥분감을 느끼고 있지만, 굳이 살을 맞대는 것이 아니더라도 그에게는 이 행위 자체가 너무 소중해서 깨고 싶지 않은 순간이었다.

"다시 말해 봐."

"……뭘요?"

그는 세영을 향해 따스하게 웃었다.

"본부장실에 오자마자 나한테 한 말. 다시 듣고 싶어."

이제야 그의 손으로 눈길이 갔다. 자신의 것과 같은 디자인의 반지. 그동안 그가 끼지 않아서 그가 자신을 다 잊었다고 생각하고 반지를 빼고 다녔다. 그가 잊었으면 자신도 잊어야 하는 처지였으니까. 그냥 오늘 어쩌다 생각이 나서 껴본 것이었는데 그도 같은 마음이었을 거라고 생각하니 말로는 표현이 안 될 정도로 벅찬 감정 때문에 숨이 제대로 쉬어지지 않았다. 그녀는 천천히 수현을 향해 입술을 움직였다.

"아직 좋아해요."

"또 해줘."

"좋아해요, 수현 씨."

"더해줘."

그가 세영의 가슴팍에 머리를 기댔다. 더 듣고 싶다. 감미로운 목소리로, 귀가 녹아 없어져도 괜찮으니 계속 듣고 싶었다.

"좋아해요. 사랑해요, 수현 씨."

세영의 허리를 껴안은 채 그가 속삭였다.

"나도 사랑해, 박세영."

내 인생에 갑자기 등장한 오지랖 넓고 당돌한 여자.

내 인생에 갑자기 끼어든 이웃집 악당.

두 사람의 입술이 다시 붙었다. 이번에는 좀 더 깊고, 진하게. 환자가 깨어났는지 확인하러 들어오려던 간호사는 너무 애틋해 보이는 두 사람을 먼발치서 바라보다 발길을 돌렸다.

* * *

오후 8시가 넘었다. 세영과 헤어지고 나서는 쭉 일에만 몰두하던 수현도 들어오지 않는 것을 보면 이대로 오지 않을 작정인 듯싶었다. 손목시계를 확인하며 자리에서 일어난 도현은 걱정이 가득 낀 표정으로 톡을 확인만 하고 답장도 보내지 않는 서휘와의 대화창을 보았다. 저절로 기분이 풀릴 때까지 기다릴 생각이었는데 자신이 잘못 생각했다. 이럴 땐 오히려 가까운 사람의 위로가 필요한 법임을 잠시 망각했다. 오랫동안 연애를 하지 않았던 탓에 연애 세포는 이미 죽어버린 지 오래였다.

엘리베이터를 타고 내려간 연구팀 앞에 잠시 멈췄다. 그는 화려한 야경이 수 놓인 창가에 서서 비치는 자신의 모습을 살폈다. 슈트가 흐트러지진 않았는지, 넥타이는 똑바로 매어져 있는지, 그리고 가장 중요한 건.

"흐음."

손목에 슬쩍 코를 대고 숨을 들이마셨다. 그녀가 자신을 생각하면서 만들었다는 그 향수가 제대로 발향을 하고 있는지 확인한 그는 살짝 허리를 숙였다. 불이 꺼진 연구팀에는 아무도 없었지만, 유독 밝은 빛이 새어 나오는 문틈이 보였다. 원래 끼리끼리 모인다고, 임수현의 친구라고 그녀도 워커홀릭인 듯싶다. 그게 아니라면 이번 사태로 마음이 많이 다쳤을 것이다.

"아직 밥 안 먹었으면 같이 먹으러 갈까요?"

그는 그녀를 만나면 하게 될 말을 조심스럽게 입술에 올려 연습했다.

"후우, 좋아. 가자."

어두컴컴한 사무실을 지나 빛이 새어 나오는 문 앞에 섰다. 노크하려고 손을 들어 올린 순간이었다.

"흐흑! 흐흐흑!"

문틈에서 새어 나오는 소리를 듣자마자 온몸의 근육이 딱딱하게 굳었다. 그는 노크하려던 손으로 문고리를 잡아 돌렸다.

"흐흑!"

훌쩍이는 소리를 내며 울던 서휘가 고개를 들었다. 눈물로 얼룩진 얼굴은 엉망이었다. 도대체 얼마나 운 것인지 눈은 퉁퉁 붓고, 얼굴은 안타까울 정도로 새빨갛게 익었다. 그녀가 이렇게까지 힘들어하고 있을 줄은 몰랐던 도현은 혀가 굳는 것을 느꼈다. 좋아하는 여자가 이렇게 힘들어하는 데 도움을 줄 수가 없다.

"백서휘 씨."

우는 모습을 들켰다는 생각에 순간 창피해진 서휘가 급하게 의자를 돌렸다.

"뭐하러 왔어요."

"⋯⋯울었어요?"

"⋯⋯."

"서휘 씨, 의자 돌려요."

그녀는 도현의 말을 못 들은 척 뒷모습만 보인 채 급하게 휴지로 대충 눈물을 닦았다. 쪽팔린다. 그동안 일부러 그와 마주치지 않으려고 했다. 가끔 만나서 밥을 먹던 것도 언제부터인가 점심 약속을 잡지 않기 시작했고, 전화가 와도 받지 않았다. 메시지 답장도 마찬가지로 하지 않았다.

"백서휘 씨."

"돌아가세요. 아직 할 일이 남아서요."

운 얼굴을 손으로 어떻게든 가리려고 애쓰며 그의 곁을 스쳐 지나가려고 했다. 그러나 문을 나서려던 그 찰나 그에게 붙잡히고 말았다. 붙잡힌 것뿐만 아니라 문까지 꽉 닫혔다. 철컥, 잠기는 소리까지 들렸다. 둘만 남은 공간에서 서휘는 어찌할 바를 모르고 그의 시선만 피했다. 자신을 계속 피하려고만 하는 서휘를 향해 도현이 입을 열었다.

"나 솔직하게 말해서 그냥 스쳐 지나간 사람은 많았지만, 제대로 된 연애 한 번도 안 해봤어요."

"……."

"그래서 좋아하는 사람이 울고 있으면 어떻게 달래야 하는지 몰라요."

도현의 말을 듣는 서휘의 표정이 시시각각 변했다.

'좋아한다고? 나를?'

그동안 그의 마음을 모른 건 아니다. 향수 브랜드 론칭 기념 파티를 앞두고 자신에게 파트너 신청을 했을 때부터 지금까지 그가 자신에게 남자로서 관심있다는 건 알았다. 하지만, 지금까지 연구팀 팀장과 본부장 비서실의 비서의 관계가 유지될 수 있었던 건 그가 직접 말하지 않았기 때문이었다. 그러나 오늘 그 관계가 무너지려는 모양이다.

서휘는 자신에게 다가오는 그림자를 깨닫고 몸을 움츠렸다.

"어떻게 하면 안 울어요?"

"……."

"내가 어떻게 해야 당신을 그치게 할 수 있어요? 가르쳐주세요."

"……."

"당신이랑 썸 타고 싶어요, 백서휘 씨."

이렇게 단순하고 유치하고 멋없는 고백이 있을까? 정작 말을 뱉었지만, 너무 멋이 없는 고백이었던 탓에 그는 후회했다. 어머니가 미국에서 병으로 돌아가신 이후로 한 번도 후회할 일을 만들지 말자고 다짐했지만, 그게 말처럼 쉽지가 않다. 하지만 터진 입은 멈출 줄 모르고 멋대로 움직였다.

"서휘 씨가 힘든 상황이라는 거 아는데, 이렇게 된 거 그냥 말할 게요. 혹시 아직 임수현이 마음에 있다면 임수현 말고 나를 좋아해요. 아니, 나를 좋아하려고 해봐요."

미국에서 유학 생활을 할 때부터 한 번도 발표 때 떤 적이 없다. 딱히 잘 보일 사람도 없었고, 대학생 때도 같은 수업을 듣는 여자들 중에도 눈에 들어오는 사람은 없었다. 하지만 지금은 이렇게 떨린다. 그는 가슴에 손을 얹고 발버둥 치는 심장을 느꼈다. 그에게도 자신의 모습은 낯설었다. 창피하고 부끄럽다. 타임머신이 있다면 10분 전으로 시간을 되돌리고 싶다. 자신의 고백에도 아무 대답 없는 그녀의 모습을 보던 도현은 결국 뒤돌았다.

멍청하게 이게 무슨 짓인지. 조금만 참았어야 했다. 참았다가 그녀가 괜찮을 때 했어야 했다.

급하게 문고리를 잡고 막 잠금을 풀었을 때였다. 그는 뒤에서 잡아당기는 작은 무게감을 느끼고 멈췄다. 살짝 고개를 아래로 내리고 틀었을 때 보였다. 정장 재킷을 살짝 쥐고 있는 그녀의 손. 서휘의 손이 자신을 붙잡았다. 심장이 두 동강 나는 기분이었다.

"어딜…… 도망가요. 사람 떨리게 만들어 놓고."

다시 정면을 바라본 채 섰던 그는 병싯 번지는 미소를 참을 수 없었다. 어쨌건 그녀가 잡았으니까. 문고리를 잡았던 손은 천천히 뒤로 뺐다. 천천히, 아주 조심스럽게. 그의 손은 옷깃을 잡고 있던 그녀의 손을 감싸 쥐었다.

* * *

"이건 좀 아닌 것 같은데……."

"아니긴 뭐가 아니야. 너 환자잖아."

그녀의 두 발은 공중에 둥둥 떠 있었다. 두 손에는 구두를 한 짝씩 든 채 그녀는 상기된 얼굴로 남자의 등에 완전히 몸을 기댔다. 한사코 거절했는데도 굳이 자신을 업었다. 그에게서 풍기는 기분 좋은 향수 냄새 때문인지 뺨이 뜨거워지는 것 같았다. 괜히 그의 어깨에 뺨을 대고 계단을 오르는 그의 기분 좋은 구두 소리에 집중했다.

평소에 3층까지는 무척 긴 거리였는데 오늘은 단숨에 오고 말았다. 그가 내려주자마자 급하게 가방에서 열쇠를 꺼내 문을 열었다. 문고리를 붙잡고 어떻게 해야 할지 고민하던 그녀가 그에게로 몸을 돌렸을 때였다. 살짝 열렸던 문이 닫히고, 입술로 따스한 체온이 닿았다.

아, 이제야 생각하는데 그는 늘 자신보다 조금 더 뜨거운 사람이었던 것 같다. 이렇게 입맞춤을 할 때나, 그의 맨살에 아무것도 입지 않은 몸을 댔을 때 그를 따스하다고 여겼으니까. 짜릿한 입맞춤은 아쉬울 정도로 짧았다.

"그만 들어가. 춥겠다."

그가 아쉬움을 감추며 괜히 그녀의 코트 앞섶을 여며주었다. 그의 손길에 세영의 얼굴이 빨개졌다. 초창기 그에게 반했던 때로 돌아간 것 같다. 그가 세영에게서 한 발자국 멀어졌다.

"약 챙겨준 거 잘 먹고. 저녁 꼭 챙겨 먹어. 약 먹어야 하니까."

"네."

"언제 또 이렇게 사이좋게 마주 볼지는 모르겠지만, 나 오늘 무지 행복하다."

그가 양쪽 입가를 예쁘게 올려 웃었다.

'아.'

그의 미소를 보는 순간 그녀는 설렘만 느끼던 심장이 가슴이 뻐근할 정도로 나부대는 것을 느꼈다. 지금 깨달았다. 그에게 반하게 된 이유. 그는 잘 웃지 않는 얼굴이기 때문에 웃는 얼굴을 보기가 힘들다. 그래서 그런지 가끔 웃는 그 얼굴이 세상 여자들 모두 유혹해버릴 정도로 예쁘다. 저 미소에 반했다. 그동안 왜 그에게 반했고, 그를 사랑하게 됐는지 의문이었는데 그게 풀려버렸다.

"뭐야? 왜 웃기만 하고 안 들어가? 나 더 보고 싶어서?"

"네."

"……장난으로 말했는데 그렇게 받아들이면 나 집에 못 가."

떨어지기 싫다. 아직 서로에게 마음이 깊다는 걸 알았는데 이대로 헤어지고 또 회사에서 만나게 되면 모르쇠로 일관해야 한다. 10분만 더 보고 갈 수는 없을까? 어떻게 핑곗거리를 대야 할지 고민하던 그를 향해 세영이 먼저 입을 열었다.

"혹시 라면 좋아해요?"

"라면?"

그녀가 얼굴을 빨갛게 붉히며 수줍게 입을 열었다.

"나 저녁 라면 먹을 건데, 라면 먹고 갈래요?"

인터넷에서 읽었다. 썸을 타거나 연인 사이인 남녀가 밤새 함께 있고 싶다는 말을 부드럽게 돌려서 하는 말. 그는 대답도 하기 전에 그녀보다도 먼저 벌컥 문을 열고 들어가더니 신발까지 벗었다. 현관에 서서 들어갈 생각도 못 한 채 자신을 바라보던 그녀를 향해 그가 아주 기쁜 듯이 속삭였다.

"나 라면 정돈 끓일 줄 아는데, 그럼 내가 끓일까?"

여기까진 좋았다. 함께 집으로 들어왔고, 그가 친히 라면을 끓여주겠다며 주방에서 서성이는 것. 고작 라면을 끓이는 것뿐이었지만, 분주하게 움직이는 그의 어깨를 바라보는 게 좋았다. 식탁 의자에 앉아 두 손바닥으로 턱을 괴고 그를 감상했다.

커프스를 빼고 반쯤 접어 올린 셔츠의 소맷자락, 움직일 때마다 은근하게 힘이 들어간 단단한 팔뚝, 찬장 위를 찾으며 고개를 들때 보이는 아주 섹시한 목선까지 하나도 놓칠 수가 없었다.

잘생겼다. 정말.

자기도 모르게 그에게 감탄하며 기다리던 그녀의 앞으로 그가 다 끓인 라면 냄비를 들고 다가왔다.

"고생했어요. 고마워요. 집주인이 대접해야 하는데."

"아냐. 이 정도쯤이야."

그러나 라면을 끓일 줄 안다는 사람이 끓여온 라면은 라면이라기에는 국물이 한강만큼 많았다. 식탁에 얌전히 앉아 기다리던 그녀는 물도 제대로 맞춰오지 못한 그의 라면을 보고는 웃음이 터졌다. 세영의 웃음소리에 괜히 민망해진 수현은 변명하려 입을 움직였다.

"미, 미안……. 물 조절을 잘못해서……, 그래도 맛은 있을걸?"

냄새 하나는 죽인다. 그가 라면을 덜어준 그릇을 받은 그녀는 씩씩하게 크게 한 젓가락을 집어 입에 넣었다. 생각대로 너무 싱거워서 순간 웃음이 터질 뻔했지만, 자신을 기대하는 눈으로 바라보는 그를 실망하게 할 수가 없어서 그릇을 들고 남은 것들까지 후루룩 넘겼다. 그릇을 내려놓고 혀로 입술을 적시는 그녀를 관찰하듯 바라보던 그가 답답하다는 듯이 입을 열었다.

"어때? 맛있어?"

"음⋯⋯."

그녀가 고민하듯 살짝 그의 시선을 피하고 허공을 바라보았다. 맛이 없긴 하겠지만, 그래도 칭찬이 듣고 싶었던 그는 기대하는 눈빛으로 그녀를 보았다.

"일단 면도 꼬들꼬들하게 잘 익었어요."

"진짜?"

"응. 근데⋯⋯."

그는 참 요리에 실력이 없다. 그동안 해줬던 것들은 전부 맛이 없었다.

"맛이 없어요. 근데 맛있어요."

그녀의 말을 듣던 그가 곰곰이 생각하더니 물었다.

"맛이 없는데 맛이 있는 건 무슨 소리야?"

"맛이 없는데 다 먹고 싶다고요. 수현 씨가 끓여서 그런지 맛있어요. 간은 하나도 안 맞고 밍밍하지만."

"내, 내가 요리를 해본 적이 별로 없어서⋯⋯ 맛없으면 다시 끓여줄게."

일어나려던 그를 세영이 붙잡았다. 궁금해진다. 그동안 옆집에 살 땐 혼자 뭘 해 먹고 살았던 걸까? 사귀기 시작한 무렵에는 함께 밥도 해 먹고, 나가서 사 먹기도 했지만 그전까지는 그도 혼자서 생활을 했을 것이다.

"도대체 혼자 옆집에 살 땐 뭐 먹고 살았어요?"

"내가 한 거 먹고 살았지."

그가 괜히 발끈해서 대답했다.

"그리고 난 나름 내가 만든 거 맛있다고 생각하는데……. 진짜 별로야?"

"수현 씨 되게 이상한 거 알아요?"

"내가?"

그는 라면 이야기인가 싶어 한 젓가락을 덜어 입안으로 넣었다. 자기가 한 요리는 자기 입맛에 맞다고 말은 했지만, 정작 혀끝에 퍼지는 맛은 자신이 생각했던 게 아니라 얼굴은 실망감이 가득했다.

"다 잘하는데 요리만 못하잖아요. 그게 너무 신기해요. 일도 잘해, 외국어도 잘해, 운전도 잘해, 그것도 잘해."

"이럴 거야? 응? 라면 먹자는 말이 그런 소리였어?"

그녀의 말에 그가 살짝 음흉한 미소를 지었다.

"아직 내 말 다 안 끝났거든요?"

세영이 말을 가로막자 그가 알겠다는 듯 고개를 끄덕였다.

"알았어. 계속해."

"근데 요리만 못하는 게 신기해서요."

그녀의 말에 살짝 웃음을 짓던 그가 씁쓸한 표정을 지었다. 마치 요리를 못하는 것도 사정이 있어 보여서 세영은 수현이 말할 때까지 얌전히 기다리며 라면을 먹었다.

"가족도 모두 잃고, 엄마 손맛까지 기억 못 할 너한테 할 소린 아니지만, 나 엄마가 해준 요리 한 번도 먹어본 적이 없거든. 가끔 생각해. 우리 엄마도 나처럼 요리는 형편없지 않을까 하고."

한참 후에 열린 입에서 나온 말이었다. 보통 사람들은 자신이 어렸을 때부터 먹었던 맛을 기억해내며 요리를 하고, 사랑하는 사람에게 먹이게 된다. 그는 어렸을 때부터 입주 도우미가 해주던 요리를 먹고 자랐을 것이다. 물론 고르고 고른 사람이기 때문에 요리를 못 하진 않았겠지만, 세영은 어쩌면 그가 어머니가 했을 요리를 상상하며 만들었을지도 모른다는 생각이 들었다.

"어머니 생각하면서 요리한 거예요?"

"음, 뭐 그렇다고 해야 하나? 요리 못한다는 변명을 이런 식으로 하네."

"수현 씨는 어머니를 되게 사랑하나 봐요."

생각지도 못한 말에 그가 세영을 보았다.

"나 같으면 이렇게 맛없는 라면 끓여준 엄마한테 투정 부리면서 다시 끓여달라고 할 텐데, 수현 씨는 다 먹을 생각이잖아요? 맛있게."

그가 피식 웃더니 고개를 저으며 그녀가 쥐고 있던 젓가락을 빼앗아 내려놓았다. 한참 먹는 중이던 세영은 그에게 작은 의문을 보냈다.

"누가 말 그렇게 예쁘게 하래."

"네?"

"가자."

"뭘요?"

그가 식탁 의자에 얌전히 앉아있던 세영을 덜렁 들었다.

"뭐예요? 아직 라면도 덜 먹었는데……."

세영의 물음에 수현은 곧장 침실로 들어가며 말을 이었다.

"일단 너부터 먹자."

* * *

이전에는 잘만 눈도 마주치고, 손끝이 스치는 가벼운 스킨십 정도야 괜찮았는데 지금은 눈도 마주치지 못하겠다. 서휘는 운전을 하다가도 신호를 받아 멈추면 어김없이 자신을 바라보는 그의 시선 때문에 자기도 모르게 운전석의 반대편으로 고개를 돌렸다. 쿵! 쿵! 심장 소리가 그에게 들릴까 봐 두렵다.

"밥은 맛있었어요?"

"아, 네. 좀…… 아니, 꽤 많이."

매사 당당하고 당당하다 못해 당돌하다는 느낌이 강했던 서휘가 오늘은 이상하다. 자신이 고백했기 때문일까? 그녀의 변화가 자신 때문에 이뤄졌다고 생각하니 묘한 성취감과 함께 기쁨이 떠올랐다. 하지만 대화가 끝나자마자 다시 정적이다. 무슨 말로 대화를 이어야 하는지 고민스럽던 차에 그는 과감하게 그녀에게로 손을 내밀었다.

"……뭐예요?"

정말 모르겠다는 듯 눈을 동그랗게 뜬 채 자신을 바라보는 서휘를 향해 그가 용감하게 대답했다.

"손잡고 싶어요. 손 줘요."

"……."

아, 박력 터졌다.

그는 내심 흡족함을 감추며 그녀에게로 손을 더 내밀었다. 어디선가 읽은 것인데 동물들은 사랑하는 존재가 있으면 체온을 나누고 싶어 한다고 했다. 인간도 동물이니 지금 자신의 변화는 당연했다. 그녀와 체온을 나누고 싶었다. 비록 따뜻하게 히터가 나오는 차 안이었지만, 조금만 더 가깝게 닿고 싶었다.

하지만, 너무 일렀던 걸까? 한참을 기다려도 그녀는 손을 내주지 않았다. 내심 흡족했던 마음은 언제 그랬냐는 듯 그가 시무룩한 표정으로 손을 거두려던 그 찰나, 서휘가 그의 손바닥 위로 손을 올렸다. 손가락 사이사이로 파고드는 그녀의 체온 때문에 그는 순간 운전대를 놔버릴 뻔했다. 그녀와 손을 잡고 나니 알겠다. 왜 연인들끼리 깍지 껴 손을 잡는지 알 듯했다.

막 마음을 확인하고 사귀기 시작한 그 무렵에 할 수 있는 가장 야릇한 스킨십이 아닐까? 손가락 사이사이, 누군가의 살결이 닿기에는 아주 예민한 부분까지도 닿았다.

"이, 이러면 되죠? 대신 운전 조심해서 해요."

다소 퉁명스럽지만, 평소 알던 서휘의 말투가 튀어나왔다. 그것마저도 사랑스럽다면 중증인가?

막상 그녀의 살결과 체온이 닿고 나니 고민이 된다.

'나 오늘 참을 수 있을까?'

* * *

박 회장은 서재에 있었다. 아무리 보아도 이해가 가지 않는 자료다. 그녀가 골머리를 앓으며 생각에 빠진 건 '임정현'이라는 인물의 정체였다. 도대체 누구지? 임 씨라면 전 남편인 상원과 관련이 있을 것이다. 하지만 이혼을 하고 나서도 그에게서 감시를 소홀히 하지 않았는데, 자기도 모르는 사이에 새로운 인물이 나타났다는 것 자체가 아이러니였다. 혹시 그의 행적을 놓친 게 있을까?

"임정현이 도대체 누구지? 누군데 내 아들 앞길을 막는 거야."

벌써 자정이 넘었다. 그녀는 피곤한 몸을 일으켰다. 적당한 수면은 뇌에 활력을 불어넣어 주고 머릿속의 복잡한 것들을 정리시켜 준다. 침실로 향하려던 그녀는 수현이 들어왔는지 확인하려 아들의 방문을 살짝 열었다. 비어 있었다. 들어오는 소리를 아직 못 들었다 했더니 아직 회사에 있는 모양이었다. 걱정이다. 그동안 자신이 주는 일만 하다가 이번에 새로 사업을 해보겠다고 해서 도와주는 중인데 불미스러운 일이 터지다니. 그녀는 부디 아들이 이번 일로 위축되지 않기만을 바랄 뿐이었다.

몸을 돌려 자신의 침실로 향하려던 그때였다. 딩동, 초인종이 울렸다. 자정을 넘긴 늦은 시간이었기 때문에 찾아올 손님은 없다. 수현이라면 집주인이니 당당하게 알아서 문을 따고 들어올 것이다. 혹시 속상한 마음에 술이라도 먹고 제대로 집으로 들어오지 못해서 그런 건 아닌지 걱정스러운 마음에 그녀가 인터폰을 확인했다.

"……."

마침 바깥에 서 있던 손님도 초인종 스피커에서 울리는 소리를 들은 모양이었다. 그는 카메라 렌즈에 얼굴을 가까이 댄 채 입을 열었다.

-늦은 시간에 미안합니다. 박화연 회장을 만나러 왔습니다만.

이 사람이 왜 이 시간에.

그녀는 얼어붙은 듯 서서 인터폰 화면만 바라보았다. 한편 인터폰을 받는 소리까지는 났는데 아무 응답이 없자 상원은 다시 한 번 입을 열었다.

-아무도 없습니까?

보다 못한 박 회장이 결국 인터폰 화면을 향해 입을 열었다.

"이 늦은 시간에 웬일이에요?"

-화연이니?

"돌아가요."

-수현이 일로 잠깐 이야기하고 싶어서 그래.

아들의 이름이 들리자 그냥 인터폰을 끊어버리려던 화연의 손이 멈칫했다. 수현을 괴롭히려고 온갖 짓을 다 하는 사람이 수현이 일 때문에 왔다고? 도저히 용서할 수 없는 말이었다. 모든 것을 희생해도 모자랄 부모라는 작자가 아들의 앞길을 막으려고 하는데 그 아들 이야기를 하러 왔다고?

그녀는 상원이 도발했다는 것을 눈치챘지만, 인터폰의 대문 개
폐 버튼을 눌렀다. 이런 식으로 돌려보내는 것보다는 직접 이야기
하는 것이 낫겠다고 생각했다. 얼마 지나지 않아 화연이 연 문으
로 상원이 나타났다. 이혼하고 벌써 10년의 세월이, 결혼하고 나
서는 벌써 30년 가까이 지났지만, 그는 혼자 나이 먹지 않는 것처
럼 보였다. 하마터면 아들이라고 착각까지 할 뻔했으니까.

"무슨 일이에요?"

"이렇게 문 앞에 세워놓고 이야기할 참이야?"

"당신이 불청객이라는 건 알죠?"

그녀의 공격적인 말에 상원이 살짝 웃음소리를 냈다. 별로 반
가운 소리는 아니었던지라 화연은 살짝 경계하는 눈빛으로 그
를 보았다.

"건강해 보이네. 나랑 결혼하던 날이랑 별로 다를 게 없어 보여."

"그런 시시한 이야기나 하려고 온 거면 그냥 가요."

"아까 말했잖아. 수현이 일로 이야기하고 싶다고."

"당신이 무슨 자격으로요."

"어쨌건 수현이 내 아들이야."

"그렇게 잘나셔서 아들 앞길 막으시는 건가요? 나 건드리는 건
괜찮아요. 하지만 수현인 건드리지 마세요."

그는 자신을 매섭게 노려보며 말하는 박 회장을 향해 입을 열었
다. 그의 표정은 박 회장과는 다르게 아주 여유 있었다.

"무슨……. 난 아들을 도와주려는 거야."

도와? 화연은 더욱더 매섭게 그를 노려보았다.

"난 수현이가 당신이랑 달랐으면 좋겠거든. 당신은 가지고 있던 걸 버리지 못했지만, 내 아들이라면 가능할 것 같아서."

"……"

"난 부디 당신이 외톨이가 됐으면 좋겠어. 이 말 전하려고 온 거야. 어차피 내 전화는 받지도 않을 테니까."

상원은 박 회장의 대답도 듣지 않은 채 뒤돌았다. 정말 할 말은 그것뿐이었다는 듯했다.

* * *

새벽녘 수현은 잠에서 깨었다. 눈은 뜨지 못하고 그저 옆자리를 더듬어 그녀의 손이 잡히자 그제야 안심하는 표정으로 살며시 입가를 움직여 웃었다. 평소에는 자다가 깨어나게 되면 몇 시인지 시계부터 확인했는데 지금은 여유를 부리고 싶었다. 사랑하는 여자가 발가벗은 채 옆에 자고 있고, 포근한 이부자리는 구름에 누운 것처럼 정신을 몽롱하게 만들었다.

천천히 눈을 뜨고 조심스럽게 그녀의 등부터 허리까지 쓸어내렸다. 간지러웠는지 그녀가 살짝 몸을 움츠리는 것이 보였다.

'오늘 너무 괴롭혔나?'

세영의 몸 곳곳에는 키스마크가 가득했다. 다시 한번 사랑을 확인한 사이에서 한 번으로 끝내는 건 못할 짓이었다. 그래서 딱딱해지고 커질 때마다 그녀를 안았다. 방 곳곳엔 그녀를 안았던 흔적이 가득했다. 그녀를 깨울까 싶었던 그는 방 안의 광경을 보고 나서는 고개를 저었다. 지금은 더 자게 둬야 할 것 같았으니까. 그는 그저 세영의 귓가에 대고 나직하게 속삭였다.

"사랑해."

* * *

　벌써 새벽이다. 아주 늦은 시간인데 헤어지지 못한 건 수현과 세영만이 아니었다. 심야 영화를 보고 나왔을 때는 새벽 2시가 가까워진 시각이었다. 자신의 작품을 도둑맞았다는 사실에 힘들어하는 서휘를 조금이라도 기분을 풀어줄까 싶어 데려왔었지만 도현은 영화가 끝나고 나와서야 깨달았다. 기분을 풀어주려고 데려온 것이 아니라 시간이 늦도록 함께 있고 싶어서 심야 영화까지 제안했었다는 사실을 알았다.

"영화 잘 봤어요."

　주차장으로 나와 차에 오르자 그녀가 한 마디 꺼냈다. 정말 잘 본 걸까? 그는 생각보다 수위가 강했던 영화 내용을 생각하고는 자기도 모르게 귀까지 빨개졌다. 재미있다고 비서과는 물론 구내식당에서도 떠들어대는 것을 들어서 데리고 온 것인데 그냥 재미있기보다는 무척 야했다. 영화 내용의 50%가 남녀의 육체적 사랑에 관한 이야기였다.

"아, 네. 영화가 생각보다 재밌었어요. 이래서 유명한가 봐요."

　그는 대충 대답하며 차에 시동을 걸었다. 다 큰 남녀가 야한 영화를 보는 게 이상한 일은 아니지만, 이제야 막 좋아한다고 고백한 사이라면 이야기는 다르다. 그는 행여나 그녀가 자신이 자고 싶어서 이런 일을 벌였다고 오해할까 봐 급하게 입을 열었다.

"집이 어디예요? 데려다줄게요."

"고척동 쪽이에요."

"제집이랑 별로 안 머네요. 데려다줄게요."

그는 한 손으로 핸들을 잡고 천천히 지하주차장을 빠져나왔다. 나머지 한 손은 어떻게 그녀의 손을 잡아볼까 싶어 그냥 두었지만, 그런 영화까지 보고 나온 터라 쉽게 잡을 수가 없었다. 그녀가 오해할 만한 일은 하고 싶지 않았다. 게다가 어떻게 해보려고 그런 영화를 본 게 절대 아니다. 그렇게 고민하는 사이였다. 기어에 올려놓은 손 위로 자신의 것이 아닌 체온이 닿았다. 도현은 얼굴이 달아오르는 것을 느꼈다. 이러다가 자신이 한 번도 경험이 없는 남자라는 걸 들키는 건 아닐까 무서웠다.

서휘는 자신의 손이 닿자마자 표정이 굳어버리는 그를 보고는 자신이 실수했다는 생각에 그에게서 손을 뗐다.

"싫으면 말고요."

"누가 싫대요?"

물러가려는 손을 남자의 손이 거칠게 붙잡았다. 그에게 손목을 붙잡힌 채 서휘는 울고 싶은 심정이었다.

'아, 어떡해. 너무 좋아. 미쳤나 봐.'

그녀는 빨개진 얼굴로 그를 보았다. 운전하느라 자신을 보지 못하는 것이 다행이다. 그녀는 이 틈을 타 도현의 얼굴을 하나하나 찬찬히 훑어보았다. 수현과는 달리 쌍꺼풀이 없는 홑꺼풀의 큰 눈과 붉은 입술이 도드라져 보이는 하얀 피부, 리리컬 명품 라인의 정장과 손목을 감싸고 있는 리리컬 명품 시계까지. 그녀는 생각보다 그가 수현과 닮은 구석이 많다는 사실을 느꼈다. 묘하게 비슷한 인상과 분위기. 단순히 비슷하게 꾸미고 있어서가 아닐 것이다. 그녀는 순간 자신을 의심했다. 혹시 도현에게 호감을 느끼는 것이 그가 수현과 비슷해서인가, 라고.

"고척 어느 쪽이에요?"

"……."

그의 물음에 그녀는 대답이 없었다. 그녀는 지금 어쩌다 도현에게 호감이 생기게 된 것인지 잠시 생각에 빠져 있었다. 그가 수현과 비슷한 건 맞지만, 그건 어디까지나 수현과 비슷한 모습으로 꾸미고 있기 때문이다. 게다가 이제 수현에겐 마음도 없고. 그런 이 사람 자체를 호감 있게 생각한다는 걸까?

"서휘 씨?"

다니엘을 좋아할 때와는 다른 느낌이다. 다니엘은 함께 있으면 마음이 편해지는 사람이지만, 도현과 있으면 마음이 편하지는 않다. 설렘 때문에 죽을 것 같다. 아무리 나쁘게 헤어졌다고 하지만, 다니엘도 사랑이었다고 생각했던 그녀는 진심으로 큰 고민에 빠졌다.

내가 이 남자를 좋아하는 건가? 아니면 수현을 닮아서 착각하는 건가?

"서휘 씨?"

"아, 네?"

그녀가 뒤늦게 대답을 하자 도현이 걱정스러운 듯 살짝 고개를 돌려 그녀를 보았다.

"왜 그래요? 여러 번 불렀는데 대답도 없고."

"아, 미안해요. 그냥 좀……, 근데 왜요?"

"고척 어느 방향인지 말씀 안 해주셔서요."

"푸르지오예요."

그녀는 자신을 진중하게 바라보는 그의 시선을 피해 고개를 돌렸다. 도현도 다시 앞을 주시했다. 서휘의 표정이 이상하다. 오늘 데이트에서 자신이 뭔가 실수를 했던가? 그는 곰곰이 기억을 더듬었다. 회사에서 나와 밥을 먹고 극장으로 향할 때까지만 해도 괜찮았다. 손도 잡았고, 손도 잡았고, 손도 잡았고…….

진도를 손밖에 안 나가서 그런가? 하지만 첫날부터 키스할 수는 없잖아.

오해해도 단단히 오해 중인 그는 입안이 바싹 마르는 기분을 느꼈다. 이상하게 시선이 자꾸 그녀의 입술 쪽으로 향한다.

'미쳤다. 안 그래도 영화가 그런 내용이라 미안해 죽겠는데.'

생각보다 먼 거리라고 생각했는데 그 이후로 두 사람은 한마디도 하지 않았다. 잔뜩 무거워진 분위기가 깔렸을 때 그녀의 집 앞으로 도착했다. 안전벨트를 풀며 서휘가 입을 열었다.

"데려다줘서 고마워요."

"아니에요. 내일 봐요."

"……"

그녀가 도현을 향해 살짝 고개를 끄덕여 인사하고는 차 밖으로 나왔다. 아파트 공동 현관 안으로 향하는 그녀의 뒷모습을 보던 도현은 결심한 듯 진지한 표정으로 백미러로 자신의 얼굴을 보았다. 급한 감이 없지 않아 있지만, 모 아니면 도라는 생각으로 차 문을 열고 나왔다. 서휘는 등 뒤에서 들린 소리에 놀라 뒤를 돌았다. 바로 갈 줄 알았던 도현이 차 문밖으로 나와 있었다. 그는 결심한 듯 저벅저벅 긴 보폭으로 서휘의 앞까지 다가갔다.

"차 비서님?"

그의 행동을 이해할 수 없었던 서휘가 조심스럽게 그를 불렀다. 그는 작정하고 입을 열었다.

"차 한 잔만 주십시오."

"……네?"

"이대로 가기 너무 아쉬워서 그럽니다. 차 한 잔만 주십시오."

"차, 차요?"

그는 집 안으로 자신을 들이기 망설이는 그녀를 보고 조마조마했다. '거절하면 어쩌지? 그냥 알았다고 하고 가야 하나?' 정체 모를 불안감이 엄습했다. 그가 어떤 마음으로 차를 달라고 했는지 알 길이 없던 서휘는 그를 집으로 들일 수가 없었다. 안 그래도 혹시 자신이 아직 수현을 잊지 못하고 도현을 수현 대신이라고 생각하는 건 아닌지 의심이 들었기 때문이었다. 그녀는 도현의 시선을 피한 채 작게 속삭였다.

"죄송해요. 차가 없어서……. 그, 그럼."

서휘가 급하게 뒤돌아 공동 현관 안으로 사라졌다. 그녀에게 거절을 당한 도현은 그녀의 모습이 사라질 때까지 그 자리에 멍하니 서 있다가 입술을 달싹였다.

"나 까인 건가?"

* * *

전무이사가 된 후로 출근 시간은 항상 오전 8시. 그나마도 임원들 중에서는 상당히 늦은 출근이었다. 윤 전무가 출근하면 가장 먼저 출근한 수행 비서가 그가 읽을 신문과 마실 커피를 타 전무이사실 안으로 들어간다. 박 회장마저도 이젠 태블릿 PC로 세상의 일을 읽는 세상이 되었지만, 유독 윤 전무는 종이 신문을 고집했다.

"전무님, 신문과 커피 가져왔습니다."

"어어, 거기 올려놔."

그는 살짝 눈동자를 굴리며 잠시 비서를 보았다. 신문과 커피를 놓고 가는 뒷모습을 보며 눈살을 찌푸렸다. 반항하는 건지, 뭔지. 달라붙게 입지 말라고 그렇게 경고를 했는데 기고만장하다. 특히 세영을 중심으로 일어났던 일 후로 그는 은근히 반항심을 보이는 비서들을 느끼고 있었다. 그는 곧 마뜩잖은 표정으로 한숨을 쉬고는 자리에 앉았다.

임원들의 출근 시간이 빠른 이유는 언제 윗분들이 찾을지 모르기 때문이다. 박 회장은 물론 혈족은 아니지만 전문 경영인으로서 사장 자리에 앉아있는 사람까지. 임원에 오르긴 했지만, 자신보다 어린 상사들을 보필하는 건 참 어려운 일이었다. 출세 한 번

해보겠다고 아둥바둥 살고 있는데 그래 봤자 오너의 아들인 임이사 밑에서도 설설 기어야 하는 판이니 모든 것이 귀찮게 느껴질 때도 있었다.

지잉! 지이잉!

그때 서랍에 넣었던 전화가 요란하게 울렸다. 이 시간에 자신에게 아무렇지도 않게 전화할 수 있는 사람은 딱 두 분류였다. 하나는 회장 혹은 사장, 그리고…….

「임상원 사장님」

그는 액정에 뜬 이름을 확인하자마자 전화를 받았다.

"예, 사장님."

자신의 옛 상사. 행여 전화를 받는 도중에 누가 들어올까 그는 문까지 걸어 잠그고 아주 작은 목소리로 통화를 하기 시작했다.

─이렇게 이른 시간에 미안합니다.

"아닙니다, 사장님. 저 근데 왜 전화를……. 혹시 지금 시작하시려는 겁니까?

윤 전무의 물음에 상원은 곧바로 대답했다.

─네, 시작하죠.

"예, 그럼 뭐부터 준비할까요?"

수화기 너머로 상원이 한숨 쉬는 소리가 들렸다.

─수현이부터 쳐내죠. 수현이가 없어야 화연이가 불안해할 겁니다.

"말씀하심은……."

─네, 맞아요.

윤 전무는 자기도 모르게 전화를 힘주어 잡았다.

-박세영 씨부터 건듭시다. 자료는 준비되어 있죠?

"예, 그럼 바로 징계 위원회에 회부하겠습니다.

* * *

"역까지 데려다준다니까."

이른 아침이었다. 정말 오랜만에 보는 함께 출근하기 전의 풍경이지만, 그녀는 고개를 저었다. 조수석까지 열어서 그녀에게 손짓했던 수현은 속상함을 느꼈다. 사실 이 만남은 완전한 재회라고 하기엔 어려웠다. 그녀와 그 사이를 괴롭히는 아주 고질적인 문제가 해결된 건 아니기 때문이었다. 세영이 왜 자신의 곁을 떠나려고 했고, 자신이 왜 막지 않고 그녀를 보냈는지 너무 잘 알고 있던 수현은 더는 고집부리지 못하고 차 문을 닫았다.

"알았어. 네가 정 그렇다면 그래야지."

"이해해줘서 고마워요."

"나야말로 고집부려서 미안해."

"그럼 출근 잘하세요."

그녀가 수현을 향해 꾸벅 고개를 숙여 인사하자 수현이 입을 열었다.

"박세영 씨, 잠깐만!"

그는 또 금세 무너질 것 같은 표정으로 말을 이었다.

"우리…… 또 언제 만날 수 있는 거야?"

수현의 물음에 그녀는 웃기만 했다. 역시나 확답이 없다. 완전한 재회가 아니니까. 한 번도 완벽하게 모든 것을 가졌다는 것을 원망한 적이 없는데 지금은 왜 자신이 재벌집 아들인지 원망스럽다. 그것만 아니었다면, 머리에 써야 할 왕관만 없었다면 그녀와 어디든 도망이라도 쳤을 텐데.

"세영아."

"네?"

어제 자신과 병원 복도에서 부딪쳤던 한 꼬마 아가씨가 준 신데렐라를 읽다가 문득 하게 된 생각이었다. 신데렐라는 왕자를 만나 잘 산다고 끝났지만, 그는 실제 신데렐라들의 파탄 난 결혼 생활을 알고 있었다. 그러다 그런 생각이 들었다.

'만일 왕자가 왕관을 버리면?'

그는 대답을 기다리며 가만히 자신을 바라보는 세영을 향해 입을 열었다.

"아니야. 미안해. 출근해. 늦겠다."

아직은 이른 이야기다. 괜히 했다가 부담을 줄 수도 있다. 보통 사람들이라면 가지지 못해서 안달인 것을 버리려고 한다. 아마 세영이라면 '미쳤어요?'라는 말을 먼저 할 것이 뻔했다. 그는 아쉬움을 감추며 얼굴에 미소를 지어 보이고는 바로 차에 올랐다. 자기 욕심으로 그녀를 곤란하게 하고 싶진 않았다. 이미 그녀는 충분한 곤란함을 느꼈고, 자신은 충분히 욕심을 냈다.

세영은 자신의 곁을 스쳐 지나가는 그의 차가 보이지 않을 때까지 서 있다가 느릿느릿 걸음을 옮겼다. 수현은 백미러로 보이던 그녀가 더는 보이지 않자 그제야 조금씩 차에 속도를 올렸다.

* * *

어제 데이트에서 뭐가 잘못됐던 걸까? 일찌감치 출근한 도현은 묵묵부답인 서휘와의 대화창을 들락날락거렸다. 울리지도 않았는데 울린 소리가 난 것 같아서 지켜보기를 여러 번, 그는 찬찬히 어제 그녀와 나눴던 대화를 읽어 내려갔다.

'저 잘 들어왔습니다. 걱정하실 것 같아서 톡 보내요.'

-네, 고생 많으셨어요. 내일 출근 잘하세요.

'잠깐 전화해도 돼요? 목소리 듣고 싶어요.'

여기서 끊겼다. 확인까지 했는데 전화를 하라는 말도, 직접 그녀의 전화도 없었다. 어제 분위기가 이상했나? 아니다. 영화를 보는 내내 그녀의 기색을 살폈다. 아무렇지도 않았다. 아니, 아무렇지도 않은 것보다 야한 내용 때문에 당혹감이 일긴 했지만, 끝나고 나올 때까지만 하더라도 괜찮았다. 그럼 도대체 뭐가 문제지? 집으로 데려다준다고 했던 게 문제였나?

'호텔로 갔어야 했나? 하지만 그건 너무 빠른데……'

머리가 아프다. 살면서 한 번도 연애 문제 때문에 골머리를 앓을 거라고 생각해보지 않았다. 연애는 늘 뒷전이었고, 그에게는 일이 먼저였으니까. 그는 자리에서 일어나 커피라도 뽑아 먹기 위해 복도 구석의 휴게실로 향했다. 뚜벅뚜벅, 구두 소리를 내며 걷던 그는 살짝 열린 휴게실 문틈으로 흘러나오는 대화를 듣고 잠시 멈췄다.

"불쌍한 사람 하나 잡아먹겠네. 그럼 이제 그 비서는 징계받는 건가?"

"회사 자료 빼돌린 사람으로 되어 있으니 징계라도 받으면 다행이고. 쫓겨날 판인데."

불쌍한 사람? 비서? 회사 자료를 빼돌린 사람? 도현은 본능적으로 휴대폰으로 현재의 대화를 녹음하기 시작했다. 뭐가 뭔지는 모르겠지만, 왠지 자신이 아는 사람의 이야기인 것 같아서 가만히 있을 수가 없었다.

"안 그래도 윤 전무가 임수현 이사 벼르고 있었거든."

"왜? 윤 전무 박 회장 라인 아닌가?"

"지금이야 그렇지만, 예전엔 임상원 사장 라인이었잖아."

"어째서? 그래 봐야 후계자는 임수현일 텐데."

"주식! 임상원이 아직 가지고 있는 주식이 생각보다 많아. 그걸 빌미로 일을 덮어줄 테니 경영권을 달라고 하면 어쩔 거야? 그리고 임 사장이 쫓겨난 건 일을 못 해서가 아니라 사생활 문제였다고. 기업 이미지에 손상은 가겠지만, 당시에 일은 잘했으니 주주들도 일 잘하는 사람이 맡으면 좋겠지."

어려운 이야기들이 오갔지만 하나만은 명확히 알아들을 수 있었다. 이야기로 유추할 수 있는 그 비서가 세영일 것이고, 그 세영이 위기에 빠진다는 것. 게다가 그녀를 위기에 빠뜨리려는 남자는 수현의 아버지이며, 한때 박 회장의 남편이었던 상원이다.

"아마 오늘 공고가 날 거야. 징계 위원회 연다고. 사실 회사 자료 빼돌린 거면 그냥 징계로는 안 끝나지. 회사에서 손해배상 청구라도 해버리면 어쩔 거야. 일개 비서가 해결할 만한 액수도 아닐 텐데."

도현은 머릿속으로 상원의 얼굴을 떠올렸다. 도대체 사람이 어디까지 악해지려고 아들의 여자까지 건드는 건지 모르겠다. 오히려 세영은 과거 상원과 비슷한 처지였다. 그때야 인터넷이 발달하지 않아서 소문에 크게 시달리지는 않았겠지만, 비슷한 상황이라는 것만은 분명하다. 소문은 진짜 사랑하던 남녀 사이를 갈라놓았고, 사랑 때문에 여자를 택했던 남자를 돈 때문에 자존심이고 뭐고 다 버린 괴물처럼 만들었다. 세영의 처지도 다르지 않다. 다만, 상원과 화연의 경우와 다른 점이라면 수현이 일찌감치 세영을 놔주었다는 것이다.

마침 안에서 자판기 커피를 뽑아 먹은 종이컵을 버리는 소리가 나기에 그는 급하게 화장실 안으로 들어가며 녹음을 끝냈다.

손을 씻는 척 그들이 복도에서 멀어지는 소리를 듣고 나서야 화장실에서 나왔다. 아마도 저 둘은 이번에 감사팀으로 배정이 되어 법무팀과 일을 하고 있는 사람들일 것이다. 그 감사팀에서 나온 말이니 틀린 것은 없을 거라는 생각에 그는 곧바로 누군가에게 전화를 걸었다.

'설마 내가 먼저 찾게 될 줄이야.'

그가 찾은 이름은 '임상원'이었다.

* * *

회사에 도착하자마자 폰이 울렸다. 차에서 내려 엘리베이터로 향하며 메시지를 확인하던 수현은 살짝 인상을 구겼다.

'잠깐 올라오렴.'

벌써 출근하신 모양이다. 지금은 별로 뵙고 싶지 않지만, 회사 일이 묘하게 돌아가던 탓에 그는 어쩔 수 없이 자신의 사무실이 있는 층이 아닌 회장실 층을 누르고 기다렸다. 얼마나 올라갔을 까? 엘리베이터가 중간에 멈췄다. 아마도 누군가가 타려는 모양이었다. 살짝 옆으로 비키고 정면을 바라보던 그는 바쁘게 서류를 들고 올라타던 서휘와 눈이 마주쳤다.

"……."

"어, 안녕?"

엘리베이터에 올라타지도 않고 어색하게 자신을 응시하기에 수현이 먼저 손을 들어 그녀를 향해 인사했다. 서휘는 자신을 향해 아무렇지도 않게 인사하는 수현을 보며 잠시 생각에 빠졌다.

이제 이놈을 봐도 떨리지 않는다. 사랑이 끝났다는 의미다. 이전에 그를 차고 다니엘을 만날 때도 이놈을 보면 알 수 없는 감정에 휩싸이곤 했는데 그런 것도 없다. 그럼 그에게 완전히 마음을 접었다고 봐도 되는 걸까?

"안 타?"

"아, 마침 잘 만났어."

그녀는 엘리베이터에 올라 수현에게 서류를 내밀었다.

"화장품 공장에 넘겼어. 자료."

"아, 그 보고서야?"

“응.”

서류를 몇 번 들춰보던 그는 도로 그것을 서휘에게 내밀었다.

“나 지금 바로 회장님 뵈러 가야 해서. 네가 비서실에 맡겨놓을 래? 어차피 올라올 생각이었던 것 같은데.”

“아…… 회장님? 이렇게 이른 아침부터?”

“호출이 와서.”

그는 대수롭지 않게 말하며 자신의 사무실이 있는 층 버튼을 누르고 층수 표시기로 시선을 옮겼다. 서휘의 곤란한 표정은 그에게 보이지 않았다. 그의 사무실로 가면 도현이 있을 것이다. 아직 마주치고 싶지 않은데…….

“아, 그렇구나.”

“어쨌든 부탁할게.”

그녀의 곤란함은 전혀 모르던 그는 마침 엘리베이터가 도착하자 열림 버튼을 누르고 그녀가 내리기를 기다렸다. 서휘는 내키지 않는 표정으로 수현을 보았지만, 전혀 다른 사람들에게 신경 쓸 겨를이 없던 그는 내리지 않고 뭘 하냐는 듯이 의문스러운 표정을 지었다. 서휘는 어쩔 수 없이 엘리베이터에서 쫓겨나야 했다.

엘리베이터가 다시 위로 올라가자 그제야 서휘도 본부장실로 걸음을 옮겼다. 아니, 옮기려다 걸음을 멈췄다.

‘나 지금 상태 괜찮나?’

입고 있는 옷이며 머리를 살짝 매만지던 그녀는 화장실로 향했다.

‘아, 진짜. 뭐 하는 거야, 백서휘.’

수현이 아닌 남자에게 관심이 생겼고, 그에게 잘 보이고 싶다. 미쳤다. 임수현을 좋아할 때도 이렇게까지 신경을 쓰진 않았던 것 같은데. 화장실로 막 들어가려던 그 순간이었다. 어디선가 도란도란 말소리가 들려왔다. 신경 쓰지 않고 바로 들어가려던 그녀는 그 소곤거리는 목소리의 정체가 도현의 것임을 깨닫고 소리가 나는 방향으로 고개를 돌렸다.

"그런 이유 따윈 됐으니까 괴롭히려면 임수현만 괴롭혀요. 그 여자 괴롭히는 이유가 뭔데요?"

그가 무척 화가 난 것 같다.

"내가 모를 줄 아세요? 당신이 사장이었던 시절에 비서였던 우리 엄마와 있었던 일."

이건 무슨 소리지?

서휘가 듣고 있다는 건 전혀 모른 채 도현은 전화 속에서 울리는 상원의 말에 반항했다.

"갑자기 아버지라면서 찾아온 건 당신이에요."

—너야말로 네 엄마를 치료도 못 받게 하고 죽인 그 여자 아래에서 잘 살고 있더구나?

"말 돌리지 마세요. 세영 씨 건드리지 말아요. 그 여자는 아무 상관 없어요. 이런 더러운 일에 끼워 넣지 말라고요! 내가 다 알아서 해요."

분이 풀리지 않는다. 계속 이 남자의 목소리를 듣고 있는 것보다 끊어버리는 게 낫겠다는 생각에 바로 종료 버튼을 누르고 숨을 거칠게 쉬었다. 한순간에 너무 열이 올라 머리가 터질 것 같은 기분이었다.

"하아……. 하아……."

눈앞이 흐려졌다. 어지럽다. 현기증이 돈다. 벽을 짚고 선 채 마음을 다독이던 그는 또각또각, 여자 구두 소리를 들었다. 그제야 천천히 고개를 돌렸다.

"……도현 씨?"

서휘와 눈이 마주친 그의 안색은 백지장처럼 하얗게 질렸다.

* * *

밤새 자지 못했다. 피곤으로 얼굴은 창백했고, 피부는 푸석푸석했다. 그러나 박 회장은 전혀 외모에 신경 쓸 겨를이 없었다. 어제 찾아왔던 그 남자 때문에 악몽 아닌 악몽이 떠올랐다. 피곤함 때문인지 두통이 일었다. 골치 아프다. 어쩌다 일이 이 지경까지 꼬이게 되었을까?

사랑해서 결혼했었다. 그는 학교를 졸업하고 바로 입사한 신입 사원이었고, 자신은 아버지가 일을 배우라며 신분을 숨긴 채 낙하산으로 꽂은 인턴이었다.

두 사람은 그곳에서 처음 만났다. 그때는 상사가 여사원에게 커피 타는 심부름을 시키는 시대였고, 팀의 막내였던 그녀는 얌전히 상사들이 시키는 대로 움직여야 하는 인턴에 불과했다.

* * *

'경영을 배우려거든 회사 화장실 청소부터 시작해라. 사원들의 니즈가 무엇인지 눈만 봐도 알 수 있어야 한다.' 그게 설립자인 할아버지의 경영수업방침이었다.

사원들이 무엇을 원하는지 알아야 일의 능률이 올라가고, 그것은 그대로 회사 실적과 관련 된다고 하셨다. 인턴으로 취직을 하고 얼마 가지 않아 할아버지는 돌아가셨지만, 아버지는 그 경영방침을 그대로 따랐다.

"미스 박, 여기 커피."

"네, 부장님."

"나도, 미스 박!"

하지만 가끔 생각했다. 니즈를 충족시킨다는 것이 이런 커피 심부름도 포함이 되는 건지. 충분히 그들도 스스로 타 먹을 수 있고, 굳이 여사원의 손을 빌릴 필요가 있을까?

그녀는 몰래 부장이나 과장이 마실 커피에 침을 뱉는다는 소리를 이해할 수 있었다. 경영수업의 일환으로 신분을 숨긴 채 들어와 있지만, 하루에도 몇 번씩 일을 배우는 것만 아니라면 때려치우고 나가고 싶은 적이 한두 번이 아니었다.

"김 부장님은 커피 둘, 프림 둘, 설탕 다섯. 이 차장님은 커피 둘, 프림 없이, 설탕만 두 스푼."

티스푼에 떠올려진 가루들이 하얀 커피잔에 모였다. 휴대용 버너에 올려놓은 물이 끓을 때까지 잠시 두 손으로 싱크대를 붙잡고 서 있던 그녀는 탕비실 바깥으로 보이는 말쑥한 남자를 보았다.

자신이 들어오고 약 일주일 뒤에 들어온 남자. 공채로 들어왔다고 했다. 가난한 집이지만 좋은 학교를 나왔고, 성적도 좋다고. 영업부인 이쪽에서는 똑똑한 데다 잘생기고 말도 잘하는 신입이 들어왔다고 좋아했다.

"네, 부장님. 그럼 그렇게 고쳐서 다시 올리겠습니다."

인상을 찌푸린 적도 없다. 그는 늘 웃는 얼굴이었으니까. 끼익끼익, 물이 다 끓은 주전자가 울기 시작했다. 버너를 끄고 잔 두 개에 물을 채워 커피를 탔다.

"그리고 마지막으로 넣어야지."

그녀가 커피를 탈 때만 넣어주는 특별한 것이 있었다. 그녀는 살짝 입안으로 침을 모아 김 부장과 이 차장의 커피에 뱉었다. 소심한 복수 같은 것이다. 커피 맛을 이상하게 만들어버리면 다시 타오라고 시킬 테니 그녀가 할 수 있는 복수의 방식은 이게 최선이었다. 다시 한 번 티스푼으로 커피를 젓고 밖으로 나가려던 그녀는 자신을 물끄러미 보는 남자의 눈과 마주쳤다.

'설마 내가 침 뱉는 거 봤나?'

그는 그녀를 한참 보더니 곧 뒤에서 '미스 박, 커피 아직이야?'라는 김 부장의 말에 길을 비켜주었다. 커피를 다시 탈 생각도 못하고 침을 뱉은 커피를 모두 내주었다. 그들은 침을 뱉은 커피를 아무것도 모른 채 맛있게 마셨다. 불안한 건 그녀 하나였다. 그 남자가 보았다면 커피를 마시지 못하게 했을 테고, 못 보았다면 그냥 두었을 것이고. 하지만 확실하지가 않다. 커피에 침 뱉는 걸 그가 보았는지, 보지 못했는지는 며칠 후, 회식이 끝나고 나서야 알았다.

주는 대로 다 받아먹고 잔뜩 취한 그녀를 챙긴 건 그 남자였다. 문득 정신을 차리니 키가 큰 남자에게 업혀 있었다.

"뭐야."

트이지 않은 목소리로 말했다. 그녀를 업은 남자는 걸음을 멈췄다.

"박 인턴, 깼어요?"

"흐으, 토할 것 같아. 내려줘요."

그녀의 말에 그가 골목길 구석에 그녀를 내려주고 가볍게 등을 토닥였다. 먹었던 안주와 술들이 골목길 구석에 쏟아졌다.

"우욱!"

"잘 먹지도 못하면서 왜 다 받아먹었어요?"

"우웩!"

잘 마시지도 못하는 술 때문에 속이 아프다. 속에서는 먹은 것을 다 게워낼 생각인 듯했다. 너무 지친다. 현기증이 돌아 쓰러지려는 것을 남자가 붙잡았다.

"집 어디에요? 데려다줄게요."

"혼자 갈 수 있어요."

"이렇게 취해서 어떻게 혼자 가요? 빨리 업혀요."

그가 다시 등에 그녀를 강제로 업었다. 그녀는 마네킹처럼 얌전히 그의 등에 다시 업혀야 했다.

"있잖아요. 혹시 그날이요."

그녀의 말은 매우 느릿느릿 나왔지만, 남자는 얌전히 그녀의 말이 끝날 때까지 기다렸다.

"사실 봤죠?"

"뭘요?"

그녀가 어리광을 부리듯 남자의 목을 두 팔로 더 단단하게 껴안았다.

"내가 그 자식들 커피에 침 뱉는 거."

남자가 웃음을 터뜨렸다.

"네, 봤어요. 근데 왜요?"

"우씨, 근데 왜 안 일렀어요?"

술이 깨는 것 같다. 그가 봤다니. 침 뱉는 걸 보고도 그걸 얌전히 상사들에게 먹였다는 말이 된다. 남자는 일단 큰길로 나가 택시를 타는 것이 낫겠다는 생각에 골목길에서 큰길 방향으로 걸었다.

"왜요? 내가 부장님이랑 차장님한테 얘기해야 해요? 그거 침 뱉은 커피라고."

"나쁜 거잖아요. 나는 침을 뱉어서 부장님한테 먹이려고 했고, 그쪽은 봤고."

남자는 다시 한번 웃었다. 그 기분 좋은 저음으로 아주 짧게. 웃음소리만 들었는데 화연은 얼굴이 뜨거워지는 것을 느꼈다. 아무래도 아직 술이 덜 깬 모양이다.

"나도 좀 통쾌해서? 그리고 그런 식으로 복수하는 거 귀엽잖아요. 그래서 놔뒀어요. 담부턴 막아줘요?"

몰라, 자식아.

그녀는 왠지 따스하게 느껴지는 그의 등에서 그대로 잠들어 버리고 말았다.

* * *

벌써 30년 전의 이야기다. 그도, 자신도 나이를 많이 먹었다. 그렇게 사랑했는데 한순간에 적이라는 것이 슬프기도 하고, 안타깝기도 하고. 그녀는 자신의 호출을 받고 올라와 얌전히 앉아있는 아들을 눈에 담았다. 보면 볼수록 그 사람과 닮았다. 그 시절, 자신이 반했던 그 사람의 모습과. 피는 못 속인다는 걸까?

"무슨 일이세요?"

"어제 안 들어왔잖니. 그래서 그냥 불러본 거야."

"죄송해요."

"죄송할 건 없다. 너도 다 컸고, 다 큰 사람이 외박 정도야……하지만, 집에는 알렸어야지."

"죄송해요."

전혀 죄송한 뉘앙스가 없는 인사였지만, 그냥 넘어갔다. 그녀는 문득 아들이 겉모습은 상원을 닮았지만, 알맹이는 자신과 판박이라는 사실을 상기했다. 자신과 똑같다. 아니, 조금은 다를지도 모르겠다. 자신은 상원을 놓지 못했고, 아들은 세영을 놓았다. 자신은 상원을 망가뜨렸고, 아들은 세영을 망가뜨리지 않으려고 애쓴다.

"모를 것 같아서 말하려고."

"뭔데요?"

"감사팀에 심어놓은 내 사람이 말해준 거야. 박세영 씨, 위기 올 거다. 오늘 공고 뜰 거야. 징계위원회에 회부될 거다."

세영의 이름이 거론되자마자 수현이 인상을 차갑게 굳혔다.

"세영인 또 왜요? 건들지 말라니까요."

"내가 건드리는 거니? 네 아빠가 건드리는 거야."

"……."

"그 아가씨 못 믿는 거 아니다. 네 아빠가 파놓은 함정에 빠졌겠 지. 그런데 난 함정에 빠질 정도로 순진한 아가씨라면 네가 좋아 하지 않으면 좋겠다."

"엄마."

"넌 경영을 하기에는 너무 순진해. 내가 이 자리에 그냥 올랐는 지 알아? 내가 왜 자식을 너 하나밖에 안 낳았는지 몰라?"

박 회장은 테이블 위에 놓여 있던 서류를 내밀었다.

"어쨌건 우린 피해자 입장이야. 물론 피해가 막대하다고 볼 수 는 없지만, 너도 알잖니? 장사꾼은 10월 한 장의 손해도 메꿔야 사는 것. 그 아가씨가 운 나쁘게 걸려든 거야. 네가 좋아하는 바 람에."

"……무슨 말이에요?"

"네 아버지가 박세영 씨를 건들려는 이유가 뭐겠니? 그래도 꼴 에 아버지라고 널 직접적으로 건드리지 못하니까 이러는 거야. 너 약점 잡힌 거야, 수현아. 내 손에서 벗어났다고. 처음부터 목적이 네가 아니었어. 네가 가지고 있는 소중한 거였지."

순간 등골을 타고 소름이 돋았다. 지키려고 놓은 것인데, 아무

것도 지키지 못하고 있었다.

"……그 인간이 왜요?"

"날 괴롭히는 게 목적이니까. 네가 괴로우면, 엄마인 나도 괴로울 테니까."

"그 인간은……!"

"나한테 쌓인 게 많을 거다."

박 회장은 말을 아꼈지만, 수현은 어머니가 자신에게 말하지 않는 것이 더 있음을 깨달았다. 부모님이 헤어진 일은 잘 알지 못한다. 그저 아버지의 바람이 너무 심해지는 바람에 했다고만 들었을 뿐. 상원이 경영 일선에서 물러나게 된 것도 그 이유라고 했다.

아무리 남성들이 패션에 눈을 떴다고 하더라도 주 소비층은 여성이다. 그런 브랜드에 불륜남이 경영인으로 앉는 것은 소비가 위축될 리스크가 있다며 만장일치로 그를 경영인에서 쫓아냈다.

"맘대로 하세요. 난 박세영 지킬 거니까."

두 모자는 서로를 보지 않았다. 아주 차가운 분위기에서 아들은 어머니를 향해 살짝 묵례를 하고 회장실 밖으로 나갔다.

* * *

"차 비서님."

어쩌지? 다 들었을까? 살면서 이렇게 당황해본 적이 있던가? 도현의 눈동자는 흔들렸다. 가장 들키고 싶지 않은 사람에게 들킨 것 같았으니까. 만일 그녀가 대화를 들었다면 어디까지 들었을까? 도현은 곧 아무 일 아니라는 듯 환하게 웃었다.

"무슨 일로 이렇게 이른 시간에 오셨어요? 그 서류 본부장님께 전하면 되는 건가요?"

제발 그녀가 아무것도 듣지 않았기를 바란다. 그는 서휘의 손에서 서류를 받아 들려고 했다. 그러나 서휘가 살짝 서류를 뒤로 뺐다.

"왜 이러세요? 제가 전해드릴게요."

"누구랑 통화했어요?"

"그냥 아는 사람이요."

"그냥 아는 사람 누구요?"

그는 입안이 바싹 마르는 것을 느꼈다. 누구라고 해야 그녀가 의심하지 않을까? 애초에 그녀는 어디부터 들었을까? 어떻게 거짓말을 해야 그녀가 그냥 의심을 거둬줄까?

"왜 이렇게 남의 통화에 관심이 많아요?"

어제까지만 하더라도 통화를 하자며 조르던 그의 모습을 알고 있던 서휘는 그의 물음이 너무 서운했다. 결국 서운함을 가득 안고 소리쳤다.

"좋아하니까 관심이 있죠."

"……."

"그쪽 좋아하니까 관심 있는 거예요."

도현은 뒤통수를 얻어맞은 기분이었다. 어제의 데이트가 잘못되어서 그녀가 화를 내면 어쩌나 걱정했던 것과 달리 그녀의 말은 달콤하게 닿았다.

"그러니까 말해요. 차 비서님 보면서 늘 수상했어요. 항상 밤늦게 남아있고, 수현이한테 관심이 있는 것 같으면서도 도움이 필요할 땐 전혀 도와주지도 않고. 비서는 그런 거 아니잖아요."

"……오해가 있는 것 같은데……."

"차도현 씨."

어디서부터 일이 잘못됐을까 생각해본다. 통화를 들킨 것? 아니다. 은근히 수현에게 악의를 품었던 것? 아니다.

"말 안 할 거예요?"

서휘는 자기도 모르게 울먹이기 시작했다. 왜 눈물이 나는지 모르겠는데, 지금을 놓쳐버리면 평생 그에 대해 알지 못할 거라는 생각이 들었다. 그가 알고 싶다. 왜 자신을 좋아하게 되었고, 왜 그 이전에는 자신을 못살게 굴었는지.

"말해줘요, 제발. 나 당신이 알고 싶다니까?"

그녀는 들고 있던 서류를 떨어뜨리고 조심스럽게 도현의 손을 잡았다. 그녀의 체온이 닿는 순간, 그의 뺨을 타고 투명한 눈물이 떨어졌다.

'하아, 다 끝났어. 아무것도 하기 싫어.'

그는 손에 쥔 전화가 윙윙 울렸지만 받지 않았다. 지쳤다. 고작 몇 년, 몇 개월이 지났는데 너무 금방 지치고 말았다. 그냥 그만두고 싶다.

"나……정말 다 말해도 돼요?"

"……"

"다 말해도 나, 그래도 좋아해 줄 거죠?"

서휘는 이제야 한 꺼풀 벗겨진 도현을 마주할 수 있었다. 그래, 그는 수현과는 다르다. 수현보다는 선한 느낌에, 눈빛도 더 따스하다. 낯설지 않은 이유는 아마도 은연중에 그가 자신을 바라볼 때 이런 표정으로 봤기 때문일 것이다. 그녀는 불안에 떠는 것 같은 그를 향해 나직하게 속삭였다.

"당연하죠."

* * *

할 수 있는 게 무엇일까 찾아봤다. 감사팀에 무턱대고 찾아가서 자료를 달라고 떼쓰기도 했고, 법무팀장에게 세영이 자료를 훔쳤다는 증거와 회사가 손해를 입지 않았다는 증거를 찾으라고 발악도 했다. 하지만 아무리 오너의 아들이라고 하더라도 그가 관여할 수 있는 문제가 아니었다.

게시판 앞에는 사람들이 모여서 웅성거렸다. 오전 중에 세영의 앞으로 징계위원회가 회부될 것이라는 어머니의 경고가 있었지만, 자신은 아무것도 할 수 없었다. 할 수 있는 게 없었다. 이전까지는 모든 것을 할 수 있다고 생각했는데 생각보다 자신은 돈만 많은 놈일 뿐, 무력했다. 게다가 그동안 누렸던 권력이라는 것도 어머니의 것이었지, 자신의 것이 아니었다.

그는 멀찍이 떨어져 게시판에 모여 있는 사람들을 보았다. 다들 웅성거린다. 하긴, 세영처럼 평사원인데 그녀만큼 유명한 사람은 없을 것이다. 본부장인 자신과 스캔들이 터졌고, 그것 때문에 진실이 아닌 소문까지 돌아 맘고생을 심하게 했다. 그런 상황에서 이젠 회사 자료를 **빼돌렸다는** 이유로 징계위원회에 회부까지 되었다. 징계위원회가 열리는 것만큼은 막으려 했다.

다시 한번 법무팀장을 만나려고 전화를 꺼내 들었던 그 순간이었다. 어디선가 또각또각 여자 구두 소리가 울렸다.

마치 모세의 기적처럼 게시판 앞에 서 있던 사람들이 스르르 가운데로 길을 열기 시작했다. 전화를 고쳐 쥐었던 수현도 게시판 앞으로 다가서는 여자를 발견하고 입술을 깨물었다.

세영은 마침 윤 전무의 심부름으로 다른 부서에 자료를 넘기고 오는 길이었다. 평소에는 조용한 게시판 앞이 웬일로 소란스럽기에 가까이 다가갔던 그녀는 자신을 발견하자 슬금슬금 피하는 회사 사람들을 느꼈다. 수현과 사귄다는 소문이 돌았을 때의 악몽이 되살아나는 것 같았다. 분명히 좋은 일로 자신을 피하는 것은 아닐 것이다. 하나둘 사라지기 시작하는 사람들이 멀어지자 그제야 게시판 앞에 서서 사람들이 보던 것을 읽었다.

「징계위원회 개최 공고」

드라마에서나 보던 낯선 단어가 보였다. 그 아래에 기명 되어 있는 자신의 이름까지 또렷하게 보였다.

그제야 세영은 주변에 서 있던 사람들이 모두 사라졌음을 깨달았다. 어째서 자신이 징계위원회에 회부됐다는 걸까? 손이 덜덜 떨렸다.

"……."

그녀는 게시판에 붙어 있던 징계위원회 알림을 뜯어냈다. 잘못한 거 없다. 자신은 그저 이 회사에 들어와 열심히 일한 죄밖에 없다. 근데 왜 항상 나쁜 일만 일어나는 걸까? 그녀는 곰곰이 생각했다. 들어온 지 1년도 안 된 회사에서 왜 이렇게까지 자신이 몰리게 된 건지 알 수가 없었다.

종이를 구겨버리고 빠른 걸음으로 계단을 올랐다. 괜히 엘리베이터에 타서 사람들을 마주치고 싶지 않았다. 구석에서 바라보던 수현도 이상한 낌새를 느끼고 세영의 뒤를 밟았다. 비상계단을 뛰어 올라가는 그녀를 붙잡는 건 그다지 어렵지 않았다.

"세영아."

그의 부름에 조금 멀리 떨어져 있던 그녀가 걸음을 멈췄으니까. 그녀가 멈춘 계단으로 그가 단숨에 뛰어올랐다. 정장을 입고, 구두를 신고 한 번도 이렇게 달려본 적이 없다.

"박세영."

뒤에 그가 닿았다는 건 안다. 하지만 뒤돌지 않았다. 우는 얼굴을 보이고 싶지 않았다.

"아침까진 좋았다가 갑자기 이래서 진짜 미안한데요. 본부장님 만나고 나서 되는 일이 하나도 없네요. 나도 이 회사 힘들게 들어왔고, 남들처럼 평범하게 다니고 싶어요. 근데 이게 뭐예요?"

"……."

"제발 날 좀 가만히 두세요. 다신 나 찾아오지도 말고요."

그녀는 다시 계단을 뛰어올랐다. 더는 눈물이 나오지 않을 정도로 지칠 때까지 계속.

* * *

아버지는 가난한 고학생이었지만, 똑똑하고 능력 있는 분이었다. 재벌가 중에 사위를 고를 예정이었던 외할아버지는 가난하지만 그 능력 하나만 믿고 엄마를 시집보냈었다.

외할아버지의 안목은 탁월했다. 아버지인 백 교수는 노벨상 시즌만 되면 이름이 거론되는 저명한 학자가 되었다. 엄마는 그런 학자인 아버지를 보조하겠다며 가족의 만류에도 경영일선에서 완전히 물러났다. 아마 아버지가 좋은 논문을 써서 저명한 학자가 될 수 있었던 것도 엄마의 내조가 있었기 때문이었다.

그런 엄마와 가장 친한 친구, 박화연 회장. 아주머니와는 어렸을 때부터 알던 사이였다. 두 분은 어렸을 때부터 친했고, 평범한 소녀들처럼 함께 라디오 사연을 듣다 잠을 자던 사이였다. 주위 어른들로부터 친구가 아니라 자매가 아니냐는 소리를 듣던 두 사람은 결혼하고 나서는 달랐다.

서휘의 부모는 서로를 끔찍이 여겼고, 수현의 부모는 박 회장이 최고경영자가 되면서 삐걱거리기 시작했다. 명백히 쇼윈도 부부였고, 평소에도 부부관계가 냉랭하니 배우자는 바라보지 않고 다른 이성을 바라보며 살았다. 그 결과가 이거란 건가?

도현은 서휘 앞에서 울었다는 사실이 뒤늦게 쪽팔려 일부러 그녀의 시선을 피했다. 그런 그의 옆모습을 보던 서휘는 별안간 주먹으로 도현의 머리를 쿵 쥐어박았다. 생각보다 많이 아팠던 탓에 도현은 놀란 얼굴로 그녀를 보았다.

"뭐, 뭐 하는 거예요?"

"답답해서요. 이 답답아!"

"……."

"수현이 동생이라더니 수현이랑 하는 짓이 똑같네요. 어쩐지 너무 닮았다 했어."

뭐, 그건 인정한다. 자신이 답답하게 있던 건 사실이니까.

"아무리 그래도 폭력은……아니, 폭력 아니에요."

대들 듯이 그녀를 향해 입을 열었던 그는 서늘한 서휘의 시선에 눈을 내리깔았다.

"수현이한테 말은 했어요?"

"아뇨, 아직."

"하아. 동생인 거 밝히려고 왔다면서. 아니, 난 회장님이 더 이해가 안 가네? 어떻게 알면서 20년 가까이 말도 안 하신 거지?"

"……."

그는 말을 아꼈다. 아직 그녀에게 하지 않은 말들이 수두룩하다. 수현의 친구이자, 그가 첫사랑이었던 그녀가 어떻게 받아들일지 몰라서 하지 못했다. 사실 그를 파괴하고 싶어서 왔다고 한다면 그녀는 자신의 편을 들어줄까, 그래도 수현의 친구라고 그의 편을 들어줄까?

"그래도 서휘 씨한테 말했으니까 됐어요. 시원하네요."

"그래서 수현이한텐 언제 밝히려고요?"

대답할 수 없던 그는 웃기만 했다.

＊ ＊ ＊

　사흘이라는 말미가 남았다. 징계위원회가 열리기 전까지 자신을 변호할 수 있는 자료들을 모조리 찾아야 했다. 그런데 그런 게 있을 리가 없다. 이미 전부 법무팀에서 감사라는 명목으로 회사 관련 자료들은 모두 가져갔고, 자신은 잘못한 게 없어서 변명할 거리도 없었다.

　"하아, 피곤해."

　평소 혼잣말도 잘하지 않건만, 주변에 아무도 없기 때문일까? 이렇게라도 하지 않으면 정말 혼자라는 생각에 울컥했다. 그녀는 징계위원회 출석 요구서를 받고 퇴근이 될 때까지 생각하지 않으려고 했다. 지금은 그냥 나쁜 꿈을 꾸는 것이고, 나쁜 꿈에서 깨어나면 모든 상황이 정리되어 있을 거라고 자신에게 최면도 걸었다. 하지만, 결국 현실이었다.

　지잉! 지잉!

　자신의 보금자리인 낡은 연립주택이 있는 오르막길을 천천히 오르는 중이었다. 가방 안에서 전화가 요란하게 울렸다. 혹시 회사에서 온 전화인가 싶어 급하게 꺼내 들었던 그녀는 액정에 뜬 이름을 확인하자마자 걸음을 멈췄다.

　"후우!"

　마치 중요한 전화를 받기 전처럼 그녀는 목을 가다듬고는 전화를 귀에 붙였다.

　"여보세요? 이모?"

-세영이가? 잘 지내나?

"응, 이모. 나 잘 지내지."

-잘 지내면 지낸다는 연락도 없고.

"미안해요. 바빴어요."

부모님이 돌아가시고 자신을 정말 친딸처럼 살뜰히 보살펴주고 키워준 이모였다. 그녀의 목소리를 듣자마자 아무 일도 없었던 것처럼 굴자던 다짐은 금세 접어지고 말았다. 결국 참지 못한 울음이 터지고 말았다.

-아니아니, 야가 와 이라노? 니 뭔 일 있나?

"이모, 이모, 나 너무 힘들어. 흐흑!"

길 한복판에서 아이처럼 울음을 터뜨렸다. 엉엉, 아주 서럽게도 울었다. 병원에서 가족들이 모두 죽었다는 소식을 들었을 때처럼 아주 서러웠다. 이젠 너무 지친다.

"흐흑, 이모 나 어떡해?"

전화 속 그녀는 아무 말이 없었다. 가족들이 모두 죽고 자신의 집에 오면서 한 번도 울지 않았던 조카였다. 아무리 숨기려고 해도 그녀의 눈엔 일부러 강한 척, 아프지 않은 척, 상처받지 않은 척하는 모습이 보였다. 사실은 어린아이처럼 자신에게 기대어주기를 얼마나 바랐는지 모른다.

수화기 너머로 작게 한숨 쉬는 소리가 들렸다. 그녀에게 걱정 따윈 끼치고 싶지 않았는데 소도 비빌 언덕이 있다고, 자신에게 비빌 언덕이었던 이모의 목소리를 듣자마자 무너졌다.

그저 조카가 우는 소리만 듣던 전화 너머의 그녀는 쓸쓸한 웃음기가 서린 목소리로 입을 열었다.

-니 그냥 부산 온나.

"흑흑!"

-와서 내 일이나 도와라. 뜨뜻한 밥 먹인지도 오래다.

"…이모……."

-말라꼬 서울 쫌생이들 사이에서 우노. 퍼뜩 온나. 와서 니 이모부도 돕고, 내도 돕고 그래라. 서울에서 대학 나온 똑똑한 조카 덕 좀 보자.

"그래도……흑!"

서울에서 대학을 나와 취직까지 했다고 좋아했던 이모였다. 세영이 그동안 몇 번씩 회사를 그만두고 싶어도 버텼던 이유는 그녀 때문이기도 했다. 자신을 이렇게 키워준 이모를 실망하게 할 수는 없었으니까.

-쓸데없는 소리 말고 퍼뜩 온나. 언제 올끼가?

돌아갈 곳이 있다는 게 이렇게 좋은 거였구나. 그녀는 울음을 그치고 코를 훌쩍이며 대답했다.

"아직… 몰라요."

-정리하는 대로 온나. 세영아.

"응, 이모. 고마워. 나 그만 끊어야겠다."

-그래, 밥 잘 챙겨 묵고.

"응. 끊을게요."

세영이 전화를 끊으려던 그 찰나였다.

-세영아.

그녀의 부름에 전화를 끊으려던 그녀는 도로 전화를 귀에 붙였다.

"응, 이모."

─이모랑 이모부는 무조건 니 편이다. 힘들면 안 버텨도 된다.

무조건 자기편으로 있어줄 사람이 곁에 있었는데 왜 찾을 생각조차 못 했던 걸까? 세영은 훨씬 편한 표정이 되어 환하게 웃었다.

"응, 이모. 금방 갈게."

Chapter
15

돌아가는 길

어두컴컴한 실내에 노란 불빛이 어렸다. 검은색의 가구들로 장식이 된 꽤 비싼 술집이었다. 실내엔 사람이 있는 편이었지만, 상원은 사람들이 없는 구석으로 자리를 잡았다. 이미 그를 자주 보아 알던 바텐더는 반가운 눈짓으로 그에게 다가갔다.

"오랜만이십니다, 임 사장님."

"아, 간만이네요."

"한잔 하시겠습니까?"

"잠깐 기다리죠. 올 사람이 있어서."

"예, 그러시죠."

그가 물러갔다. 상원은 홀로 구석 자리에 앉은 채 주변을 둘러보았다. 실내 인테리어는 시간이 갈수록 바뀌었지만, 그 특유의 분위기는 그대로인 듯했다. 어두컴컴하고 그나마 있는 빛조차도 밝지 않아서 은밀한 이야기를 하기에 제격인 그 분위기. 그때 어느 한 커플에게로 눈이 갔다. 막 시작하는 사람들인 듯 그들의 얼굴에는 웃음기가 가득했다.

'나도 저랬던 시절이 있었던 것 같은데.'

그는 가만히 한때 좋았던 추억을 떠올렸다.

* * *

그는 본부장이라면서 나타난 여자를 보았다. 어제까지만 하더라도 그가 '박 인턴'이라고 불렀던 사람이었다. 해외에서 '언더커버보스'처럼 몰래 숨어서 경영수업을 받다가 갑자기 상사가 되어 나타나는 경우가 있다고 들었는데 자신에게도 벌어질 줄은 몰랐다. 여자에게 줄기차게 커피 심부름을 시키던 상사들은 사색이 되었고, 은근히 여자를 험담 까던 직원들의 눈동자는 빠르게 돌아갔다.

"반가워요. 수출사업부본부장으로 발령받은 박화연이라고 합니다. 갑자기 이렇게 나타나서 놀라신 분들이 많은 것 같네요."

"아, 아닙니다. 본부장님."

특히나 여자를 많이 괴롭혔던 부장은 시체가 아닐까 싶을 정도로 창백하게 질려 있었다.

"그동안 이 부서에서 인턴으로 지내면서 개선하고 싶은 점들을 몇 개 꼽았어요. 회사 발전을 위해서니까 모두 잘 따라주시리라고 믿어요."

화연은 개같이 구르는 인턴 생활을 하는 동안 쌓였던 것들이 쑥 내려가는 기분이었다. 그녀는 홀가분한 표정으로 직원들을 둘러보다가 자신에게 시선 고정이 되어 있던 그에게로 눈을 돌렸다. 자신을 개같이 굴렸던 직원들 중에서도 유일하게 자신을 한 인격체로 대우해주었던 사람. 조심스럽게 그를 향해 웃었다. 그러나 그는 여자의 시선을 피했다. 무척 상처를 받은 듯했다.

'내가 뭘 잘못했나?'

이른 저녁 시간, 일찌감치 퇴근하고 그를 찾았다. 여자에게 불려온 그는 아무 말 없이 가만히 서서 그녀의 입술이 떨어지기만을 기다렸다.

"왜 그래요?"

"뭐가 말씀이십니까?"

"난 우리가 친하다고 생각했는데. 임 사원님, 한마디도 안 하시잖아요."

그의 표정은 차갑다 못해 얼어붙을 정도로 굳어 있었다. 여자는 깨달았다. 자신이 이 남자를 좋아하고 있다는 것을. 그는 떼를 쓰듯 말하는 그녀를 보다 천천히 입을 열었다.

"내가 친했던 건 박 인턴이지, 박 본부장님이 아닙니다. 하실 말씀 마치셨으면 가겠습니다."

인턴에서 본부장이 되어 나타나면 그가 더 좋아할 거라고 생각했다. 그도 상사들에게 당하는 게 많아 보였으니까. 자신이 회사를 개혁하는 데에 꼭 도움을 줄 거라고 생각했다. 그녀는 자신만 두고 밖으로 나가는 그의 옷자락을 급하게 붙잡았다.

"아직 얘기 안 끝났어요. 어딜 나가요?"

그녀의 말에 그가 다시 뒤돌았다. 두 남녀는 서로를 노려보듯 바라보았다.

"뭐가 문제예요?"

"무슨 말씀입니까?"

"갑자기 왜 이렇게 차갑냐고요."

"그럼."

그는 살짝 한숨을 쉬고 입을 열었다.

"우리가 따뜻해야 합니까? 고작 상사와 부하직원 사이인데 이 정도면 충분하다고 생각합니다."

이전까지 맺었던 모든 관계들을 무너뜨리는 말이었다. 그녀는 결국 마음에 있던 말들을 외쳤다.

"나 그쪽 좋아해요."

"저도요."

그녀의 말에 그는 너무나 당연하다는 듯 바로 대답했다. 서로 좋아하는 건데 그럼 이 차가운 반응은 뭔데?

"근데 왜 그러냐고요."

그는 무척 실망한 듯 그녀를 향해 입을 열었다.

"좋아하면, 내가 좋아한다고 하면 본부장님 저랑 함께 하실 수 있어요?"

"……."

"아니잖아요. 재벌집 아가씨니 다른 재벌집 남자와 결혼할 거고, 전 뭐가 되는데요? 그래서 일찌감치 마음 접으려는 거니까 본부장님도 그만두세요."

어느 남자든 자신을 잡지 못해서 안달이다. 그런데 이 남잔 뭐지? 이상한 오기가 발동했다. 자신이 좋아하는데 자신을 좋아하지 않으려는 남자라니. 집안에서 공주로 자랐던 그녀는 이 말도 안 되는 상황이 마음에 들지 않았다. 여자는 다시 뒤돌아 나가려는 남자를 향해 소리쳤다.

"누가 안 한대요? 그쪽이랑 결혼하면 되잖아요!"

* * *

잠시 생각에 빠졌던 상원은 자신의 앞으로 길게 진 그림자를 깨닫고 고개를 들었다. 30년 전, 너무 과거까지 간 모양이다. 순간 갑자기 나타난 아들의 모습을 30년 전의 자신이라고 착각까지 했으니까.

"왔구나."

"죄송해요. 좀 늦었네요."

"아니다. 앉아라."

수현이 상원의 옆에 앉자 두 사람을 눈치 보던 바텐더가 그들을 향해 다가갔다. 그가 채 말을 붙이기도 전 수현이 서둘러 입을 열었다.

"아무거나 주세요."

"내가 늘 마시던 거로."

수현의 말에 뒤이어 상원이 말했다. 곧 두 사람 앞으로 이름 모
를 술이 한 잔씩 놓였다. 상원은 건배라도 하자는 듯이 술잔을 들
었지만, 수현은 반항적으로 술을 들어 바로 입안으로 부었다. 아
들이 술을 마시는 모습은 생전 처음 보는 터라 상원은 새삼 세월
이 많이 흘렀음을 깨달았다.

"나만 보면 학을 뗄 정도로 싫어하는 네가 웬일로 날 다 보자
고 한 거냐."

"그만두시라고요."

"뭘?"

수현은 비어있던 잔에 멋대로 술을 부어 다시 한 번 넘기고는
입을 열었다.

"그날 박세영 일부러 찾아간 거죠?"

"......"

"사흘 후에 징계위원회 열릴 거예요. 그쪽이 자료 제공한 거 세
영이가 아니라고 한마디만 해주면 돼요."

수현이 갑작스럽게 만나자는 말에 어느 정도 예상은 했었다. 그
쪽 피는 속이지 못한다는 걸까? 어쩌다 왕자가 되어서 신데렐라
와 사랑에 빠졌을까. 그는 조금 측은한 눈으로 수현을 보았다.

"너 그 여자가 왜 좋아?"

"대답이나 하시라고요."

더는 수현과 부자지간이라고 할 수도 없을 정도로 뒤엉키고 꼬였지만, 그래도 그에게는 아들이라고, 아들이 좋아하는 여자가 궁금했다.

"대답해주면 그만두마."

"이봐요."

"그냥 호기심 때문에 좋아하는 건지, 정말 좋아하는 건지 궁금하구나. 아니면 나처럼……."

그는 말을 잇지 않고 입을 꽉 다물었다. 수현은 잠시도 그와 함께 있고 싶지 않았다.

"내가 좋아하는 여자예요. 좋아하는데 이유가 있어요? 하라는 대로 다 할 테니까 한 번만 막아줘요."

"왜? 네 엄마는 안 막아준다니?"

"어머니보단 당신이 움직이는 게 더 확실하니까 이러는 거예요."

그렇게 싫어했던 남자였고, 엮이지 않으려고 애썼던 관계다. 하지만 이렇게 부탁하는 꼴이라니. 그가 싫다고 해버리면 그만인데, 수현의 태도는 부탁보다는 생떼에 불과했다. 가만히 수현의 말을 듣던 상원은 빈 잔에 술을 채우더니 목구멍으로 넘겼다.

"도와달라니 도와주마. 단."

역시나 조건이 붙는다. 수현은 어렴풋이 상원이 회사를 노리기 때문에 나름 주주의 위치에서 경영권을 박탈하려고 이런 일을 꾸민 건 아닌가 생각했다. 그러나 뒤이어 나온 그의 말은 수현에게 잔뜩 물음표를 만들고 말았다.

"이런다고 그 여자가 널 알아줄까?"

알아준다고? 알아달라고 이러는 게 아니야. 위기에 빠진 그녀가 보고 싶지 않을 뿐이지. 다시 예전처럼 서로 인사만 하고 지내는 사이가 될 뿐이더라도 세영이가 힘들지 않았으면 좋겠어. 내 마음은 그게 전부야.

"……무슨 의미예요?"

"만일 내가 도와줘서 그 박세영이라는 여자가 무사히 다시 회사 생활을 이어갈 수 있다고 치자. 그럼 넌? 박세영 씨한테 뭘 바라? 결혼하고 싶을 정도로 좋아하는 여자지?"

수현은 말문이 막혔다.

"계속 이렇게 살려고?"

상원은 입가에 미소를 그렸다.

"난 네 엄마를 후회하게 만드는 게 목적이었지만, 어쩌다 보니 박세영 씨가 얽혀걸린 거다. 나와 같은 처지일 수도 있는 사람이라 나도 다치게 하고 싶지는 않지만, 이렇게 안 하면 네가 안 움직일 것 같아서 그랬다."

"……팔자 좋으시네요. 가정 평화 말아먹은 건 그쪽이에요."

"맞아. 나지."

상원은 마침 비어있던 아들의 잔에 술을 따르고 자신의 잔에도 따랐다.

"그래서 그 전에 이혼 요구를 했었다. 받아주지 않았던 건 네 엄마야."

수현은 받아놓은 술은 먹지도 못한 채 상원의 말에 귀를 기울였다.

* * *

 세기의 결혼식이었다. 평범한 남자와 재벌가 여자의 결합. 남자의 집안은 볼 일 없었지만, 여자의 집안은 아니었다. 독립운동가들에게 자금을 후원했던 기업이었고, 그것만으로도 세상 사람들은 역시 훌륭한 가문의 사람이라 상대 배우자도 돈이 아닌 됨됨이를 본다며 칭송했다. 그러나 정작 속으로는 아니었다.

 "이렇게밖에 못하나?"

 "죄송합니다, 아버님."

 "그래도 똑똑하다고 생각했는데, 일을 이런 식으로 마무리 지으면 어쩌자는 거야. 다른 집에서 보면 뭐라고 하겠나? 이래서 격에 맞는 사람들끼리 만나야 하는 건데……."

 처음부터 하나씩 밑바닥에서부터 배워야 했다. 외국으로 유학을 가 학벌세탁을 하고, 재벌들과 어울리지 않는 사교를 맺어야 했고, 살던 방식과는 전혀 다른 방식으로 사는 법을 배워야 했다.

 "그만 나가게."

 그는 장인을 향해 허리를 꾸벅 숙여 인사를 하고 서재에서 나왔다. 모든 것을 하얗게 태운 기분이었다. 지친 듯이 2층 난간에 붙어서 자신과는 어울리지 않는 커다란 집의 풍경을 보았다.

 결혼하면서 수출사업본부장이었던 아내는 급하게 왕위를 물려받았다. 이 집안의 새로운 왕이 된 사람의 남편이 됨으로써 그의 역할도 커졌다. 단순히 회사 일을 할 때와는 달랐다.

 단순히 장을 보기 위해 나서는 것도 파파라치들이 따라붙었다.

재벌가의 모든 것은 철저하게 짜인 시나리오대로 움직였다. 서민인 남편을 선택하고, 서민의 삶을 사는 굴지의 대기업 회장님의 사생활은 여러 여성 잡지에 실리기도 했고, 세기의 로맨스를 좋아하는 사람들의 구미를 당겼다. 그러나 그 주인공인 그는 정작 자유를 잃은 채 거세당한 삶을 사는 중이었다.

장인에게 혼난 기억을 지우려고 애쓰며 계단을 내려섰다. 마침 아내가 퇴근하는 것인지 바깥이 소란스러웠다. 그는 늘 그렇듯 현관에 서서 문이 열리기를 기다렸다. 얼마 지나지 않아 피곤한 표정으로 아내가 집으로 들어섰다. 그는 늘 연습한 대로 피곤한 아내를 향해 살며시 웃었다.

"왔어?"

"응."

그녀는 자연스럽게 남편을 스쳐 지나가 침실로 향했다. 이야기라도 하고 싶은데 그녀는 할 생각이 없다는 듯 남편 쪽은 쳐다보지도 않았다.

"화연아."

"사람들 있어요. 말조심해요."

"……아, 미안."

그녀를 따라 침실로 들어간 그는 그녀가 벗는 외투를 받아 옷걸이에 걸치며 입을 열었다.

"오늘은 어땠어? 회사일 바빴어?"

"항상 바빠요."

"……내일은 집에서 먹지 말고 같이 외식이라도 할까?"

"미안, 바빠요."

"……."

항상 이런 식이었다. 결혼하면 그녀를 온전히 가질 수 있을 거라 생각했는데, 자신이 너무 순진했다. 공주님은 여왕님이 되었고, 공주를 모시던 하인은 말뿐인 국서(國壻)로 그대로 하인이었다.

"그럼 모레는 어때?"

"하아, 여보."

그녀는 답답하다는 듯이 뒤돌았다.

"제발 집에서는 나 편하게 있게 해줘요. 그렇게 밖에 가서 먹고 싶으면 혼자 먹고 오면 좋잖아요. 기사도 있고, 카드도 있잖아요."

"……미안해. 그렇게 피곤할 줄 몰랐어."

그녀는 다시 뒤돌아 옷을 갈아입기 시작했다. 가만히 그녀의 뒷모습을 보던 그는 가슴에 응어리졌던 것이 입 밖으로 튀어나오려고 발버둥 치는 것을 느꼈다. 더는 견딜 수가 없다. 너무 힘들다. 맞지 않는 옷을 입은 듯, 맞지 않은 신발을 신은 듯 그의 삶은 고단하기만 했다. 그래도 아내가 알아주면 버틸 수 있을 거라고 생각했는데 그게 아니었다.

"우리 왜 결혼한 거야?"

옷을 벗던 화연은 자신을 향해 원망하는 투로 말하는 남편을 보았다.

"무슨 말이에요?"

"이렇게 살려면 왜 결혼했느냐고. 내가 필요한 건 돈이 아니라 아내야."

그녀는 나이에 어울리지 않게 떼를 쓰듯 버티고 선 남편을 바라보았다. 머리로는 힘든 그를 이해하며 조금만 더 버텨달라고 말하고 싶었지만, 입은 정작 다르게 움직였다.

"결혼은 당신이 하겠다고 했어요. 그때 내가 결혼하자던 그 말 거절했다면 하지 않았을 거예요."

"뭐?"

"다 줬잖아요. 어느 누가 살면서 이런 집에 살아보고, 이런 아내를 얻어 보고, 돈도 펑펑 쓰면서 살 수 있겠어요? 당신은 복 받은 거예요."

아.

남자는 그때 깨달았다. 여자에게는 남편 역할이 아니라, 얌전히 집에서 내조해주는 사업파트너가 필요했다는 것을. 더는 그녀에게 자신은 사랑하는 사람이 아니었다는 것을. 남자는 모든 것이 무너지고 사라지는 심정으로 대답했다.

"…그럼……우리 이혼하자. 나 놔줘."

이런 결혼생활 이어가고 싶지 않다. 아이에겐 미안하지만, 자신이 버틸 수가 없다. 아버지 자격이 없다고 해도 상관없다. 이 집에 있다간 미쳐버리고 말 것이다.

그러니까 그냥 날 풀어줘.

상원의 애원에도 화연은 차갑게 대꾸했다.

"내가 미쳤어요? 이혼하면 우리가 그동안 쌓아왔던 이미지도 한순간에 무너지고, 주식에도 영향 미칠 거예요. 그냥 당신 피곤해서 그런 거니까 어디 여행이라도 다녀와요."

그녀는 지갑에서 카드를 꺼내 남편의 손에 쥐여주고는 방 밖으로 나갔다.

* * *

취했다고 생각했는데 취하질 않았나 보다. 상원과 헤어져 먼저 술집 밖으로 나선 수현은 자신을 알아보는 사람들이 있음에도 상관 않고 걸었다. 어렸을 때부터 얼굴 노출이야 비일비재했고, 심지어 초등학생 때에도 파파라치가 붙었다. 너무 어렸을 때부터 당했던 일이라 당연했다. 자신이 모두에게 주목을 받는 일은 이제 일상이었다.

"하아!"

그는 지끈거리는 머리를 부여잡고 비틀거리다 버스정류장의 옥외광고판을 붙잡았다.

'향수는 뿌리는 것이 아니라 입는 것이다.'

뭐가 이렇게 번쩍번쩍 빛나고 있나 했더니 리리컬 향수 브랜드 광고였다. 한가운데에선 뮤즈인 한서진이 지그시 눈을 감고 누구의 것인지 모를 여자의 손목에 입맞춤을 하고 있었다. 그의 인생 커리어 중 가장 큰 부분을 차지할 향수 사업. 이것만 바라보고 왔다. 해외 유수의 잘 나가는 명품 브랜드의 향수처럼 이 사업을 키우는 것이 그의 목표였다. 그러다 문득 그런 생각이 들었다.

'나는 왜 일을 하는 거지?'

왜 일을 하는 걸까? 돈을 벌고 싶어서? 아니다. 돈이라면 썩어날 정도로 많다. 할아버지가 돌아가시기 전에 자신에게만 남긴 유산이며, 어머니가 자신에게 남길 유산이며 상상을 초월할 액수다. 회의감이 들었다. 버스 하나 제대로 타보지 않은 삶이 제대로 된 삶인지 의문이 생겼다.

그는 예전에 세영의 뒤를 밟았다가 지하철 개찰구도 통과하지 못하고 어벙하게 서 있다가 그녀에게 도움을 받았던 일을 떠올렸다. 지금 생각하면 꼴사나운 모습이었다.

코트 주머니 안으로 그녀에게 돌려주지 못했던 교통카드가 잡혔다. 마침 다가오는 버스가 보였다. 그는 결심한 듯 진지한 표정으로 버스가 서자마자 올랐다. 하지만 요금은 어떻게 내는 거지?

들고 한참을 고민하던 그는 [카드를 대주세요]라는 안내가 적힌 단말기를 보고는 곧 카드를 댔다. '삑'소리가 났다.

퇴근 시간을 훨씬 넘긴 시간의 버스는 한산했다. 그는 비어있는 가장 뒷자리에 앉아 코트 주머니에 손을 쏙 집어넣고는 버스의 풍경을 눈에 담았다. 텔레비전을 돌리다 어쩌다 보는 드라마가 아니면 좀처럼 볼 일이 없는 풍경이었다. 야근하다가 퇴근하는 것인지 조는 사람도 있었고, 내내 휴대폰만 만지작거리는 사람, 그냥 지친 듯 창밖만 바라보는 사람 등등 다양했다. 그는 잠시 상상해 보았다. 자신이 평범하게 태어났다면 저 사람들 중 어떤 모습이었을까 하고 생각했다.

여러 얼굴들이 스쳐 지나갔다. 그들 중엔 자신을 알아보고 수군거리는 사람도 있었다.

'이런 기분인가? 난 모르는 사람인데 날 보고 수군거리는 걸 보

는 기분.'

그는 세영이 느꼈을 기분을 어느 정도 알 것 같았다.

얼마나 있었을까? 멍하니 앉아 있던 그에게로 버스 기사가 차를 세우더니 다가왔다.

"종점이에요. 어디로 가시는데 계속 타고 계시는 거예요?"

기사의 물음에 수현은 그제야 자리에서 일어났고, 버스에서 내리며 말했다.

"여기 오려고 했어요. 감사합니다."

* * *

처음에 일이 닥쳤을 땐 눈앞이 캄캄했는데, 이모와 통화를 하고 난 후 그녀는 후련함을 느꼈다. 사실은 처음부터 이러고 싶었을지 모른다. 세영의 집은 잔뜩 어질러져 있었다. 마치 이사를 나가는 사람의 집처럼 보였다.

간단하게 먼저 내려갈 짐들을 상자에 넣고 싸고, 며칠 동안 입을 옷만 꺼내둔 채 나머지 옷들은 캐리어 안에 차곡차곡 정리해 넣었다. 대학교를 졸업하면서 고시원을 벗어나 처음 마련한 보금자리였는데 생각보다 자신의 짐이 별로 없었다. 그래도 3년은 살았던 것 같은데 무언가 허전했다.

그녀는 침실 창문을 열고 고개를 내밀었다. 여기나 부산이나 매한가지겠지만, 서울에 와서는 별이라는 것을 제대로 본 적이 없는 것 같다. 별보다도 땅의 야경이 훨씬 밝았다.

옆집으로 눈이 갔다. 그가 나간 후, 아직 들어온 사람은 없다. 그런 생각도 했다. 차라리 아무도 들어오지 말았으면. 고작 옆집에 이사 와서 이웃해 살았던 것이 전부였지만, 그게 추억이 되어버렸다. 아직 그를 잊지 못했지만, 이럴 땐 그가 유명인이라 다행이라는 생각이 들었다. 적어도 그가 어떤 일을 겪고 사는지 검색하면 뉴스로 다 떴다.

창틀에 팔을 대고 팔 위에 턱을 괸 채 가만히 3층 아래로 내려다보이는 골목길을 보았다. 징계위원회가 끝나고 나면 바로 돌아갈 생각이었다. 천천히 골목 끝에서 올라오며 길을 걷는 상상을 하던 그녀는 가로등 아래로 시선을 옮기자마자 굳은 채 그곳만 응시했다.

"……임수현."

언제부터 있던 걸까?

그는 세영과 눈이 마주치자마자 바로 연립주택 계단을 뛰어올랐다. 세영도 급하게 현관문 앞에 섰다. 열어도 될까? 오늘 낮에 그에게 툭툭 던져버린 '제발 날 좀 가만히 두세요. 다신 나 찾아오지도 말고요.'라는 말이 떠올랐다. 그 말을 듣고 다신 오지 않을 줄 알았는데 생각지도 못했던 그의 방문은 반갑기도, 두렵기도 했다.

세영은 천천히 잠금을 풀고 문을 열었다. 리리컬의 뮤즈 한서진보다 멋진 남자가 서 있었다.

"…수현 씨."

"나 하나만 물어보려고."

3층을 단숨에 올라왔지만, 그에게선 숨찬 기운도 없었다. 그는 지금 아주 평온해 보였다.

"신데렐라 되기 싫다 그랬지?"

"……."

"그럼 넌 그 이야기가 어떻게 끝났으면 좋겠어? 그냥 신데렐라가 왕자랑 헤어졌으면 좋겠어?"

생각해보지 않았다. 동화는 동화일 뿐이니까. 표정이 미안함으로 굳어진 그녀를 보며 그가 말을 이었다.

"나 생전 처음으로 버스라는 거 타봤어. 생각보다 탈만 하더라. 아니, 탈 만한 게 아니라 혼자 출퇴근할 때보다 훨씬 재밌었어. 쭉 타고 가다가 종점에서 내렸어. 내려서 걷다가 지하철 타고 여기 오려고 했는데 반대로 갔지 뭐야."

무슨 말을 하고 싶은지 알 수 없지만, 세영은 속으로 놀라는 중이었다. 서민의 생활과는 전혀 어울려 보이지 않는 그가 자신과 비슷해지려고 노력했다는 게 보여서 눈물이 날 것 같았다. 하지만 세영은 이번 일을 겪으며 깨달았다. 왜 끼리끼리 모이고 격에 맞는 사람끼리 만나는지 알 것 같다고. 자신에게 수현은 너무 과분한 사람이었다. 사랑하고, 사랑했지만, 거기까지였다.

"그래서 조금 늦었어. 막 헤매고 다니다 보니까 네가 날 만나기 전에 어떻게 다녔을지, 내가 임수현이 아니었더라면 어떻게 다녔을지 막 상상하게 되더라."

"……."

그의 말이 두서없이 마구 쏟아졌다. 임수현이 아닌 것 같았다.

그의 눈가에는 눈물이 가득 고였다.

"네가 보기에 내가 완벽해 보이니? 다 가지고 있으니까?"

그는 오늘 알게 된 충격적인 일을 떠올렸다. 어머니가 세영을 허락한다면서도 허락하지 않은 이유, 부모님이 이혼하게 된 이유. 그는 부모님의 이야기를 듣고 무서웠다. 자신이 박화연처럼 변해버리면, 세영은 임상원처럼 변할까?

"나 하나도 안 완벽해. 너도 알겠지만, 난 돈만 많았지 결손가정이었고, 아버지의 사랑 같은 거 모르고 컸어. 엄마는 늘 바빴고, 친구들이 엄마가 싸준 도시락 들고 왔을 때, 난 호텔 요리사가 만든 도시락 들고 갔고. 있잖아. 난 그게 너무 부러웠다? 하아, 지금 그 친구들이 들으면 날 재수 없다고 할지도 모르겠는데. 나는……."

임수현, 마지막일지도 모르는데 왜 이런 식으로밖에 말을 못 하냐. 평소 이사회에서 자신만만하게 발표하던 모습 어디 갔어? 왜 이렇게 두서없어? 세영이가 못 알아들으면 어쩌려고 이래?

"하아, 그러니까."

그는 울지 않으려고 애쓰며 잠시 숨을 참았다가 뱉었다.

"미안해."

"……."

"그 말이 하고 싶었어. 미안하다고. 처음에 회사에서 만났을 때 무시해서 미안했고, 마음대로 갑질해서 미안하고, 나한테만 맞춰달라고 고집부려서 미안했고, 멋대로 반해서 미안했고, 멋대로 옆집에 이사까지 해서 미안하고."

"……."

그는 세영의 침묵이 무서웠다. 어떤 표정을 짓고 있는지 감히 보지도 못하고 그대로 시선을 내린 채 구두 앞코만 바라보았다.

"내가, 내가 다 노력할 테니까. 나 네 인생에서 이렇게 내보내지 마. 제발."

"……."

"동화는 행복해야 되잖아. 왕자는 신데렐라 없으면 못산단 말이야."

그녀는 애원하는 그를 보다 대답 대신 두 팔을 벌려 그를 껴안았다.

"신데렐라도 왕자를 사랑해요. 왕자만 신데렐라를 사랑한 게 아니에요."

오늘은 너무 많이 울어서 눈물은 나오지 않을 것 같았는데 틀렸나 보다. 그녀의 뺨을 타고 굵은 눈물이 툭툭 떨어지기 시작했다.

"그런데 미안해요. 여긴 동화 속 세계가 아니잖아요."

"……세영아."

"고마워요. 내가 언제 왕자님이랑 사랑에 빠져보겠어요. 그걸로 족해요."

두 사람은 본능적으로 느꼈다. 예전 첫눈이 오던 날과는 다르게 여기에서 서로 안녕이라고 외치는 순간 애써 이어온 감정도, 관계도 모두 끝나고 만다는 것을 말이다.

"마법 걸어줘서 고마워요. 수현 씨는 왕자님이었지만, 마녀 할머니이기도 했고, 계모이기도 했어요. 고마워요. 나…… 진짜 행복했어요."

제발 우는 소리가 그에게 들리지 않게 해주세요.

세영은 훌쩍임을 참았다. 그녀의 귓가엔 우느라 숨을 헐떡이는 그의 거친 숨소리만 들렸다.

"멀리에서 가끔 수현 씨 소식 찾아볼게요."

"……."

"건강하게 지내세요. 본부장님. 그리울 거예요. 본부장님이 걸어줬던 마법."

수현은 자신의 목에 둘렸던 그녀의 팔이 스르르 풀리는 것을 느꼈지만, 자신에겐 그녀를 잡을 권리가 없다는 것을 깨달았다. 애초에 왕자에겐 선택권이 없었다. 신데렐라는 떠나면 그만이지만, 그에게는 머리에 놓인 왕관이 있었다.

세영이 문을 닫았다. 혼자 텅 빈 복도에 남은 수현은 말없이 꽉 닫힌 현관문을 바라보다 뒤돌았다.

이로써 애써 이어가고 있던 세영과의 고리마저도 끊어지고 말았다.

* * *

자정이 넘었지만, 아들은 또 집에 들어오지 않을 모양이었다. 다 큰 성인 남자인 데다 어디를 가든 걱정하지 않을 나이였지만, 그래도 엄마라고 걱정은 되는지라 그녀는 전화를 들었다. 그리고 그 순간 서재의 문이 스르륵 열렸다. 박 회장은 갑자기 나타난 젊은 남자를 보고는 이맛살을 구겼다.

"임수현, 지금 몇 시야?"

"열두 시 조금 넘었어요."

"너……."

박 회장은 자리에서 급하게 일어나 아들의 곁으로 다가갔다. 술 냄새가 진동했다.

"술 마셨니?"

"네, 조금?"

혀가 다 꼬부라진 소리였다. 그녀는 한숨을 쉬고는 아들의 팔을 잡아당겼다.

"가자, 침대에 가서 누워."

"엄마. 나 아직 안 잘 거예요."

"왜 이러니? 취했으면 그냥 들어가서 자."

말 잘 듣고, 한 번도 자신의 말을 어긴 적이 없던 아들이다. 요즘 심적으로 많이 힘든 건 알지만, 이런 모습은 처음이라 그녀도 당황스러웠다.

"내가 사실 아주 궁금했던 게 있었거든요."

아들은 궁금한 것을 대답해주기 전까진 들어가지 않을 기세였다. 그녀는 어쩔 수 없이 수현에게서 떨어져 팔짱을 끼고 그를 똑바로 올려다보았다.

"그래. 말해봐."

"흐음."

그는 한 손으로 마른세수를 하더니 입을 열었다.

"왜 내 이름 임수현으로 남겼어요?"

"……."

"아버지가 그렇게 끔찍했으면 박수현으로 바꿔버리지."

"……."

"엄마, 사실 그 사람 기다렸죠?"

박 회장은 대답할 수 없었다. 정곡을 찔려버린 말이었으니까. 늦도록 오지 않았던 게 혹시 상원을 만났기 때문이었을까? 수현은 불안으로 얼룩진 박 회장을 보더니 두 팔을 벌려 그녀를 품에 넣었다.

"나 이제 끝냈어요, 엄마. 진짜 끝냈어요. 난 엄마처럼 되기 싫어서요."

그녀의 눈동자가 흔들렸다.

"저 들어가서 잘게요. 늦어서 죄송해요."

아들은 취한 숨결을 뿜고는 서재에서 나가 자기 방으로 올라갔다. 아들의 방문이 닫히는 소리가 난 후에야 그녀는 서재 바닥에 털썩 주저앉았다.

* * *

상원은 잔뜩 취한 상태였다. 그 와중에도 어떻게 자기 번호는 콕 집어서 전화를 거셨다. 도현은 짜증이 치민 얼굴로 그를 등에 업었다.

"하아, 누구야."

"도대체 생각이 있는 거예요, 없는 거예요?"

자신을 등에 업은 채 볼멘소리를 하는 남자의 목소리를 알아차린 상원은 쿡쿡 소리 내어 웃었다. 뭐가 웃기는지 웃음소리는 한참을 이어졌다. 그의 웃음은 도현이 그를 뒷좌석에 눕힐 때까지도 계속 이어졌다. 미친 듯이 웃는 그를 두고 차 문을 닫은 도현은 취한 그를 지금까지 잘 데리고 있어 준 바텐더에게 지갑에서 돈을 꺼내 내밀었다.

"감사합니다. 여기 팁입니다."

"뭘 이렇게 많이."

바텐더는 그렇게 말하며 상당한 액수가 적힌 수표를 받아 챙겼다. 그는 뒷좌석 안으로 완전히 뻗어버린 상원을 보다가 대수롭지 않게 한 마디 건넸다.

"근데 비서신가요? 이렇게 늦은 시간에 챙기러 나오시다니."

"뭐, 비슷합니다. 그럼 수고하십시오."

그가 말을 더 붙이기 전에 도현이 먼저 뒤돌아 운전석으로 돌아왔다. 시동을 걸고 잠시 고개를 돌려 마뜩잖은 표정으로 상원을 보았다. 이해하고 싶지도 않고, 되도록 엮이고 싶지 않은 남자지만, 지금은 서로의 이해관계 때문에 이러고 있다. 바라보기만 해도 짜증 나는 얼굴. 하지만 그의 얼굴을 보고 있으면 어쩔 수 없이 느껴지는 자신의 얼굴 때문에 마냥 이 남자의 얼굴을 미워할 수도 없는 노릇이었다.

차가 출발하며 뒷좌석에 거의 널브러지듯 누워 있던 상원의 몸이 흔들렸다.

"후우!"

그가 탄 차 안은 술 냄새가 진동했다. 도대체 얼마나 마시면 숨에서도 술 냄새가 날 수 있는 걸까? 인상을 구기고 춥긴 하지만 창문을 열어 술 냄새를 밖으로 내보내려고 안간힘을 쓰던 그때였다.

"난 네가 태어난 줄도 몰랐다."

취기 어린 목소리가 튀어나왔다.

"네 엄마랑은 사랑 따윈 없었거든."

도현은 자기도 모르게 마른침을 삼켰다.

"그 사람은 일을 참 잘했어. 나한테 뭐가 필요한지도 잘 알고, 내가 뭘 원하는지도 알았어. 그래서 주제넘게 취해서 잠들어 있던 내 침대로 들어왔겠지. 내가 아내를 그리워한다는 걸 알았을 테니까. 난 그냥 화연이와 옛날처럼 돌아가고 싶었어."

"……."

"화연인 줄 알았다. 다시 부부관계가 좋아지겠다고 기대했었어. 그날 화해했다고 생각했는데 아침에 일어나 보니 화연이가 아니었어. 네 엄마였지."

도현은 말없이 운전대를 돌렸다. 그의 집이 가까운 곳이지만, 오늘은 빨리 내려주고 싶지 않았다. 갑자기 나타나서 자기가 아비라며 떠들었던 그가 어머니를 거론하는 일은 거의 없었기 때문이었다. 아니, 지금이 최초였다.

도현은 입술을 깨물었다. 어머니는 돌아가셨다. 혼자 사랑하면 안 될 남자에게 빠져서는 아이를 낳고 숨어 지내는 동안 병이 생겼다. 한국에선 도저히 고칠 수 없는 병이.

"그날 밤에 네가 생겼다."

"……."

"그건 사과하마. 하지만, 원치 않았던 너를 책임져주고 싶지 않았어. 널 수현이만큼 사랑하지 않았다."

도현은 상원에게 껌딱지처럼 붙어 떨어지지 않는 소문에 대해 익히 알고 있었다. 비서와 불륜을 저질렀고, 결국 그녀를 버렸다는 것. 하지만 진실은 알려진 사실과는 달랐다.

먼저 치사한 방법으로 접근한 건 비서였고, 그는 피해자였다. 하지만 회사의 권력자라는 이유로 악인이 되어 있었다. 그가 어머니와 자신을 미워할 이유로는 충분했다. 그 소문 때문에 박 회장과는 완전히 사이가 벌어졌고, 다신 과거로 돌아갈 수 없는 관계가 되었으며, 경영에서도 물러나야 했다.

"압니다. 저도 당신한테 부모 노릇 안 바라요. 자식 노릇도 하고 싶지 않고요."

"그래서 소름이 돋아. 넌 수현이 보다도 나랑 너무 똑같아."

핸들을 쥔 도현의 손이 하얗게 질렸다.

"당신 피가 진한 모양이죠. 어쨌건 생물학적 아버지니까."

그는 가만히 입 모양으로 '생물학적 아버지'라는 단어를 말했다.

"네 엄마는 많이 아파하다 갔나?"

"도저히 못 견디시고 스위스에서 안락사로 가셨어요. 박 회장님이 도와주셨고요."

참 빨리도 묻는다. 아니면 아는 일도 그저 대화를 위해 끌어낸 건가, 싶었다. 차 안으로 잠시 정적이 흘렀다. 도현은 일부러 핸들을 돌려 동네를 계속 빙글빙글 돌았다. 왠지 지금이 아니면 그와 진솔한 대화를 나눌 기회가 없다는 생각이 들었다. 아는 것인지 모르는 것인지 상원은 타이밍 좋게 입을 열었다.

"근데 너 그 아가씨는 왜 건들지 말라고 한 거냐. 혹시 네 형이랑 같은 여자를 좋아하기라도 하는 거냐?"

"아뇨."

"그럼 네 엄마 생각이라도 한 거냐?"

"……"

"네 엄마도 비서였으니까."

아니, 틀리다. 세영이 비서이기 때문에, 비서라서 어머니를 떠올리기 때문이라는 이유는 아니다. 그저.

"상관없는 피해자가 나오게 하고 싶진 않아서요. 당신도, 나도 목적은 박화연이잖아요? 그럼 박화연만 건드려요. 애먼 사람은 그만두고."

"모질지 못한 놈."

"다 도착했습니다."

어느덧 상원의 집 앞이었다. 동네를 몇 바퀴 빙글빙글 도는 중에 조금 술이 깨었던 상원은 차에서 내렸다. 그리고 뭔가 할 말이 있는 듯 도현을 보며 입술을 달싹이다 급하게 차 문을 닫고 뒤돌았다.

도현은 그가 행여 넘어지는 건 아닌지 걱정스러운 표정으로 그의 뒷모습을 보다가 깨달았다. 걸음이 하나도 뒤틀리지 않았고, 비틀거리지도 않는 그는 애초에 술에 잔뜩 취한 상태가 아니었다는 것을 알았다.

* * *

뺨이 얼얼하다. 고개가 돌아간 채 아내를 바로 바라보지 못했던 상원은 자신의 귀로 박혀 드는 원망 어린 목소리를 들었다.

"네가 사람이야? 바람? 비서랑 바람을 피워? 걔가 그렇게 좋았니? 매번 일할 때마다 보면서도 또 보고 싶어서 침대에서도 봤니?"

몸도 마음도 만신창이였다. 당한 건 난데, 왜 내가 가해자가 되어 있는 걸까? 평범하지 않은 여자를 사랑한 말로가 이런 거였다면 시작도 하지 않았을 것이다.

"그런 거 아니야. 화연아, 나 못 믿어?"

"어, 못 믿어. 나쁜 새끼. 내가 회사 일에 치여서 사는 동안 당신은 바람 피울 궁리만 했어?"

"왜 날 못 믿어? 왜 다른 사람들이 하는 말만 듣고 내 말은 안 들어 주는 건데?"

그를 서운하게 한 건 자신의 뺨을 얼얼하게 때린 아내의 손이 아니었다. 실제 무슨 일이 벌어졌는지는 알아볼 생각도 하지 않고 사람들이 입에서 입으로 전한 뜬소문만 믿는 아내의 태도였다.

"화연아, 내가 사랑하는 건 너야. 내가 왜 다 버리고 너랑 결혼했는데. 나 다 버렸어. 내 자유, 내 시간, 내 마음 전부 다 너한테 쏟았잖아. 왜 내 말을 안 믿어주고 다른 사람들이 하는 이야기만 믿는 건데? 화연아, 내가 당한 거야. 내가 당했다니까!"

아내는 믿을 생각이 없다는 듯 휙 뒤돌았다.

"당신이 당했다고? 내가 그걸 믿으면 다른 사람들도 다 그걸 믿어? 그럼 생각해볼게. 다른 사람들 인식까지 똑같이 바뀌는지."

그는 다시 상기했다. '아, 내가 결혼한 여자는 평범한 사람이 아니다. 주변의 평판을 신경 써야 하고, 무엇을 입었는지조차도 기사가 되는 그런 여자다.'

"그때 이혼하자는 거 그냥 해줄걸."

아랫입술이 덜덜 떨렸다. 이런 결혼생활을 바란 게 아니었다. 남자 신데렐라가 되면서 자유를 빼앗기고, 사람들의 입에 사실이 아닌 일로 오르내리게 되더라도 곁에 그녀만 있으면 모두 견뎌낼 수 있다고 생각하고 한 결혼이었다. 하지만 실제의 결혼생활은 절대 평화롭지 않았다. 살얼음판을 걷는 듯 위태로웠다.

"아버지께 말씀드릴 거야. 당신은 이제 이 집에서 한 발자국도 나가지 마. 경영에서 손 떼. 다 내가 할 거야. 내가 어떻게 지킨 자리인지 알아? 형제자매들 다 쳐내고 마녀라는 소리까지 들어가면서 지킨 자리야. 당신 때문에 여기서 내려가는 일은 없어."

상원은 이미 자신이 화연에게는 안중에도 없다는 사실을 깨달았다. 그녀에게는 아들과 남편보다도 사업이 먼저이고, 남편이 입은 상처보다도 자신의 자리가 걱정이다. 그는 어떻게든 묶으려고 애썼던 관계가 사실 오래전부터 아무것도 아니었다는 사실을 느껴야 했다. 그런 그를 향해 화연은 한 글자씩 또박또박 말했다.

"제발 아무것도 하지 마."

"······."

"이 집에서 죽은 듯이 살아. 그게 당신이 할 일이야. 제발 수현이 한테 부끄러운 짓 하지 마."

아픈 말은 여린 가슴속으로 파고들었고, 그를 악마로 만들어 버렸다.

'난 제발 당신이 외톨이가 되어서 후회하길 바라. 다 빼앗아 갈 거야. 수현이도 당신한테 질려서 떨어질 거고, 당신한텐 그 잘난 회사밖에 남지 않겠지.'

집으로 들어가 침대에 뻗어버린 그는 울리는 휴대폰을 확인했다. '윤 전무'라는 이름을 본 그는 전화를 침대 멀리 던져버리고 그대로 눈을 감았다. 지금은 아무것도 하지 않고 취한 기운을 빌려 잠을 자고 싶었다.

* * *

사흘이라는 시간은 정말 속절없이 흘렀다. 결국 징계위원회가 열리는 날이 다가오고 말았다. 관계 임원이라는 이유로 징계위원회에 참석한 수현은 아까부터 분주하게 회의장을 들락날락하는 윤 전무를 의심스럽게 쳐다보았다.

마침 얼마 전 인사팀으로부터 윤 전무에 대한 자료를 받았다. 이전부터도 뒤가 구린 인간이라는 생각은 했지만, 이렇게까지 뒤가 구릴 줄은 몰랐다.

어느덧 징계위원회가 열리는 시간이 다 되었다. 수현은 긴장한 표정으로 그동안 세영을 변호하기 위해 모았던 자료들을 훑어보았다. 상원, 그 인간에게는 처음으로 머리까지 숙여 부탁했지만, 그가 세영을 위해 이 자리에 나와 주리라는 생각도 없었다. 믿을 건 자료뿐이었다.

관련자로서 참석한 서휘는 단상이 앞이 제대로 보이지도 않은 가장 끝자리에 앉아 걱정스러운 표정으로 주변을 살폈다. 어째서인지 오늘 도현이 보이질 않았다. 며칠 전, 자신의 수현의 이복동생이라는 밝히며 수현의 앞에 설 수 없다는 말을 한 이후 서휘는 도현에게 지나칠 정도로 신경을 쓰고 있었다.

'어딜 간 거야. 여기엔 있을 줄 알았는데.'

그러는 사이 징계위원회가 개최되었다.

"지금부터 리리컬 그룹 향수 브랜드 자료 유출 건으로 전무이사 비서실 박세영 씨에 대한 징계위원회가 열리겠습니다."

사회자의 말에 웅성거리던 사람들의 시선이 앞으로 향했다. 하지만 징계를 받아야 할 대상은 아직 나타나지도 않았다. 사람들은 다시 웅성거리기 시작했다. 수현은 불안한 눈초리로 자리와 문을 번갈아 보았다.

"박세영 씨는 아직 안 왔습니까?"

징계위원들이 차가운 눈으로 좌중을 살폈다. 징계위원회도 약속한 시간보다 30분 늦게 개최되었음에도 오지 않았다는 건 자신을 방어할 수단을 걷어차는 것이나 마찬가지였다. 그들은 서로를 보고는 고개를 끄덕였다. 징계위원장이 천천히 입술을 뗐다.

"사전 고지한 대로 징계위원회 불참석 시에는 내사 규정에 따라 자기 변론을 포기하고 징계를 받는 상태라고 보고 있습니다. 박세영 씨는 징계위원회에 불참했으니 규정대로……."

"잠깐만요!"

이사석에 앉아 있던 수현이 급하게 일어섰다.

"아, 임 이사님? 말씀하십시오."

"사정이 있을 겁니다. 시간 약속 안 지키는 사람이 아니에요."

"……하지만 이사님, 마냥 기다릴 수는 없습니다."

"좋아요. 그럼 내가 찾아오죠. 그때까지 동결하는 겁니다."

수현은 대답도 듣지 않고 급하게 회의장을 나갔다. 전화를 꺼내 들고 세영에게 바로 전화를 하려던 그는 그녀의 번호를 넘기고 도현에게 전화를 걸었다. 그가 받을 때까지 기다리는 동안 회의실이 있던 지하에서 계단을 밟아 1층으로 올랐다.

─예, 본부장님.

"박세영 씨가 징계위원회에 안 나왔어요. 이대로 두면 박세영 씨는 최소한 자기방어도 하지 못하고 그냥 징계를 받게 될 겁니다."

─……무슨 말씀이신지 알겠습니다. 제가 찾아오겠습니다.

그때였다. 1층으로 올라온 수현은 쿠르릉 쾅쾅 울리는 소리를 들었다. 회사 로비에서 바라보는 창밖은 어두컴컴했다. 아까까지만 해도 맑았던 하늘은 우중충했고, 주륵 주륵 비가 쏟아져 내렸다. 게다가.

"천둥……."

─본부장님, 제가 박 비서님 모셔오겠습니다. 어떻게든 징계위원회 끝나지 않게 시간 좀 끌어주십시오!

그 순간 두 남자는 같은 생각을 했다. 세영은 천둥 때문에 나오지 못했을 거라고 직감했다.

* * *

어차피 출근하더라도 바로 사직서를 낼 생각이라 징계위원회가 열리는 시간에 맞춰 회사에 나갈 생각이었다. 근데 그때 시작되어 버린 것이다. 그날의 악몽.

"흐흑! 흐흐흑!"

옷장으로 들어가 벌벌 떨면서 두 귀를 두 손으로 막았다. 그러나 천지를 흔드는 소리는 멈추지 않았다. 좀처럼 없는 겨울 폭풍이었다. 바들바들 떨며 비는 그치지 않더라도 천둥만큼은 멈추기를 간절히 기도했다.

'이제 욕심 안 부려요. 돌아가려고 했어요. 제발 멈춰주세요.'

다신 보지 못할 17년 전 사라진 얼굴들이 눈앞을 스쳐 지나갔다. 사고가 났고, 가족들이 죽었다. 매번 간식을 누가 더 많이 먹니, 장난감을 누가 더 많이 가지고 노니 싸웠던 오빠도 죽었다. 자신이 그날 서울에 일만 있던 게 아니었더라면 그런 일은 없었다.

'미안해, 엄마.'

세영이는 엄마 보물이야.

'미안해, 아빠.'

우리 딸 잘하던데?

'미안해, 오빠.'

야, 컴퓨터 오늘 네가 해. 피아노 잘 치더라.

이젠 악몽 같은 예전의 행복했던 추억들이 뇌리를 스치고 지나 갔다. 만일 가족들이 살아있었다면, 이라는 몹쓸 상상도 들었다. 가족이 하하 호호 웃고 떠드는 소리가 귓속을 충만하게 만들었 다. 아무것도 들어가지 않았을 텐데 귀가 터질 듯이 아팠다. 세영 이 할 수 있는 건 이 순간이 끝나기를 기다리는 것뿐이었다.

'왜 나만 살았을까? 그때 같이 죽을걸.'

'살아있어 줘서 고마워.'

눈을 질끈 감고 떨던 그녀는 머릿속에서 울린 남자 목소리에 눈 을 떴다.

'그때 죽었어야 했다는 말은 하지 마. 세상에 죽었어야 하는 사 람은 없어.'

보고 싶다. 자신에게 처음으로 살아주어 고맙다고 말해준 사람. 그가 보고 싶었다.

"수현 씨……수현…씨."

미안해요. 아프게 만들어서.

더는 그를 부를 처지가 아니었던 그녀는 다시 눈을 감고 떨었다. 너무 심하게 떤 탓에 금세 지치고 말았다. 정신을 잃을 정도로 현 기증이 돌았다.

'엄마 아빠, 나 그냥 데려가면 안 돼? 나 너무 외로웠단 말이야. 그러니까 그냥 가면 안 돼?'

옷장 안으로 그녀의 구슬픈 울음소리가 울렸다.

***

오늘 그녀는 출근하지 않았다고 했다. 그럼 있을 곳은 단 한 곳. 도현은 세영이 사는 낡은 연립주택 앞에 차를 세우고 급하게 건물 안으로 뛰어 들어갔다. 그의 머릿속으로는 세영이 자신에게 진솔하게 털어놓았던 이야기들이 떠다녔다. 가족들이 모두 죽었고, 가족들이 죽던 날 천둥이 치는 바람에 천둥 공포증까지 생겼다던 말. 혼자 외롭게 컸을 그녀와 자신이 비슷하게 보였기 때문일까? 그는 부디 아무 일 없이 그녀가 무사히 집에 있기를 기도했다.

"박세영 씨?"

그는 세영의 집 앞에 도착하자마자 문을 쾅쾅 두드리며 선배님이라는 호칭이 아닌 이름을 불렀다. 그러나 문 안은 수상쩍을 정도로 조용했다.

"세영 씨? 나예요. 집에 있어요?"

다급하게 다시 문을 두드리다 문고리를 돌렸다. 문은 의외로 쉽게 열렸다. 잠금이 되어 있지 않은 상태였다.

"박세영 씨?"

신발을 벗고 집 안으로 들어섰다. 마치 이사를 나가기 전처럼 어질러진 집안의 풍경에 당황도 잠시 그는 어디선가 구슬프게 들려오는 울음소리를 들었다. 도현인 소리가 나는 방향으로 조심스럽게 걸어갔다. 그의 걸음이 멈춘 곳은 옷장 앞이었다.

"세영 씨?"

그는 조심스럽게 옷장 문을 열었다.

"흐흑! 흑!"

외출하려다 들어온 것인지 외출준비를 끝낸 상태로 옷장에 틀어박혀 바들바들 떠는 세영이 보였다. 한 번도 어떤 공포증에 사로잡혀 덜덜 떠는 사람을 본 적이 없던 그는 당황한 채 세영에게로 조심스럽게 손을 뻗었다.

"세영 씨?"

"⋯⋯."

두 귀를 막고 떨며 천둥이 멎기를 기다리던 그녀의 귓가로 익숙한 목소리가 들렸다. 천천히 고개를 들었다. 걱정스러운 표정의 남자가 보였다. 눈물 때문에 잘 보이지는 않지만, 그녀는 자기도 모르게 입술을 움직였다.

"수현 씨?"

"⋯⋯괜찮아요?"

그녀가 자신을 수현이라고 칭하긴 했지만, 별로 상관은 없었다. 그도, 자신도 그 남자를 닮았으니 얼핏 보고 착각하는 건 당연할지도 모르니까. 그녀의 떨림이 잦아들었다. 그제야 도현은 바깥에서 시끄럽게 울리던 천둥이 멎었음을 깨달았다.

"괜찮아요?"

세영이 손으로 대충 눈물을 훔쳐내고 앞을 보았다. 그녀는 눈앞에 있는 남자가 수현이 아니라는 사실을 깨달았다.

"차⋯비서님?"

"괜찮으세요, 선배?"

"⋯⋯네."

"잠깐만요."

도현은 주방으로 보이는 곳으로 가 냉장고에서 물을 꺼내 한 잔 따라왔다. 땀도, 눈물도 많이 흘려서 목이 마를 것 같다는 생각에서였다. 세영은 그에게서 물 잔을 받자마자 입안으로 기울였다. 너무 무서워서 벌벌 떠느라 목이 마르다는 사실도 잠시 잊고 있었다.

"고마워요, 차 비서님."

"움직일 수 있겠어요?"

"네."

도현은 겁에 질린 듯 딱딱하게 굳은 그녀를 보고 조심스럽게 양쪽 입가를 올려 웃었다.

"이리 오세요. 제가 모셔드릴게요."

* * *

"임 이사님, 이렇게 고집을 부리신다고 해결될 게 아닙니다. 벌써 한 시간이나 지났습니다. 차라리 다음에 한 번 더 소집 공고를 내리는 게."

"아뇨."

수현은 징계위원장의 말을 잘랐다. 그는 시간을 끌기 위해선 후에 쓰려고 모아두었던 자료를 풀어야 함을 깨달았다. 책상 위에 놓여 있던 자료들을 든 그는 진지한 표정으로 징계위원들과 참관하기 위해 이 자리에 모인 모든 사람을 둘러보았다. 지금은 도현을 믿고 기다리는 수밖에 없었다.

"마침 이렇게 다 모였으니 잘됐습니다."

무언가를 하려는 것처럼 보이는 그에게로 사람들의 시선이 쏟아졌다. 한꺼번에 자신에게 향한 눈동자들을 둘러보던 수현은 많은 사람 앞에서 프레젠테이션할 때처럼 생각하기로 했다. 별다를 건 없다. 이것도 발표이고, 사람들 앞에 선 것은 마찬가지니까. 다만, 누군가를 고발한다는 내용이 다르지만.

"얼마 전, 윤태용 전무이사에 대한 인사자료를 받았습니다. 감사 자료도 함께요."

임원석에 앉아 얌전히 징계위원회가 끝날 때까지 기다리던 윤전무는 자신의 이름이 거론되자 당혹이 인 표정으로 수현을 보았다.

"여기에서 윤태용 전무이사에게 성적인 희롱, 인격 모독당하신 분 계시리라 봅니다."

"임 이사님! 이게 무슨 짓입니까?"

징계위원장이 급하게 수현을 불렀지만, 수현은 오히려 못 들은 척 그에게는 시선조차 주지 않은 채 손짓으로 제지했다.

"한 번 손 들어보시겠어요?"

그러나 아무도 손을 들지 않았다. 당연했다. 이렇게 공개적인 장소에서 '내가 당했다'라고 손을 들 용기 있는 사람은 아무도 없을 것이다. 어차피 예상하던 일이었다. 수현은 당황하지 않고 말을 이었다.

"자료에 보니까 그동안 특별한 일들이 참 많던데, 하나하나 읊

어드리죠."

그는 종이 한 장을 넘기고 윤 전무를 바라본 채 입을 열었다.

"자네 어머니는 자네를 낳고 미역국을 드셨나? 힘들게 낳았는데 아들이 이렇게 모질이라 어쩌나?"

윤 전무의 얼굴은 당황으로 물들었다.

"도, 도련님! 왜 여기에서!"

"여기가 회사지 업소야? 달라붙게 입고 다니지 마. 가슴이 크다고 자랑하는 것도 아니고. 그렇게 입고 뛰면 가슴이 달랑달랑 움직이잖아. 남자 사원들 꼬실 일 있어?"

처음엔 이 사태를 막으려고 했던 징계위원장도 생각보다 수위가 센 이야기에 잠자코 수현을 바라보았다.

"'아니, 허리가 왜 아파? 밤일이라도 다녀?', '1분 지각했네. 회사 직원들이 업소 여자들처럼 입고 다녀서 꼴리는 바람에 화장실 가서 한 번 빼고 오느라 늦었나? 이해하네. 나도 꼴릴 때가 있거든.', '자네가 남자야? 서긴 서나?', '높은 분들한테 가랑이 한 번 벌리면 떨어지는 게 얼만데 고작 그런 이야기 듣고 울고 있나? 치마도 짧게 입고 왔는데 속옷 한 번 보여주지 그랬어?'"

수현의 입에서 흘러나오는 질 나쁜 말에 징계위원회를 참관하러 왔던 직원들은 서로 수군거리기 시작했다. 수현은 그런 그들을 향해 다시 한번 입을 열었다.

"놀랍죠? 생각보다 한두 사람이 아니라. 익명으로 해야 온당하겠지만, 일이 이렇게 된 거 미안합니다. 하지만 제 이름을 걸고 말씀드리죠. 여기에서 용기 있게 말씀하시는 분은 무슨 일이 있어도 제가 지켜드립니다."

수현은 선서하듯 손을 들어 올렸다.

"저 질 나쁜 인간에게 한 번이라도 언어폭력을 당하신 분들은 손을 들어주십시오. 제가 알기론 한두 사람이 아닙니다."

그래도 여전히 사람들은 손을 들지 않았다.

"도련님, 이게 무슨 짓입니까?"

윤 전무가 급하게 수현에게서 자료를 빼앗았다. 그러나 이미 벌어진 일이었고, 수현은 오히려 아주 평온한 표정으로 그를 보았다.

"이번 징계위원회가 끝나면 소집 요청할 생각이었는데 일이 이렇게 되네요."

윤 전무는 빼곡하게 적힌 자료를 보고 인상을 구겼다. 단번에 구할 수 있는 자료의 양이 아니었다. 차곡차곡 모아왔다는 느낌이 강했다. 그는 왜 수현이 같은 배를 탄 것이나 다름이 없는 자신을 이렇게 몰아세우는지 생각하다 세영이 떠올랐다.

"이사님, 이러시면 곤란합니다. 제가 박세영 씨를 업무상의 일로 야단을 쳤다고 거기에 앙심을 품으시다니요. 박세영 씨가 어떤 사람입니까. 괜한 소문 때문에 이사님 엿 먹이게 하려던 사람 아닙니까. 설마 정말 사귀던 사이라도 되셨습니까?"

징계위원회는 생각보다 흥미진진해졌다. 서로 윤 전무에게 당했던 언어폭력에 대해 말하던 사람들은 얼마 전까지만 해도 회사에 흉흉하게 돌던 두 사람의 소문을 떠올렸다.

수현은 실소를 터뜨렸다.

"이런 식으로 나오시겠다?"

윤 전무는 왠지 사악해 보이는 그의 미소에서 박 회장의 얼굴을 본 듯했다. 혹시 잘못 건드린 걸까?

"맞아요. 나 박세영 씨 사랑합니다. 우리 연인이었습니다. 당신이 박세영 씨를 야단치는 장면을 하필이면 내가 목도하는 바람에 앙심을 품은 것도 맞습니다. 박세영 씨는 나한테서 마음을 접으려고 했지만, 난 아니었거든요."

윤 전무는 의외로 술술 부는 수현의 태도에 불안을 느꼈다. 순순히 세영과의 관계를 인정하는 그의 모습에 앉아 있던 사람들은 또 웅성거렸다.

"하지만 놔줬어요. 나랑 사귄다는 소문에 힘들어했거든요. '죽어도 신데렐라는 되기 싫다. 왕자는 필요 없다.' 그래서 놔줬습니다. 깔끔하게 내가 차였어요."

수현은 서늘하게 웃는 얼굴로 좌중을 보며 말을 이었다.

"여기에서도 사실이 아닌 소문을 떠들고 다니신 분들 계시겠죠. 그래서 놔줬습니다. 난 견딜 수 있지만, 박세영 씨 같은 일반인은 견디기 힘들 테니까요. 이 이야기가 듣고 싶었습니까, 윤 전무님?"

설마 인정할 줄이야. 윤 전무는 당황한 듯 수현을 노려보았다. 그러거나 말거나 수현은 지금 벌어진 일을 수습할 생각이었다.

"여기서 내게 협조만 잘해준다면, 날 박세영 씨한테 차이게 만든 소문에 대해서는 묻지 않겠습니다. 자, 일거양득입니다. 저 파렴치한 인간을 회사에서 몰아낼 수 있고, 당신들이 진실인 양 퍼뜨렸던 거짓말들도 다 눈감아주겠습니다. 마지막으로 묻죠. 윤태용 전무에게 언어폭력을 당한 적 있다. 손들어 주십시오."

여전히 사람들은 손을 들지 않았다. 하지만 수현은 서두르지 않았다. 이렇게 많은 사람 중에도 분명히 불만을 품은 이가 있을 것이기 때문이다. 그때 구석에 있던 신입사원 하나가 손을 들었다. 모두의 눈이 그에게로 향했다. 그를 기점으로 나머지 사람들도 하나둘 손을 들기 시작했다. 단상에 앉아 참관자들을 모두 바라보는 쪽이었던 징계위원장은 파도를 타듯 우수수 들어 올리는 손의 개수에 놀라 입을 다물지 못했다. 굳이 세지 않아도 과반수가 훨씬 넘었다. 오히려 손을 들지 않은 사람을 세는 편이 더 빠를 정도였다.

"그렇다네요, 윤 전무님. 평소 행실을 똑바로 했었어야지."

수현은 윤 전무가 빼앗았던 자료를 도로 빼앗고는 징계위원들 앞에 놓았다.

"또 열어야 할 것 같은데요."

갑작스럽게 벌어진 일에 당황하던 그들은 고개를 끄덕였다.

"조만간 정리하는 대로 또 열겠습니다, 이사님. 하지만 그것과는 별개로 이만 징계위원회의 문을 닫아야겠습니다만. 너무 지체되었습니다. 지금까지 나타나지 않은 거면 모든 혐의를 인정하는 게 아니겠습니까?"

어떻게든 시간을 더 벌어야 한다. 그들에게 세영이 천둥 공포증이 있어서 밖으로 나오지 못했다는 감정적인 말은 소용이 없다는 것을 그도 알고 있었다. 어떻게 해야 시간을 더 벌 수 있을까? 그는 잠잠하기만 한 휴대폰이 너무 원망스러웠다.

"자, 잠깐만요. 위원장님. 조금만 더 기다립시다. 조금만 더 있으면……."

그때였다. 꽉 닫혀 있던 문이 벌컥 열렸다. 모두의 눈이 문으로 향했다. 문 앞에는 비에 젖은 도현과 마찬가지로 엉망인 세영이 서 있었다. 세영은 회의장 한가운데에 나와 있던 수현과 눈이 마주쳤다. 오는 도중 도현에게 들었다. 수현이 어떻게든 시간을 버는 중이라고. 그녀는 자신에게로 몰린 시선들을 뒤늦게 느끼고 허리를 숙였다.

"죄송합니다. 사정이 생겨 늦었습니다."

그녀의 모습은 전혀 깔끔하지 않았다. 어느 누가 보더라도 작은 소동에 휘말렸거나 사정이 생겨 늦었다는 것을 대변하고 있었다.

"아, 뭐 오셨으니 됐습니다. 앉으시죠."

위원장의 말에 세영이 자리에 앉자 사회자가 말했다.

"늦긴 했지만, 리리컬 그룹 향수 브랜드 자료 유출 건으로 윤태용 전무이사 비서실 비서 박세영 씨에 대한 징계위원회가 개최되겠습니다."

수현도 도로 자신의 자리로 돌아가 앉았다. 이미 사람들의 관심은 세영이 자료 유출을 했느냐보다 어쩌다가 둘이 헤어지게 되었는지를 향해 있었다. 수현의 말이 사실이라면 그동안 사내에 돌았던 소문은 정말 뜬소문에 불과했기 때문이었다. 그들은 괜히 미안한 마음으로 회의장 가운데에 앉아 있는 세영을 바라보았다.

"박세영 씨는 리리컬 그룹이 출연한 향수 브랜드의 광고, 향수 레시피, 마케팅 정보, 영업 정보들을 모두 외부로 유출한 혐의가 있습니다. 이에 대해 반론하실 것이 있다면 말씀하십시오.”

수현은 자기도 모르게 손안으로 땀이 차는 것을 느꼈다. 사흘이라는 시간이 주어졌지만, 누가 자료를 유출했는지도 모르는 판국에 그녀가 자신을 위한 반론자료를 준비할 수 있을 리가 없다. 수현도 괜히 모으고 모았던 자료들을 들춰보았지만, 그녀에게 도움이 될 만한 건 하나도 없었다.

‘도대체 난 할 줄 아는 게 뭐지?’

일만 열심히 했을 뿐, 세영을 위해 할 수 있는 일이 없었다. 그가 할 수 있었던 건 고작 징계위원회가 닫히지 않도록 버티고 있는 것뿐이었다. 세영은 미안한 표정으로 자신의 눈을 피하는 수현을 보다가 앞을 보았다.

“반론자료가…없습니다.”

구석에 앉아 이 상황을 모두 지켜보고 있던 서휘는 피가 말리는 심정이었다. 분명히 박세영은 아닐 것이다. 증거가 있는 건 아니지만, 그녀가 수현에게 품었던 감정만큼은 진실이라고 믿고 있으니까. 그런 그녀가 수현에게 해가 되는 일을 할 리가 없다.

“그럼 모든 혐의를 인정합니까?”

“아뇨. 반론자료는 없지만, 전 하지 않았습니다.”

“타당한 반론이 없으면 인정되지 않습니다.”

어차피 나갈 회사이긴 했지만, 불명예스럽게 나가고 싶진 않았는데…….

“잠시 한 말씀 드려도 되겠습니까?”

그때였다. 서휘의 시선도 익숙한 목소리를 듣고 그곳으로 따라갔다. 가만히 앉아 있던 도현이 자리에서 일어났다.

"누구십니까?"

징계위원장의 말에 도현이 차분하게 입을 열었다.

"향수화장품사업부 임수현 본부장 비서실 소속 차도현입니다."

"말씀하시죠."

도현은 회의장으로 들어설 때부터 자신과 눈이 마주쳤던 서휘를 보았다. 걱정스러운 표정으로 자신을 바라보는 그녀에겐 너무 미안하지만, 지금부터 조금 충격적인 일이 벌어질 예정이었다.

"'벨 옴므'를 생산한 회사의 대표 임정현과 아는 사이입니다."

"……어떻게 아는 사이입니까?"

그는 자신에게로 몰린 시선들을 느꼈지만, 중요한 건 묘한 표정으로 자신을 바라보는 서휘의 것이었다. 그는 서휘와 눈을 마주친 채 입을 열었다.

"제가 임정현입니다."

* * *

징계위원회는 세영이 도착한 후 약 1시간이 지나서야 끝났다. 모두가 빠져나가고 잔뜩 지친 표정으로 자리에서 일어난 세영은 어디선가 또각또각 울리는 여자 구두 소리에 시선을 돌렸다. 그 소리는 도현 앞에서 멈췄다. 그리고 뒤이어 잠깐의 틈도 없이 날카로운 소리가 울렸다.

세영은 너무 놀라 두 손으로 입을 가렸다.

"……."

서휘는 자신에게 뺨을 맞고 고개가 돌아간 채 가만히 선 도현을 노려보았다.

"곁에서 내가 힘들어하는 거 보면서 얼마나 비웃었을까요?"

"……."

"다신 내 앞에 나타나지 마세요. 소름 끼치니까."

때린 것으로도 화가 풀리지 않은 것인지 그녀는 날카로운 구두 소리를 내며 밖으로 나갔다. 그녀가 나가고 그제야 도현은 그녀의 손이 닿았던 뺨을 손으로 쓸었다. 얼마나 세게 때렸는지 잠깐 사이에 볼이 퉁퉁 붓고 뜨거웠다.

'차도현이 임정현.'

세영은 예전에 그가 했던 말을 떠올렸다. 배다른 형이 하나 있다고. 그럼 그 형은……. 그때 뚜벅뚜벅 남자의 구두 소리가 울렸다. 소리만 듣고도 수현의 것임을 깨달은 세영은 불안한 눈으로 수현을 보았다.

"눈뜨고 코 베이는 게 이런 경우인 모양입니다, 차 비서."

드디어 최초로 두 남자가 상사와 부하직원 사이가 아닌 형제 관계로 마주 본 채 섰다.

"눈치채셨을 줄 알았는데, 제가 너무 잘 속인 모양입니다."

"고마워요."

"……."

당연히 자료를 유출하고도 시치미 뗀 채 세영을 위기에 빠뜨린 책임을 물을 것으로 생각했다. 그러나 수현의 태도는 도현의 예상과는 달랐다.

"덕분에 세영 씨가 오해 풀었어요. 그쪽이 계속 입 다물고 있었으면 이렇게 쉽게 오해 풀지 못했을 겁니다."

"……."

"그럼."

수현도 회의장 밖으로 나갔다. 모두가 나간 공간엔 세영과 도현만 남았다. 도현은 면구한 듯 제대로 세영의 얼굴을 바라보지 못했다.

"미안해요."

"차 비서님…… 혹시요. 혹시 그때 말했던 그 형이 바로 수현 씨예요?"

"……."

도현은 세영의 물음에 답하지 않았다. 그저 살짝 웃고 나갔을 뿐이었다.

* * *

회사 생활 최고 위기가 와버렸다. 윤 전무는 덜덜 떨며 전화기를 귀에 댄 채 입술만 쥐어뜯었다.

─죄송합니다, 윤 전무님. 지금 회장님께서 전화를 받으실 수 없는 상황이라. 제가 나중에 전해드리겠습니다.

"아니, 아니! 잠깐만! 정말, 너~무 너무 급하다고 전해주겠나?"

─그렇게 전했습니다만, 바쁘셔서요. 연락드리도록 하겠습니다.

어떻게 올라온 자리인데. 여기서 무너질 수는 없다. 그 어린 새끼한테 당하게 될 줄이야. 작은 주인이라고 생각했는데 그는 자신을 함께 갈 사람은커녕 사냥개로도 보지 않았다.

똑똑!

노크가 울렸다. 윤 전무는 못마땅한 표정으로 문을 바라보다가 입을 열었다.

"들어와."

문이 열리고 들어선 사람을 마주한 순간 윤 전무는 피가 거꾸로 솟는 것을 느꼈다. 세영이었다. 아까 벌어졌던 사건은 모르는 것인지 그녀의 표정은 아주 평온했다.

"……무슨 일이야?"

"여기."

그녀가 가방에서 사직서를 꺼내 내밀었다. 자신에게 닥친 위기의 원흉이기도 한 여자. 그는 사직서라고 굵게 쓰여 있는 봉투를 보고 이맛살을 구겼다.

"이게 무슨 짓이지?"

"사직서입니다."

"그걸 누가 몰라서 묻나!"

세영은 마침 들어오기 전 선배 비서들에게 들었던 이야기를 떠올렸다. 잘됐다. 대외적으로 그가 한 악행들이 밝혀졌으니 웬만한 철면피 아니고서는 이 회사에서 버틸 수 없을 것이다. 게다가 박 회장님도 자신의 라인에 그를 그대로 살려둘 리가 없었다. 좌천시키거나, 퇴직을 강요하거나 둘 중 하나였다.

"윤 전무님 때문에 나가는 건 아니니까 걱정하지 마세요."

"뭐?"

그는 늘 자신에게 설설 기던 태도가 아닌 세영을 어이없는 표정으로 보았다.

"너!"

"그러니까 애초에 행동을 똑바로 하셨어야죠."

"뭐?"

세영은 드디어 자신이 대학생 때로 돌아온 것 같은 기분을 느꼈다. 할 말, 못 할 말 모조리 했던 그때로. 어쩌면 회사에 다니면서 억압됐던 것일지도 모른다는 생각이 들었다.

"회사에 계속 남고 싶으세요? 징계받고 사과부터 하세요. 그게 싫으면 떠나던지."

"너……너!"

"하실 말씀 없으시면 그냥 입을 다무세요. 계속 같은 말만 반복하지 마시고. 아, 할 줄 아는 말씀이 그냥 남 깎아내리는 것밖에 없어서 그러신가요?"

윤 전무는 뒤통수가 뻐근해지는 것을 느꼈다.

"건강하세요. 그동안 참 더러웠고 다신 만날 일 없었으면 좋겠습니다. 그럼."

그녀는 마지막으로 윤 전무를 향해 웃어주고는 아주 후련한 표정으로 전무이사실을 나왔다.

* * *

징계위원회에서 있었던 일에 관해 모두 들었다. 박 회장은 계속 자신의 휴대폰을 요란하게 만드는 윤 전무의 번호를 보고는 윤 실장에게 내밀었다.

"이 사람 차단해."

"예, 회장님."

"그리고 그동안 모아놨던 자료들 전부 징계위원회에 보내."

"전부…말입니까?"

"이젠 사냥개로도 쓸 수 없는 놈이야. 끊어내야지."

박 회장의 전화를 몇 번 만지며 완전히 윤 전무의 번호를 차단해버린 윤 실장이 도로 그녀에게 전화를 내밀었다.

"그리고 그놈……."

박 회장의 눈에는 잔뜩 배신감이 어렸다.

"차도현, 그놈 당장 내 눈앞에 대령해."

* * *

향수사업부본부장 비서실에는 아무도 없었다. 징계위원회가 끝난 후, 도현은 무단이탈을 했다. 물론 수현은 그가 무단이탈을 했다고 하여 강제로 그를 붙잡을 권리가 없는 사람이었다. 게다가 지금은 마음에 불어버린 심란함 때문에 아무것도 하고 싶지 않았다.

상원의 주변으로 돌고 있던 소문이 하나 있었다. 비서와 바람을 피웠고, 아이까지 낳았다고. 불과 며칠 전 그를 만난 그를 둘러싸고 있던 소문들 중 일부가 잘못되었고, 그 때문에 부부 사이가 멀어졌다는 이야기는 들었지만, 아이를 낳았다는 것까지는 듣지 못한 터라 당황스러웠다. 이전의 소문들과 오늘의 일을 미루어 유추하면 답은 하나였다. 차도현이 자신의 이복동생일지도 모른다는 것이다.

"흐음."

머리가 아프다. 세영의 일 하나만도 벅찬데 여기저기에서 봇물 터지듯 마구 터졌다. 도대체 회사에 뭐 하려고 나왔나 회의감까지 들었다.

지잉!

가만히 의자 등받이에 몸을 기댄 채 앞으로의 일을 어떻게 해야 할지 고민하던 그 사이였다. 책상 위에 놓여 있던 전화가 짧게 진동했다. 혹시 어머니의 호출이라도 온 건가 싶어 급하게 화면을 켰던 그는 못 볼 것이라도 본 사람처럼 잠시 얼어붙었다. 그리고 천천히 화면을 터치했다.

'그동안 감사했습니다, 본부장님. 오늘 일도 감사드립니다. 그냥 가려고 했는데 아무 말도 없이 떠나면 걱정하실 것 같아서 톡 남겨요. 저 사직서 냈어요. 이제 정말 마주칠 일도 없겠네요. 이번 일 때문에 떠나는 건 아니에요. 그동안 너무 앞만 보고 달리느라 주변에 있던 사람들 하나도 챙기지도 못하고 저 자신도 돌아볼 시간이 필요해서 그래요. 아껴주셔서 감사해요. 덕분에 남들보다는 조금 더 편하게 회사 생활 했던 것 같아요. 가끔 소식 찾아볼게요. 그럼 안녕히 계세요.'

수현은 지친 표정으로 폰을 내려놓았다.

'그래도 인사는 해준 거네. 그런데 네가 이렇게 가버리면 나 혼자 서울에서 어떻게 버티라고 이러는 거야, 박세영.'

일이라도 해야겠다 싶어 우울함을 떨치고 책상에 똑바로 앉았다. 책상에 놓여 있던 결재서류들을 살피려고 손을 뻗었던 그때였다. 서류철 아래로 하얗게 빼꼼 나와 있는 두께가 얇은 양장 도서가 보였다. 예전에 병원에서 마주쳤던 그 꼬마 아가씨가 사과의 의미로 준 그 동화책이었다.

* * *

새엄마와 언니들은 마차를 타고 무도회가 열리는 성으로 향했어요. 혼자 남은 신데렐라는 너무나 슬펐답니다. 그런데 그때였어요.

"예쁜 아가씨가 여기서 왜 혼자 울고 있을꼬? 아가씨는 무도회 안 가요?"

어디서 홀연히 마녀 할머니가 나타났어요. 마녀 할머니는 슬프게 울고 있던 신데렐라의 눈물을 닦아주었답니다.

"저는 못 가요."

"왜 못 가나요?"

"저는 예쁜 드레스도 없고, 해야 할 일도 아주 많은걸요."

"그럼 이 할머니가 멋진 드레스를 하나 만들어줄게요. 신데렐라, 같이 외쳐요. 비비디바비디부!"

신데렐라도 마녀 할머니를 따라 외쳤습니다.

"비비디바비디부!"

우와! 너무 놀라운 일이 펼쳐졌어요. 신데렐라가 입고 있던 누더기가 드레스로 변했어요. 그리고 마녀 할머니는 신데렐라가 타고 갈 수 있도록 늙은 호박에 마법을 부려 멋진 마차로 변신시켜 주었답니다.

"할머니, 정말 감사합니다!"

"왕자님도 만나고 재미있게 놀다가 와요. 하지만, 신데렐라. 12시가 되기 전까진 꼭 돌아와야 해요. 12시가 지나면 마법이 모두 풀려버린답니다."

"네, 명심할게요!"

신데렐라는 그 길로 성으로 향했습니다. 신데렐라의 가슴은 두근두근 거렸어요. 왕자님은 얼마나 멋진 분일지, 무도회는 또 얼마나 화려할지 생각했어요.

마차가 성에 도착했어요. 신데렐라가 무도회장 안으로 들어가자 모두의 시선이 향했어요. 너무나 아름다웠거든요. 마음에 드는 상대를 찾지 못하던 왕자님도 신데렐라에게 시선이 갔어요.

'아, 이 여인이다!'

왕자님은 곧바로 신데렐라에게 춤을 신청했습니다. 두 사람은 함께 춤을 추고 이야기도 하며 꿈같은 시간을 보냈어요. 왕자님은 곧바로 신데렐라에게 한쪽 무릎을 꿇으며 말했습니다.

"이름도, 사는 곳도 모르지만 내가 기다린 여자는 당신이에요. 나와 결혼해주세요."

바로 그때였어요. 댕! 댕! 댕! 어디선가 시계 종이 울리기 시작했어요. 자정이 되기 전까지 돌아와야 한다고 했던 마녀 할머니의 말이 생각났던 신데렐라는 왕자님의 청혼도 제대로 대답하지 못하고 도망쳤습니다.

"잠깐만요! 이름이라도 알려줘요!"

알려주고 싶었지만, 드레스가 점점 누더기로 변하는 것을 보았던 신데렐라는 멈추지 않고 달렸습니다. 그때 신고 있던 유리구두가 벗겨졌어요. 왕자님은 유리구두 한 짝만 남기고 멀어지는 신데렐라의 호박 마차를 보며 우두커니 섰습니다.

다음 날부터 나라 곳곳에는 유리구두의 주인을 찾는 방이 붙었어요. 왕자님은 유리구두의 주인이 너무나 그리웠습니다.

폐하의 심부름으로 유리구두의 주인을 찾던 대신이 마침내 신데렐라의 집에도 찾아왔어요. 신데렐라의 새언니들은 서로가 유리구두의 주인이라며 싸웠어요. 하지만, 언니들에 발에 유리구두는 너무 작아서 들어가지도 않았어요. 그때 신데렐라가 나섰어요.

"저도 신어봐도 괜찮을까요?"

신데렐라의 말에 두 언니는 신데렐라를 업신여기며 말했습니다.

"어머, 신데렐라. 넌 무도회도 가지 않았잖니?"

"너 같이 누더기나 걸치는 아이가 왕자님의 짝이 될 수 있다고 생각하니?"

그러나 신데렐라는 두 언니의 말에도 아랑곳하지 않고 유리구두에 발을 넣었습니다. 그때였어요. 갑자기 반짝반짝 빛이 나더니 신데렐라의 누더기 옷이 드레스로 변했습니다.

"오, 아가씨가 이 유리구두의 주인이었군요."

신데렐라는 다시 왕자님과 만났습니다. 두 사람은 오래오래 행복하게 잘 살았답니다.

* * *

가만히 동화책의 끝을 읽던 수현은 결재서류에 사인하려고 쥐고 있던 만년필의 뚜껑을 열었다. 그리고 동화의 끝에 사각사각 소리를 내며 적어 내려갔다.

'그러나 신데렐라는 왕자님과 결혼하면서 생긴 관심이 너무 무서웠습니다. 그래서 유리구두도, 왕자님과 결혼하면서 생긴 왕관도 모두 버리고 성을 나가버렸습니다.'

현실은 동화와 다르다. 동화는 '행복하게 오래오래 잘 살았습니다.'라고 끝을 맺어버리면 끝이지만, 현실은 그 후의 이야기도 중요했다. 그는 동화를 자기 식대로 끝맺으면서 생각했다. 사실 동화 속 신데렐라도 행복하지 않았던 건 아니었을까? 왕자는 자라면 왕이 되고, 왕자와 결혼한 신데렐라는 자연스럽게 왕비님이 된다. 그럼 함께 써야 하는 왕관의 무게가 같다는 말이 된다.

왕자는 어렸을 때부터 쓰고 있던 왕관이니 상관없을지라도, 신데렐라는 다를 것이다. 재투성이로 온갖 허드렛일을 하던 그녀가 아무리 귀족출신이라고 하더라도 갑자기 왕비님이 될 수 있을까?

'아무나 신데렐라 되는 줄 아니? 독한 사람만 신데렐라 되는 거야. 네 아버지처럼.'

아니, 임상원은 독하지 않았다. 독한 사람이 아니다. 공주의 곁에 있고 싶어서 독한 척 버텼을 뿐, 그도 평범한 사람이었다. 그래도 공주의 돈과 권력을 보고 좋아한 것이 아니라 그녀 자체를 사랑했으니까 버텼던 것이다. 물론 지금 와서는 가정을 붕괴시킨 주범이라는 것에 대해서는 변명의 여지도 없다. 다만, 수현은 새롭게 알게 된 상원의 상황에 대해 조금은 측은한 마음을 가졌다. 이제는 그가 왜 정체도 모를 사람에게 자신을 그렇게 떠들었는지 알 것 같다.

'수현이? 그래도 내가 화연이 남편이라는 증거? 박화연에게 붙어 있을 수 있는 수단. 박태준의 손자, 박화연의 아들. 내가 모셔야 하는 작은 주인. 수현인 나한테 아들이 아니야.'

이젠 이해한다. 그에게 자신은 그냥 아들이 아니라, 공주가 맡긴 공주의 아이였을 것이다. 그럼 그가 바랐던 가정은 어떤 풍경이었을까? 자신이 바라는 것과 별다를 것 없을지도 모른다는 생각이 들었다. 그냥 같이 모여서 밥 먹는 것. 회사 이야기가 아니라 학교 이야기를 하고, 그날 저녁 반찬은 어떤지 평을 내리는 이야기가 오가는 밥상 앞에 앉는 것. 왕관을 가진 자는 절대 할 수 없는 것.

왕관을 가진 자는 왜 절대 하지 못하지? 왕관을 가진 사람은 행복하면 안 돼?

"아, 그러면 되는 건데. 왜 그 생각을 못 했지?"

그는 기쁜 마음으로 만년필 뚜껑을 도로 열어 동화책 끝에 이야기를 남겼다. 그는 성을 나간 신데렐라와 왕자가 행복해질 수 있는 결말을 찾은 것 같았다.

* * *

"부르셨습니까?"

도현은 자신을 찾는다는 화연의 부름에 금세 달려왔다. 그가 오기 전까지만 하더라도 머리끝까지 치밀었던 화는 언제 그랬냐는 듯 쑥 꺼져 버렸다. 도현의 한쪽 뺨은 빨갛게 부어올라 있었다. 그녀는 속상한 듯이 중얼거렸다.

"수현이가 때렸니?'

"아뇨."

"그럼 뺨이 왜 그래?"

"……넘어졌어요."

잘도 넘어졌겠다.

화연은 자리에서 일어나 손수건으로 차가운 물을 적셔 도현의 뺨에 댔다. 조금이라도 부기가 빠지길 바랐다.

"넌 도대체 어떻게 넘어졌는데 뺨이 붓니?"

"그러게요."

도현은 자신의 뺨에 닿은 박 회장의 손수건의 촉감을 느끼며 묘한 기분에 휩싸였다. 자신을 너무 미워해서 씹어 먹어도 시원치 않을 사이인데 화연의 행동은 아니었다.

"회장님."

"……말하지 마."

"아뇨, 말해야겠어요."

화연은 시선을 돌렸다. 왜 자꾸 겹쳐 보이는 걸까? 아들이 어렸

310

을 때의 모습과 왜 똑같아 보이는 걸까?

"나 회장님 별로 안 좋아했어요."

"알아."

"회장님 미워했다고요. 우리 엄마가 죽은 게 회장님 때문인 것 같아서."

"알아."

"그래서 묻는 거예요."

화연은 미지근해진 손수건을 쥐고 회장실 구석에 있던 작은 세면대에서 손수건에 다시 차가운 물을 묻혔다.

"헷갈려서 그래요. 날 미워하는 건가요, 아니면 불쌍하게 여기는 건가요?"

"알아서 뭐 하게."

"회장님이 좋아져서 묻는 거예요!"

"……."

화연은 손수건을 쥔 채 얼어붙었다. 미동도 없는 그녀의 뒷모습을 보며 도현은 그동안 참았던 말을 뱉었다. 꼴사납게 눈물이 나왔다.

"생일상 받아본 것도 처음이었고, 사고가 났을 때도 나한테도 한달음에 달려올 사람이 있다는 사실 때문에 나 사실 조금 행복했거든요. 아버지라면서 갑자기 나타난 그 작자랑 일을 꾸미면서도 그냥 다 잊어버리고 이대로 차 비서라고 불리면서 사는 것도 괜찮겠다고 생각했어요. 행복했거든요."

"……."

"회장님이 엄마 같아서……. 내가 미울 텐데 왜 잘해주는 건지 그게 너무 궁금해요. 그러니까 답해주세요."

"싫어."

화연은 단 답으로 대답하고 그에게서 등 돌렸다. 도현의 물음은 그녀에게도 오랫동안 물음표로 남았던 일이었다.

낳은 아들은 수현이가 전부다. 수현이에게만 신경을 쏟아도 모자랄 판에 그녀의 눈에 들어온 아이는 도현이었다. 원치 않게 태어나서 불쌍했기 때문일까?

"그만 나가렴."

"……."

"대신 너도 징계받을 각오는 하고 있어야 할 거야."

해고가 아니라 징계로 끝내시겠다는 건가? 도현은 화연의 뒷모습에 대고 허리를 숙였다 폈다.

* * *

징계위원회가 열린 후, 며칠이 지났다. KTX를 타고 부산으로 내려가던 그녀는 오래 걸리는 것도 아닌데 왜 그동안 서울에 살면서 부산에 수시로 내려갈 생각을 못 했는지 후회스러웠다. 못난 조카 키운다고 고생한 이모인데 전화도 없었으니 얼마나 걱정을 하셨을까.

고등학교를 졸업하고 대학교에 진학하면서 쭉 서울에서 살았던 그녀는 명절 때만 부산에 내려 갔다 오고 서울에서만 생활했다.

그래서 그런지 고향인 부산역에 내리자마자 완전히 내려왔다는 생각 때문인지 공기가 다르게 느껴졌다. 그녀는 눈을 감고 함빡 고향의 공기를 들이마셨다.

"그래, 여기야. 여기. 이 냄새!"

모든 것을 홀가분하게 정리하고 내려오니 이렇게 기분이 좋을 수가 없다. 진작 이렇게 할 것을. 괜히 이모 가족들에게 부담을 주기 싫다는 이유로 서울에 꼭꼭 붙어 있다가 서울 사람들에게 호되게 당하고 내려오게 되다니. 그녀는 캐리어를 질질 끌고 택시 승강장으로 내려갔다.

"기사님, 자갈치 시장이요."

그녀는 반가운 가족들이 기다리고 있을 그곳으로 향했다.

* * *

수현은 작정하고 텅 비어버린 집 안으로 들어갔다. 깔끔하게 치워져 있었다. 함께 도란도란 이야기를 나누던 탁자도 없어졌고, 함께 사랑을 나누던 침대도 없어졌다. 그는 새삼 왕관의 무게를 운운하며 결국 남는 사람은 자신뿐일 거라던 어머니의 말을 떠올렸다.

'맞네요, 엄마. 나 혼자 남았네요. 세영이는 없고.'

주머니에 손을 푹 찔러 넣은 채 집안을 둘러보던 그는 구석에 버려지지 않고 놓여 있던 소파에 털썩 앉았다. 정작 사람은 없는데 여기저기에 서려 있는 추억이 눈에 보이는 것 같았다. 1일이라고 선언했던 말, 당황한 그녀를 지켜보며 즐거워했던 자신의 모습, 괜히 툴툴거리며 빨개진 얼굴로 뒤돌던 그녀의 모습이 보이는 것 같았다.

"어떻게? 계약하실 거예요?"

그는 혼자 이곳에 있던 것이 아니었음을 깨닫고 자리에서 일어났다.

"다음에 다시 보러 올게요. 방은 깔끔하고 좋네요."

"예전에 쓰던 아가씨가 한 몇 년 살았는데 깨끗하게 살아서 그래요."

"그래요? 아무튼 방 잘 봤습니다."

그는 정중하게 집주인을 향해 인사하고 계단을 내려왔다. 무슨 부귀를 보자고 여길 왔을까? 어쩌면 그녀가 떠났다는 사실을 인정하고 싶지 않았을지도 모른다. 그래서 그녀가 여전히 이 집에 살고 있을 거라고 혼자 자위하며 찾아온 것이다. 하지만 쌓인 건 지독한 그리움뿐이었다.

연립주택 공동현관을 나오자마자 그는 흩뿌리기 시작하는 눈을 느꼈다. 올해로 치면 벌써 두 번째 눈이다. 그러나 가만히 하늘에서 내리는 눈을 구경만 하고 있을 순 없었다. 그의 눈에 보고 싶지 않은 사람이 보였기 때문이었다.

"여기 계실 줄 알았습니다. 회장님 호출입니다."

도현이었다. 그는 며칠 전의 그 소동이 없는 일인 양 다시 자신의 비서가 되어 일하고 있었다. 수현은 주머니에 손을 넣은 채로 못마땅한 듯이 입을 열었다.

"아직도 존대야?"

"……."

"임정현 씨."

"그럼 말을 놓습니까?"

"그쪽이랑 나랑 나이 차이 한 살 밖에 안 나. 원래 학생이 아니라 성인이 되어서 또래로 만나면 맞먹는 거라며?"

수현의 말은 다분히 공격적이었다.

"누가 그럽니까?"

"몰라."

"……."

"어쨌든 하나만 묻자. 댁이 임상원의 아들이라는 게 밝혀지고도 내 비서로 있다는 이유는 박 회장이 안다는 이야긴데 그럼 처음부터 알고 계셨다는 거야?"

"예. 생각보다 눈치가 참 느리시더군요."

저걸 진짜.

수현은 자기도 모르게 주머니 속으로 주먹을 쥐었다가 폈다.

"그럼 처음부터 내 비서가 된 이유는?"

"그냥 당신이 궁금했습니다. 그래서 보내 달라고 했던 거고, 회장님은 보내주신 거고."

"내가 왜 궁금해?"

"저랑 비슷한지 궁금해서요."

말을 말자. 수현은 뒷좌석의 문을 열었다가 다시 쾅 닫고는 조수석의 문을 열었다.

"와서 운전이나 해."

심드렁한 태도였지만 뒷좌석이 아닌 조수석에 앉았다는 것만으로도 도현은 그가 자신과 대화할 생각이 있다는 것을 알아채고 운전석에 올랐다.

"그래서 느낌이 어때? 나랑 그쪽이랑 비슷한 것 같아?"

수현의 물음에 도현이 차에 시동을 걸며 대답했다.

"네, 소름 끼칠 정도로. 아마 진짜 형이었으면 많이 맞았겠다는 생각도 듭니다."

"당연하지. 내가 그렇게 착한 형은 아니었을 거야."

"사원들 대하는 태도만 봐도 압니다. 남동생한테 더 했겠죠."

어째 한 마디도 안 지고 대꾸한다. 그는 새삼 자신과 도현이 닮았다는 사실을 인정해야 했다.

"앞으로 어쩌실 겁니까?"

"내 걱정해주는 건가?"

"아뇨."

"해주는 척도 못 해?"

"제 걱정만도 코가 석 자입니다."

이상한 기분이다. 소문으로만 돌던 정체 모를 형제가 나타난다면 무조건 싫을 거라고 생각했는데 의외로 대화가 잘 통하는 것 같다고 해야 할까?

"너 친구 없지?"

"……."

운전하던 도현이 정곡을 찔린 듯 살짝 표정을 구기며 수현을 흘깃했다.

"무슨 소립니까? 저 친구 많습니다."

"아, 그래? 그건 의외네. 난 친구가 별로 없거든. 말만 하면 재수 없고, 돈 많아서 재수 없고, 얼굴 잘나서 재수 없다고 난 친구가 없었는데 말이야."

그제야 도현은 수현이 순전히 자신을 놀리기 위해 한 말임을 깨닫고 흠흠 헛기침을 했다.

"난 가야 할 길이 많아. 근데 넌? 자칫 잘못하다간 바로 교도소행이다."

"가면 가는 거죠."

"인생 왜 이렇게 암울해?"

"원래 암울했습니다. 그래서 더 암울할 것도 없습니다만."

수현은 조수석 창밖으로 하염없이 내리는 눈을 바라보며 말을 이었다.

"예전부터 궁금하긴 했었어. 네가 교통사고 나던 날, 엄마가 세상 끝난 표정으로 파티장을 나갔거든. 나한텐 파티도 회사 일이라며 그렇게 쪼시더니. 웃긴 일이야. 그런데 그렇게 사랑해서 놓지 못하던 임상원 아들이기 때문이라면 어느 정도 이해는 가."

"……."

"엄마는 다 알면서도 널 감쌌다는 거잖아. 사실 그 사람이 비서와 바람을 피웠다는 둥 바깥으로 도는 소문은 하나도 믿지 않은 거야."

핸들을 잡은 도현의 손에 은근하게 힘이 들어갔다. 하얀 뼈가 도드라졌다. 그는 수현을 데리러 오기 전 본부장실을 정리하다 보았던 어떤 책의 내용을 떠올렸다. 정확히는 뒤 내용이 조금 더 이어진 신데렐라 동화집이 생각났다.

"떠나실 겁니까?"

"네가 그걸 어떻게 알아?"

"……본부장실 청소하다가 봤습니다. 신데렐라."

치워놓지 않았던 모양이다. 수현은 고개를 끄덕였다. 어차피 본 것이라면 굳이 숨길 필요는 없을 것 같다. 수현은 도현에게 물었다.

"현대식으로 바꾼 내 멋대로 결말이야. 어땠어?"

"왕자가 참 멍청하다는 생각이 들었습니다. 저라면 절대 그런 선택 안 합니다. 하지만."

수현은 도현의 입술만 바라보았다.

"신데렐라는 행복하겠네요. 왕자가 왕관까지 버릴 생각을 다 하다니. 회장님은 생각도 못 했던 결말일 겁니다."

"너 원래 드라마 묘미가 뭔지 알아?"

수현의 물음에 도현은 나직하게 입을 열었다.

"결말이 어떤지 예상은 가는데 정확히 알 수는 없는 것 아닙니까?"

차 안에선 잠시 이유 모를 웃음이 터졌다. 언제 이렇게 웃어봤더라? 벌써 몇 주는 된 것 같다. 그러는 사이 어느덧 차는 수현의 본가 앞에 도착했다. 안전벨트를 풀며 마찬가지로 하얀 눈발이 날리는 커다란 집의 풍경을 보았다. 만일 자신이 떠나면 어머니는 이 커다란 집에 혼자 남게 된다. 그게 임상원의 목적이었겠지만, 그래도 아들이라고 어머니가 혼자 있는 모습은 별로 보고 싶지 않았다.

"야, 차도현."

"예?"

마치 오래전부터 발음했던 것처럼 수현의 입에서 나온 도현의 이름은 아주 깔끔하게 들렸다.

"서휘, W호텔 제과점에 있는 롤케이크를 좋아한다. 어렸을 때도 그거 때문에 이 다 상해서 뽑았어. 아, 맛은 녹차초코 맛으로 사."

난데없는 말이었지만 도현은 서휘의 이름을 듣자마자 두근두근하는 심장 박동을 느꼈다.

"무, 무슨 말씀이십니까?"

설마 내가 이놈에게 이런 말을 하게 될 줄이야.

수현은 잔뜩 얼어붙은 채 자신을 응시하는 도현을 향해 말했다.

"왜 수컷 극락조가 몇 번씩 까이면서도 암컷 극락조한테 구애의 춤을 추는지 알아? 계속 춰 봐. 혹시 아냐? 용서해줄지."

"……이런 거 가르쳐주시는 이유가 뭡니까?"

"그래서 서휘 마음 풀리면, 내 소원 하나만 들어줘."

역시나 조건이 붙었지만, 도현은 왠지 그의 소원이 자신만이 들어줄 수 있는 종류일지도 모른다는 생각이 들었다.

"……뭡니까?"

수현은 쓸쓸하게 웃었다.

"나 대신 우리 엄마 옆자리 지켜줄래? 난 갈 곳이 있거든."

* * *

싱크대 앞에서 화연은 태블릿PC를 든 채 곤란한 표정을 지었다.
"두 큰 술? 두 큰 술이 도대체 얼마나 두 큰 술인 거지?"
숟가락을 들었다가도 구석에 놓여 있던 국자를 쥐었다. 아무래도 큰 술이니까 커다란 것으로 두 번이겠거니 싶어 무식하게 국자로 고춧가루를 떠 올렸을 때였다.
"엄마, 지금 뭐 해요?"
너무 열중하느라 아들이 들어오는 것도 모르고 있었다. 화연은 괜히 부끄러운 마음에 급하게 국자를 등 뒤로 숨겼다. 수현은 보글보글 무언가가 끓고 있는 냄비 앞으로 다가갔다가 웃음을 터 뜨렸다.
"엄마 지금 요리해요?"
"……어? 아니, 그……아줌마도 휴가 보냈고……배달시켜 먹자니 좀 그렇고……."
당황한 그녀는 좀처럼 볼 수 없는 모습이었다. 그는 화연의 옆에 놓여 있던 태블릿PC를 확인하더니 곧 코트를 벗고 소매를 걷었다.
"앉아요. 나 이거 할 줄 알아요."
"응?"
"전에 해봤어요."

그는 화연의 대답은 듣지도 않고 그녀를 식탁 의자에 앉히고는 태블릿PC를 보며 요리를 하기 시작했다. 그는 숟가락을 들어 보글보글 끓고 있던 냄비 안으로 고춧가루 두 숟가락을 퍼 넣었다.

'아, 국자로 하는 게 아니구나.'

그는 분주하게 움직이는 아들의 뒷모습을 보았다. 처음 알았다. 아들이 요리할 줄 안다는 것. 물론 몇 개월 동안 바깥에서 혼자 살았던 때도 있지만, 그때 아들의 끼니는 당연히 바깥에서 사 먹는다고 생각했다. 하지만 혼자 사는 동안 이렇게 해 먹기도 했던 모양이다. 아직은 서툴기 때문에 도마 위에 파를 써는 것도 한참이 걸렸지만, 그래도 그녀는 기쁘게 기다렸다.

어느덧 요리는 완성이 되었다. 식탁 위에 맛깔스러운 떡볶이가 가지런히 놓였다. 수현은 화연의 접시에 떡볶이를 수북하게 담아 내밀었다.

"맛이 있을지는 모르겠지만, 드세요."

화연은 천천히 떡볶이 떡 하나를 집어 후후 불고는 입안으로 넣었다. 매콤하고 달콤하게 퍼지는 것이 그녀의 입엔 너무 맛있었다. 맛있다는 듯 또 하나를 입안으로 우걱우걱 넣어 맛있게 먹는 그녀를 보던 수현도 자기 자리에 앉아 떡볶이를 입에 넣었다. 그러나 넣은 순간 그는 살짝 이맛살을 구겼다.

"아, 싱겁네. 엄마, 다시 할게요."

"아니야. 아니야. 난 이게 좋아. 원래 싱겁게 먹잖니."

그는 아들이 접시를 도로 가져갈세라 급하게 접시를 껴안으며 입안으로 떡볶이를 넣었다. 너무 맛이 없는데 맛있다. 아들에게 한 번도 요리해 준 적 없는 자신이 아들이 해준 요리를 얻어먹는 중이다. 그것만으로도 그녀는 목이 멜 것 같았다. 눈물이 그렁그렁 맺힌 눈으로 걸신이 들린 사람처럼 떡볶이를 입안으로 밀어넣는 그녀는 수현이 보기에도 일을 할 때보다는 행복해 보였다.

"너무 맛있다. 우리 아들이 이렇게 요리도 잘하는 줄은 몰랐네."

다시 떡볶이를 집으려던 화연의 앞으로 하얀 봉투가 내밀렸다. 봉투에 크게 쓰여 있는 '사직서' 한자를 읽은 그녀는 작게 한숨을 쉬며 봉투를 받았다.

"이게 네 답이야?"

"네."

화연의 눈에선 눈물이 투둑투둑 떨어졌다.

"……엄마는? 엄마는 네가 없으면…… 이제 정말 혼자야."

아들은 늘 곁에 있을 거라고 생각했다. 어렸을 때부터 자신처럼 컸으니까. 하지만 아들은 달랐다. 아들은 가지고 있는 왕관보다 그 신데렐라가 더 중요했나 보다.

"네가 그 아가씨한테 가는 거 엄마는 막을 권리가 없어. 근데 수현아. 엄마는 혼자가 싫어."

수현은 품 안으로 화연을 넣었다. 커다란 아들의 품에서 엄마는 울음을 터뜨리고 말았다.

"이렇게 해요. 엄마가 쓰고 있는 왕관 몇 개만 벗어버려요. 머리에 너무 많이 얹으면 너무 무겁잖아요. 목이라도 부러지면 어쩌려고. 난 그 신데렐라랑 같이 살고 싶어요. 박세영 아니면 안 돼요."

그녀는 생각했다. 내가 잘못 살았던 걸까? 왜 같은 환경에서 자

322

란 아들은 이런 선택을 하고, 자신은 이런 선택을 할 생각조차도 못했을까? 만일 아들과 같은 선택을 했더라면 그 사람과 헤어지지 않았을지도 모르는데.

"처음으로 지하철도 타봤고, 버스도 타봤어요. 생각보다 재밌더라고요. 혼자 출퇴근하는 것보다 그게 더 좋아요. 그러니까 엄마……."

"……."

"나 왕관 벗을게요."

오늘의 부름이 마지막인 줄 알았다면 부르지 않았을 텐데. 하지만 한편으로는 그런 생각도 들었다. 온실 속 화초처럼 자라서 정말 왕자님에 불과했던 아들이 가지고 있던 좋은 것들을 버리게 만들어버린 여자라면 아무리 막으려도 해도 막을 수가 없을지도 모른다는 것을.

화연은 아들의 품에서 한참을 울다가 겨우 입을 열었다.

"그래. 그렇게 하렴."

Chapter 16

이웃집 악당

"여기 소주 두 병."

"네!"

손님들이 모두 먹고 나간 테이블을 치우다가 헐레벌떡 일어나 소주 두 병을 챙겨 서빙하고 다시 치우던 테이블 앞에 앉았다. 그 동안은 그저 말로만 바쁘다는 이야기를 들었는데 상상하던 것보 다도 너무 바빴다. 잠깐도 앉아 있을 사이가 없었다.

워낙 자갈치 시장이야 관광객들한테 유명하고, 온 김에 회나 썰 어 먹고 가는 곳이었기 때문에 어느 정도 바쁠 거라고 예상은 했지만, 이건 바빠도 너무 바쁘다. 밥 먹을 시간도 없다.

브레이크 타임이 올 때까지 세영은 뼈가 부서져라 움직였다.

"아오, 삭신이야."

"네가 그 나이에 삭신을 다 아나."

"에이, 이모. 많이 움직였으니까 그러지."

겨우 쉬는 시간이 되어 자리에 앉았다. 이모부가 대충 끓여온 매운탕으로 허기를 달래려던 그 순간이었다. 지잉지잉, 이모의 주머니에서 전화가 요란하게 울렸다.

"네, 여보세요. ………아이고, 벌써 왔어요? 아, 지금 내가 장사하는 시간인데…………아 그럼 내가 지금 갈게요. ……예예."

한창 밥을 먹던 세영은 앞치마를 풀며 자리에서 일어나려는 이모를 붙잡았다.

"이모 어디가?"

"아, 우리 옆집 그거 세놨었잖아. 세입자 들어온다고. 열쇠 줘야지. 근데 이 양반이 저녁 늦게나 온다더니 왜 벌써 온 거야."

"세입자는 또 언제 받았대? 이모 앉아서 마저 드세요. 내가 갔다 올게요."

세영이 급하게 밥그릇을 싹싹 긁어 입에 넣고는 자리에서 일어났다. 그녀는 이모가 건네주는 열쇠를 받아들고는 가게 바깥에 세워두었던 자전거에 올라탔다. 도대체 누군데 시간 약속도 어기고 나타난 건지. 그녀는 괜히 퉁명스러운 표정으로 자전거를 세우고 대문 안으로 들어갔다. 대문 안으로는 캐주얼한 옷차림에 캐리어에 엉덩이를 걸치고 있는 남자의 뒷모습이 있었다. 세영은 주머니에서 열쇠를 꺼내며 물었다.

"오래 기다리셨죠? 세입자분이세요?"

세영의 목소리를 들은 남자가 자리에서 일어나 뒤돌았다. 남자와 눈이 마주친 순간 세영은 딱딱하게 굳고 말았다.

"어? 아주머니가 온다고 그랬는데."

"……."

"열쇠는요?"

그는 아주 뻔뻔한 얼굴로 웃으며 세영에게 손을 내밀었다.

"안녕하세요. 옆집으로 이사 온 임수현이라고 합니다."

서울에 있어야 할 그가 다시 이웃집에 나타났다. 그때처럼 아주 뻔뻔한 낯짝이었다.

"아, 떡 좋아해요? 이사한다고 떡을 사 왔는데 여긴 나란히 있는 이웃집이 그쪽밖에 없나 봐요."

"……."

"떡 안 좋아해요?"

세영은 그의 손을 거칠게 빼내고 따지듯이 입을 열었다.

"본부장님이 여기에 왜 있어요?"

"나 이제 본부장님 아니야. 사표 냈는데?"

그는 마치 날씨 이야기를 하듯 평온했다.

"뭔 소리예요? 뭔 사표예요? 어제까지만 하더라도 아무 뉴스도 없었는데."

아!

그녀는 말을 끝내고 나서야 하지 말았어야 했던 말이라는 사실을 깨달았다. 예상대로 그는 듣자마자 입가에 함박웃음을 지었다.

"박세영, 보기보다 음침하네? 나 많이 보고 싶었구나? 나 검색하고 그랬어?"

"누가요!"

"네가 네 입으로 그랬잖아요? 이렇게 기다리는 줄 알았으면 좀 더 일찍 올걸."

못 본 사이에 없던 능글맞음이 생긴 그가 능구렁이처럼 웃었다. 무엇보다 늘 정장만 입던 그가 오늘은 웬일로 캐주얼한 차림이라 적응이 안 된다. 그녀는 그에게서 뒤돌아 뉴스 검색을 하기 시작했다. '임수현'이라는 이름을 검색하고 뉴스 창을 누른 그녀는 확실히 떠 있는 사임 뉴스를 발견할 수 있었다.

「향수사업본부장 임수현 이사, 사의 표명」

「향수사업본부장 차도현 신임이사 선임」

아무래도 자신이 서울에 없던 그 시간 동안 이상한 일이 벌어지긴 한 모양이다. 그녀는 휴대폰 액정으로 반사되어 보이는 수현의 눈을 발견하고는 깜짝 놀라 폰을 뒤로 숨겼다.

"왜 몰래 봐요?"

"아니, 이봐요. 박세영 씨, 버젓이 보여주고 왜 보냐고 하면 나더러 어쩌라는 거야?"

그는 정말 반가운 듯이 두 팔을 벌려 그녀를 껴안으려고 했지만 세영은 뒤로 물러서 그의 품을 피했다. 그러나 이런 반응은 이미 예상했다. 그는 전혀, 하나도 상처받지 않은 사람처럼 굴었다.

"잘 지냈어?"

"……."

그가 인사를 건넸지만 세영은 속상한 듯 고개를 돌렸다.

"인사도 안 받아주냐? 아는 사이에 이러기야?"

"……뭐하러 왔어요. 여행?"

"여행하는데 굳이 세 들어 살 필요는 없지. 여기에도 W호텔 있는데."

"그럼 왜 온 건데요!"

그녀의 물음에 수현은 망설임 없이 대답했다.

"너랑 살려고 왔는데."

순간 머리가 멍해졌다. 정말 작정하고 온 듯 그는 너무나 당연하게 대답했다. 그동안 서울에서 무슨 일이 있었는지 모르겠지만, 적어도 지금 수현의 모습은 세영이 알던 것과는 달랐다.

"나 돌아갈 생각 하고 여기 온 거 아니야. 너랑 살려고 온 거지."

이 사람이 진짜!

"그게 열쇠야?"

그는 세영의 손에 쥐어져 있던 열쇠를 멋대로 빼앗더니 잠금을 풀었다. 문을 열자 정갈하게 정리된 집이 나타났다. 거실 하나에 방 두 칸이 딸린 집. 요즘은 리모델링을 해놓지 않으면 집이 잘 나가지 않는다는 말에 일찌감치 리모델링을 끝낸 집은 그가 서울에서 잠깐 살았던 낡은 연립주택보다도 좋아 보였다. 무엇보다 거실로 쏟아지는 노란 햇빛이 집을 아늑해 보이게 만들었다.

"이모님이 집수리를 다 해놓으셨네."

그의 말을 유심히 듣던 세영은 어이없다는 표정으로 물었다.

"설마 방도 안 보고 오겠다고 한 거예요?"

"응, 미리 계약금도 보냈고. 왜?"

이 인간이 진짜 몰라서 이러나?

"요즘은 눈 뜨고도 코 베이는 세상이에요. 방도 안 보고 무작정 계약하면 어떡해요? 사기면 어쩌려고."

"네가 있는데 볼 필요가 있어? 박세영 씨가 옆집이라는 이유 하나만으로도 충분한데."

"설마 예전에 내 옆집으로 이사 올 때도 그랬어요?"

"응."

해맑다 못해 도대체 생각이라는 게 있을까 싶다. 그의 말에 세영은 말문이 막혔다. 그녀의 어버버거리는 표정 위로 쪽, 입술이 닿았다. 뺨에 닿았다 떨어지는 이질적인 느낌이 그의 입술이라는 것을 뒤늦게 깨달은 세영은 뒤로 물러서며 연신 소매로 뺨을 닦았다.

"이게 무슨 짓이에요?"

"미안. 너무 예뻐서. 안 본 사이에 더 예뻐졌네."

그의 폭격은 멈출 줄을 몰랐다.

그만해. 제발 그만하라고 이 인간아.

세영은 서서히 다가오는 그를 느끼고 뒷걸음질 쳤지만, 이내 멈췄다. 등에 벽이 닿았기 때문이었다. 더는 물러날 곳이 없었다. 그녀는 왠지 처음 연립주택에서 그를 만났을 때의 행복한 꿈이 다시 떠오른 것 같았다.

"오, 오지 말랬어요."

"자꾸 그렇게 나 밀어내니까 더 다가가고 싶잖아."

그는 얼굴이 빨개진 채 자신을 피하는 그녀를 놀리는 게 너무 재미있었다. 그는 새삼 평범한 연애라는 것이 이런 맛인가, 생각했다. 자신이 훨씬 더 빨리 평범의 범주로 갔었다면, 세영이 상처받고 떠나는 일은 없었을 것이다. 그의 손이 그녀의 손목을 단단하게 붙잡았다.

"박세영."

"……"

또 무슨 폭탄 발언을 하시려고 이러나, 그녀는 긴장한 상태로 수현을 보았다. 그러나 폭탄 발언을 할 생각으로 그녀를 잡은 것이 아니었던 수현은 말 대신 그녀의 손에 동화책을 쥐여주었다. 손안으로 들어온 얇은 동화책에 세영의 표정이 의문으로 굳었다. 그가 자신에게 책을 줬다. 무슨 의미인지 도통 알 수가 없다.

"이, 이건 뭐예요?"

"난 먼저 이모님한테 인사하고 올 테니까 천천히 읽고 와."

"……"

"우리 공주님."

능글맞은 그의 말에 순간 소름이 돋았다. 혹시 임수현은 죽을 때가 된 게 아닐까? 그게 아니고서야 이렇게 사람이 변할 리가 없는데.

"아 참, 그리고."

그는 세영에게서 받았던 열쇠고리에서 열쇠 하나를 빼 그녀에게 내밀었다.

"……뭐예요? 원래 두 개 다 드리는 거예요."

"누가 이모님 준대?"

그가 멋대로 세영의 주머니에 열쇠를 넣었다.

"하나는 네가 가져야지. 그래야 우리 집에 자주 들락날락할 거 아니야."

얄밉지만 얄밉지 않게 말하던 그는 짐을 집 안으로 옮겨놓고는 그제야 대문 밖으로 나섰다. 그는 완전히 멀어지기 전 자신의 왼 쪽 손을 들어 보였다. 네 번째 손가락에서 한때 같이 꼈던 반지 가 반짝였다.

"두고 봐. 너 6개월 안으로 나한테 제발 결혼해달라고 사정사 정할 테니까. 그때 되면 어쩌려고 나한테 이렇게 차갑나 몰라?"

그의 자신만만한 걸음이 자갈치 시장이 있는 방향으로 향했 다. 아무래도 저 뻔뻔한 성격은 왕자일 때나 아닐 때나 그대로인 가 보다. 멀어지는 그의 모습을 보며 자기도 모르게 웃음 짓던 세 영은 손에서 잡히는 딱딱한 책을 느끼고 그제야 집 툇마루에 앉 아 책을 폈다.

* * *

신데렐라는 궁정 생활이 하나도 재미가 없었습니다. 왕자님은 좋은 사람이었지만, 왕자님이 없을 때의 신데렐라는 너무 외로웠 거든요. 그래서 왕자님께 말했어요.

"여보, 우리 이혼해요."

"아니, 여보. 그게 무슨 말이야?"

"왕관도 너무 무겁고, 나는 내가 살던 곳으로 돌아가서 살고 싶어요."

여자라고는 신데렐라밖에 모르던 왕자님은 눈앞이 캄캄했어요. 절대로 신데렐라와 헤어지고 싶지 않았거든요. 하지만 신데렐라는 멋대로 성을 나가버렸습니다. 왕자님은 혼자가 되었어요. 왕자님은 신데렐라를 찾아가 애원했습니다. 신데렐라 없이는 살 수가 없었어요. 하지만 신데렐라의 태도는 너무나 완강했습니다.

"다신 성으로 돌아가고 싶지 않아요. 그런 삭막한 곳에서 난 못 살아요."

그제야 왕자님은 자신이 신데렐라를 전혀 배려하지 못했음을 깨달았습니다. 그리고 고민에 빠졌어요. 어떻게 해야 사랑하는 그녀와 함께 살 수 있을까? 그러다 생각이 났습니다. 신데렐라가 왕관을 무겁다고 했다는 말을.

그래서 왕자님은 왕관을 버리기로 했습니다.

* * *

책은 그렇게 끝났다. 자신이 알던 신데렐라 이야기와는 달랐다. 보통의 신데렐라 이야기는 왕자와 알콩달콩 잘 사는 것으로 끝나지만, 이 이야기는 왕자가 성을 나가버린 신데렐라를 찾아 똑같이 왕관을 버리고 나가는 것으로 끝난다.

책을 덮고 뒤늦게 다시 횟집으로 돌아온 세영은 벌어진 광경에 입을 다물지 못했다.

"이거 저쪽 테이블에⋯⋯."

"예, 이모님."

주방에서 회를 떠서 내어주는 접시를 들고 왔다 갔다 하는 남자는 한때 대한민국의 잇보이였으며, 모든 여자의 선망의 대상이었던 그 사람, 임수현이었다. 그는 아무렇지도 않게 앞치마를 두른 채 서빙 중이었다.

"여기 소주 한 병만 주세요."

"네, 금방 갑니다."

멍하니 식당 입구에 서서 수현의 모습을 보던 세영의 곁으로 이모가 다가섰다.

"뉘가? 니 아는 애가? 사내 자슥이 새초롬~하니 생기가 내한테 이모님~ 이모님~ 얼마나 예쁘게 부르던지. 니 아는 애지?"

"이모⋯⋯."

"응?"

세영은 실소를 터뜨리고는 그가 한 앞치마와 똑같은 것을 걸치며 입을 열었다.

"내일 해 서쪽에서 뜨겠다."

Chapter 17

에필로그

'저더러 그 사업 이어받으라고요?'

'뭘 그렇게 놀라니? 어차피 빈자리야. 누군가는 채워야 하고 채우려는 누군가는 수현이만큼의 능력은 있어야 해. 물론 넌 자료를 도둑질하긴 했지만, 수현이와 같은 눈높이에서 일이 진행되는 걸 본 사람이기도 해. 그러니까 해. 해서 도둑질하느라 비워진 손해 다 메꿔놔.'

'회장님, 저는…….'

'수현이가 왜 널 나한테 주고 갔는지 몰라서 이래?'

회장님은 그렇게 말했다. 벌써 4개월이라는 시간이 지났는데 여전히 맞지 않는 옷을 입은 듯이 불편하다. 이게 맞는 걸까? 새삼 향수사업부 본부장으로 일을 시작하자 임수현이 살인적인 스케줄을 견뎌냈다는 사실을 깨달았다. 역시 독한 향수만큼 독한 인간이었다.

　그때 똑똑 노크 소리가 울렸다.

　"네."

　모니터에서 눈을 떼지 않은 채 열심히 자판을 두드리던 그는 코에 스미는 익숙한 향기에 자기도 모르게 양쪽 입가를 당겨 웃었다.

　"본부장님, 시제품 나왔습니다."

　기분 좋은 목소리가 귀를 감았다. 모니터를 바라보던 차가운 눈빛은 어딜 가고 그의 얼굴에 남은 건 헤실헤실 풀어진 표정이었다.

　"서휘 씨."

　"가 아니죠."

　그녀의 단호한 목소리에 도현은 혼난 사람처럼 금세 시무룩해진 표정으로 다시 대답했다.

　"네, 백 팀장님."

　"여기 시제품이요."

　서휘가 도현의 책상 위에 향수병을 내려놓았다. 동그란 라운드형 몸체에 살짝 붉은 빛이 도는 액체가 가득 담겨 있었다. 그는 책상 위에 시향지를 꺼내두고 향수를 뿌렸다. 살며시 눈을 감고 향기를 맡았다. 가장 먼저 드러난 것은 베르가못의 상큼한 향기, 그 뒤를 따르는 건 미모사였다. 향기를 음미하던 그는 마치 칭찬을 바라는 아이처럼 눈을 뜨고 서휘를 보며 입을 열었다.

"기존보다 향기 하나가 더 들어갔네요?"

"그걸 알아요?"

서휘가 신기하다는 듯 되물었다. 냄새에 민감한 사람이 아니라면 보통은 잘 모르니까. 서휘는 그가 본부장이 되어 얼마나 향수에 관해 많은 공부를 하는지 깨달았다. 이럴 때 보면 진정한 일벌레는 임수현이 아니라 이 남자 차도현인 것 같다.

"아 참, 이거 원래 뮤즈인 분한테 선물로 보낼까 하는데……."

도현의 말에 서휘는 이미 알고 있었다는 듯 예쁘게 포장된 상자를 내밀었다. 까만색의 고급스러운 상자에 앙증맞은 까만 리본이 묶여 있었다. 그는 미리 준비해온 그녀의 정성이 고마워서 자기도 모르게 그녀의 손을 잡고 손등에 쪽 입맞춤을 했다. 갑작스러운 스킨십에 놀란 서휘가 급하게 손을 빼려고 하자 그가 더 강하게 붙잡았다.

"누가 보면 어쩌려고 이래요?"

"고마워요, 누나."

그의 한 마디에 서휘의 얼굴은 금세 빨개졌다.

아, 망했어. 이 자식 너무 좋아.

회사에서는 티 내고 싶지 않지만, 연하남이 이렇게 나오면 누나로서는 방도가 없다. 서휘도 곧 도현처럼 풀어진 표정으로 웃었다.

* * *

횟집이 가장 바쁠 때는 단체 손님이 올 때다. 저녁이면 도와주는 알바생이 있지만, 한낮에 오는 단체 손님은 가장 성가신 존재였다. 시끄럽게 젓가락으로 테이블을 치며 고성방가를 하질 않나, 결국 옆 테이블과 시비가 붙어서 싸우지를 않나 정말 정신 없다.

한 차례가 끝나고 브레이크 타임이 되었지만, 쉴 새 없이 저녁 장사를 위해 또 준비해야 했다. 테이블을 정리하고 설거짓거리를 들고 주방으로 들어선 세영은 주방 한구석에서 고무장갑을 끼고 설거지 중인 수현의 뒷모습을 보다가 속상한 듯이 뒤돌았다.

벌써 4개월째. 그에게 마음을 주지 않고 계속 버티다 보면 그도 지쳐서 떨어져 나갈 거라고 생각했는데 잠시 잊었다. 그가 독종이라는 것을. 힘든 기색 하나 없이 설거지 중인 그의 곁으로 더러워진 접시들을 올렸다.

"이게 마지막이야?"

"네."

도와줄까도 생각했지만, 여기에서 마음이 약해져 버리면 그를 서울로 돌려보낼 수가 없게 된다. 그에게는 작은 희망도 주기 싫었다. 어차피 되지 않을 사이니까 그냥 빨리 지쳐서 서울로 올라갔으면 했다.

세영이 주방에서 나오자 잠시 나와서 쉬고 있던 이모가 그녀를 붙잡았다. 얼떨결에 이모, 이모부와 마주 앉게 된 세영은 두 분의 기색이 평소와는 다르다는 생각이 들었다.

"니 만나는 남자 없나?"

"……응?"

이건 또 무슨 소린가 싶다.

"남자친구는 갑자기 왜? 여기서 죽어라 일하는데 남자 만날 시간이 어디 있다고."

"야 좀 보게. 남자가 없긴 와 없나? 허우대 멀쩡한 남자 조오기에 있네."

"이모!"

세영은 이모가 말하는 남자가 수현임을 깨닫고 얼굴이 새빨갛게 달아올랐다. 이미 조카의 반응은 그녀에겐 안중에 없었다. 싹싹하고 일도 잘하는 젊은 남자에게 마음을 빼앗긴 이모는 무슨 일이 있어도 그를 조카사위로 맞이하고 싶었다.

"이쁘장하니 보고 있으면 행복하고, 말도 조곤조곤 예쁘다. 저런 남자 구하기가 어디 쉬운 일인지 아나?"

"이모, 저 사람 백수야 백수! 하나밖에 없는 조카 백수한테 시집보내고 싶어?"

"사정이 있것지. 저렇게 멀쩡한데 날백수일 리가 있나?"

"이모, 사람 그냥 겉으로 봐서는 모르는 거야."

"뭐, 사람이 꼭 직업이 있어야 카나. 이 횟집 물려받아도 된다. 우리야 자식이라고는 니밖에 없는데."

이미 두 분끼리 말을 끝낸 것 같다. 이모의 말에 이모부는 아무 대답 없이 모든 말에 동조한다는 듯 고개를 끄덕였다.

"근데 니 와 이렇게 과민반응이고? 니 점마 좋아하제?"

딸꾹질이 나올 뻔했다. 세영은 세차게 고개를 저었다.

"내가 미쳤어? 세상에 괜찮은 남자들이 얼마나 많은데!"

"오, 알고 싶네요? 나보다 괜찮은 남자가 누가 있는지."

등 뒤에서 들린 목소리에 놀란 세영이 눈을 커다랗게 뜨고 뒤를 보았다. 언제 나온 것인지 앞치마에 고무장갑을 낀 그대로 그가 서 있었다.

"하마 다했나?"

"아뇨, 세제가 어디 있는지 안 보여서."

"아, 맞다. 사놓는다는 거 깜빡했다."

그녀의 이모가 일어나 나가려는 시늉을 하자 수현이 급하게 장갑을 벗었다.

"아닙니다, 이모님. 제가 다녀올게요."

"아고, 미안해서 어쩌지."

미안하다고 하고 있지만, 세영의 귀에 이모의 말투는 하나도 미안하게 들리지 않았다.

"어떤 거로 사 올까요?"

수현의 물음에 그녀는 발로 마주 보고 있던 세영을 툭툭 건드렸다. 그녀는 다시 이모를 바라보며 입모양으로 왜 그러냐고 물었다. 이모는 작은 목소리로 속삭였다.

"같이 갔다 온나."

"이모!"

"퍼뜩 갔다 온나. 둘이 바람도 좀 쐬고, 맛난 것도 먹고 오그라."

그 잠깐 사이에 이모는 세영의 손에 장바구니 하나만 쥐여준 채 수현과 그녀를 내보냈다. 횟집 앞에서 이러지도 저러지도 못한 채 가만히 서 있는 세영의 손 위로 커다란 남자의 손이 겹쳐졌다.

"가자."

"어딜 만져요."

그녀의 으름장에 기세 좋게 그녀의 손을 잡았던 수현은 시무룩한 표정이 되어 놓아야 했다.

"거참, 찬바람 쌩쌩이네."

"나한테 손대지 마요."

"알았어. 손 안 댈게."

그는 구석에 세워져 있던 자신의 고급 세단에 올랐다. 그와 세영이 고급 세단에 오르자 주변에 있던 상인들의 눈이 세단으로 향했다. 4개월 동안 그의 고급 세단은 무척 유명해졌다. 회를 배달하는 외제차, 수현을 잘 모르는 혹자는 말쑥하고 잘생긴 그가 세영의 횟집에서 회 배달을 하는 것을 보고 그가 어느 국회의원의 숨겨진 아들로 지금은 자갈치 시장 어딘가에 숨어 사는 것이 아니냐는 말을 하기도 했다. 서울을 떠나 부산으로 와 있는 그였지만, 여전히 크고 작은 소문들은 그를 따라다녔다.

차 안에서 세영은 어색하게 조수석 창밖만 바라보았다. 괜히 앞이나 운전석을 바라보았다가 혼자 어색해지는 상황은 만들고 싶지 않았다.

"나 아까 들었거든. 이모님이 같이 맛있는 것도 먹고 바람도 쐬고 오라고 했었잖아."

"식당 일 바빠요."

"오늘 저녁 장사 접으신대."

수현의 말을 들은 세영은 금시초문이라는 듯 놀란 표정으로 수현을 보았다. 그 순간 두 남녀의 눈이 마주쳤다. 세영은 다시 고개를 돌렸다.

"오늘 여기 뭐 행사한다며? 행사 때면 장사 별로 안된다고 닫으신다던데."

이모는 왜 그런 중요한 얘기를 조카가 아니라 이 굴러들어온 돌한테만 말씀하신 걸까? 세영은 언제부터인가 화기애애한 세 사람 사이에 자신이 전혀 끼어들지 못함을 느끼고 있었다. 무엇보다 적응이 안 되는 건 지나치게 애교가 많아진 이 남자다.

"아, 그래요?"

"아이스크림 먹으러 갈래?"

"아직 추워서요."

"음, 그럼……따뜻한 커피?"

"별로요. 커피 마시면 밤에 잠 안 와요."

"그럼 백화점에 쇼핑이나 하러 갈까?"

"내가 돈이 어디 있어요."

"내가 있잖아."

"……사주는 거 싫어요. 난 사더라도 내가 직접 번 돈으로 살 거예요."

왜 이렇게 자신에게 공을 들이는 걸까. 4개월째. 벌써 4개월이다. 그는 그 동안 단 한 번도 현재의 생활을 불평불만을 하지 않았다. 마치 이웃집에 사는 것만으로도 좋다는 듯이. 그녀는 흘깃 그의 네 번째 손가락이 끼워진 반지를 보았다. 부산으로 온 날부터 하루도 빼먹지 않고 끼고 있다. 왠지 그의 행동이 빨리 자신을 허락하라는 것 같아서 기분이 좋다가도 부담스러웠다.

다 싫다는 그녀가 좋아할 만한 게 뭐가 있을까 고민하던 그는 이내 입을 열었다.

"그럼 떡 먹으러 갈래?"

"……떡이요?"

아이스크림이나 커피에는 반응이 없던 그녀가 고개를 돌렸다.

"맛있는 떡 카페 생겼대. 거기 가자."

왠지 과거에 비슷한 일이 있던 것 같아 그녀는 잔뜩 의심의 눈초리로 수현을 보며 물었다.

"또 이상한데 데려가려는 거 아니죠?"

"응? 이상한 데 어디?"

됐다. 내가 잘못했다.

그녀는 입을 꾹 다물고 다시 창밖으로 시선을 돌렸다. 수현은 그녀가 말하는 이상한 데가 '호텔'이라는 것을 알고 있었다. 예전에도 그런 일이 있었으니까.

"아, 언제쯤 나한테 넘어올 건데?"

"……."

"4개월이면 나 많이 참았잖아."

"몰라요. 참기 싫으면 서울로 올라가시든지."

그는 다시 장기프로젝트에 들어갔다. 이전의 프로젝트는 그녀와 사귀는 것이었지만, 지금은 다르다.

다신 도망 같은 거 못 가게 결혼이 하고 싶다.

차가 멈춘 사이에도 세영은 괜히 투덜투덜 거렸다. 잠깐 잊고 있었다. 그가 이모와 이모부를 구워삶아 놓을 능력이 있었다는 것을 깜박했다.

"박세영 씨는 안 쌓였어?"

"…머, 뭘요?"

그의 말을 듣자마자 세영의 얼굴이 빨개졌다. 꾸욱 누르면 터질 듯이. 이미 그런 그녀를 즐기고 있었던 수현은 귓가에 속삭였다.

"그거. 서울에서 같이 살 때 나랑 맨날……."

"미쳤어요? 어떻게 그런 얘길 아무렇지도 않게!"

세영이 부끄러움에 발끈하며 말했지만, 이미 그의 작전은 시작된 지 오래였다.

"호텔도 예약해놨는데. 취소해야 하나?"

일부러 저 들으라고 하는 소리라는 걸 아는데 시선은 자기도 모르게 그에게로 향한다.

"음, 지금 취소하면……아, 수수료가 드는구나."

"……."

"세영아, 우리 잠깐 호텔에 들어가서 쉬고 가자. 취소하면 수수료 들잖아."

세영이 의심스러운 눈초리로 수현을 보았다.

"시, 싫어요."

"아무 짓도 안 할게. 손만 잡고 잘게."

네가 참 손만 잡고 잘 자겠다.

하지만 오랜만에 나온 외출이다. 게다가 이전에 그가 떡집이라는 명목으로 호텔에 데려갔을 때도 정말 손만 잡고 잤던 전적이 있던 터라 그녀는 괜히 자신이 김칫국을 원샷하는 건 아닌가 싶었다. 결국 헛기침을 하며 물었다.

"흠흠! 그 수수료 얼만데요?"

"10%."

세영은 잠시 입을 다물고는 딴청을 부리듯 말했다.

"가, 가요. 수수료 아깝잖아요."

수현이 운전하던 세단은 기다렸다는 듯이 호텔이 있는 곳으로 방향을 틀었다.

"어, 어쨌든 손만 잡고 자는 거예요. 그 외에 하면 나 진짜 나간다?"

"응, 알겠어. 무슨 일이 있어도 진짜 딱 손만 잡을게."

나 왠지 속은 것 같은데?

그제야 이상한 낌새를 느꼈지만, 별 수가 없었다. 이미 차는 호텔 진입로로 향하고 있었으니까. 그녀는 점점 가까워지는 W호텔의 커다란 위용을 보다가 다시 한번 다짐을 받듯이 소리쳤다.

"다시 한번 말하는데 진짜로 손만 잡아야 해요! 알았어요?"

그녀의 귀여운 으름장에 수현이 가까스로 웃음을 참으며 나직하게 대답했다.

"난 그렇다 쳐도 박세영 씨가 참을 수 있을까?"

이 자식이 지금 뭐라는 거야?

세영의 얼굴이 붉으락푸르락했다. 차는 자연스럽게 W호텔 정문에 섰다. 마침 기다리고 있던 발렛파킹원이 그에게서 차키를 넘겨받았다.

불안하다. 불안해. 지금까지 그의 공격을 잘 방어해왔건만, 오늘은 왠지 느낌이 좋지 않았다. 이대로 그에게 또 함락당할 분위기다.

　체크인을 하고 카드키를 받아온 그가 함박 미소를 지었다.

"이제 들어가자."

"진짜 경고하는데, 나 만지지 마요. 알았어요?"

"알았다니까. 정말 그냥 쉬고 싶어서 그래. 나 그렇게 부려먹고 쉬지도 못하게 하고 싶어?"

　엘리베이터에 올라 도끼눈을 치켜뜨고 그를 보았다. 감시탑의 경비원처럼. 그러나 그의 표정엔 어떤 음흉함도 보이지 않았다.

'내가 진짜 김칫국 원샷하는 건가?'

　생각해보면 지난 4개월 동안 적은 건 아니지만, 본부장으로 일할 때와는 달리 쥐꼬리만 한 월급을 받아가며 횟집 일을 도왔다. 어쩌면 정말 지쳤을지도 모르겠다.

　수현은 엘리베이터의 매끈한 문으로 비치는 경계를 푼 그녀를 보고 살며시 미소 지었다. 오늘의 일을 꾸미기 위해 이모님, 이모부님 내외를 구워삶느라 얼마나 공을 들였던가.

　그는 차분하게 숨을 몰아쉬며 주머니에 손을 넣었다.

　엘리베이터 문이 열렸다. 수현이 먼저 문 밖으로 나서자 세영이 그 뒤를 따랐다. 왠지 이렇게 있으니 회사에서 그의 비서로 일할 때가 떠올랐다.

'4개월이면 많이 버티긴 했지.'

　그녀는 문에 카드키를 대고 잠금을 푸는 수현의 뒷모습을 물끄러미 바라보았다. 그는 늘 진심이었고, 자신은 늘 피하기만 했다.

"들어가자."

그가 문을 열고 손짓했다. 그냥 오늘은 그가 무슨 짓을 해도 유하게 넘어가야겠다는 생각이 든다. 지금까지 잘 버틴 상으로.

"……어?"

그러나 호텔방 안으로 들어온 그녀는 우뚝 멈춰 섰다. 방안을 은은하게 밝히는 무드 등 아래로 장미꽃이 보였다. 그냥 한 송이가 아니라 아예 방안을 꽉 채운 모양이었다.

"이게 다 뭐예요?"

세영이 방 한가운데에 섰다. 꼭 꽃이 활짝 핀 시기 놀이공원에 온 기분이 들었다. 꽃을 보고 싫어하는 사람은 없다. 세영도 마찬가지였다.

"아, 임수현 뭐야."

세영이 피식 웃음을 터뜨리자마자 그가 기다렸다는 듯 한쪽 무릎을 꿇고 그녀를 향해 작은 상자를 내밀었다. 누가 보아도 반지가 들어있을 것 같은 크기였다.

수현은 그녀를 향해 은은한 미소를 지은 채 상자를 열었다.

"주인이 되어주겠어요?"

지금의 수현에게서 아까의 장난스러움은 찾을 수 없었다.

"드디어 찾았어요, 박세영 씨."

"임수현 씨……."

"망설이는 건 내가 아까 세영 씨가 말한 것처럼 백수라서 그런가?"

그의 어조는 매우 정중했다.

"걱정하지 말아요. 나 우리나라에서 손가락 안에 드는 부자거든. 고생은 절대 안 시켜. 매체에 노출되는 일도 일절 없을 거야."

심장이 떨려서 가루가 되는 것 같았다.

"우리 이제 이웃집 말고 같이 살자. 벽 하나 두고 있는 거 이젠 못 기다리겠어."

세영은 천천히 손을 내밀었다. 그가 상자에서 반지를 빼 그녀의 손가락에 끼웠다. 노란 무드 등에 반지가 반짝였다. 반지는 유리구두 모양이었다. 마치 왕자가 오랫동안 찾아 헤매던 그 신데렐라를 찾았다는 듯 반지는 마법의 순간에 빠진 것처럼 빛났다.

"……진짜 속도 없어. 그동안 얼마나 구박했는데. 맨날 헤헤 웃기나 하고."

세영이 투덜거렸지만, 속없는 그는 번쩍 그녀를 들어올렸다.

"참, 나 지금 왕자라서 그거 준 거 아니다?"

"그럼 뭔데요?"

그가 은근하게 웃었다.

"뭐겠어. 그냥 박세영 남편이 되고 싶은 사람이지. 진짜 왕자는 싫다며."

그녀가 웃음을 터뜨렸다. 그와 동시에 그녀는 침대에 부드럽게 눕혀졌다.

아, 이 남자. 도저히 못 견디겠다.

세영의 두 팔이 수현의 목을 끌어안았다.

"좋아요. 남편 후보님. 근데 먹자던 떡은 어디 있나요?"

그가 은근히 세영의 허리선을 쓸며 대답했다.

"어디 있긴 여기 있지."

이불속으로 들어가 자신을 조심스럽게 껴안는 그의 손길을 느끼며 세영은 생각했다.

4개월의 방어전이 결국 물거품이 되었다.

"사랑해, 박세영."

아주 행복한 형태로.

〈끝〉